MARTIN MILLAR



# Les petites fées de New York

Traduit de l'anglais (Royaume-Uni)
par Marianne Groves

ÉDITIONS INTERVALLES

*« Ma vie tout entière est dédiée à collectionner des fleurs pour mon alphabet, dit Kerry. C'est une tâche difficile, il faut dénicher certaines fleurs rares et méconnues, surtout à New York. Mais une fois abouti, mon alphabet des fleurs va considérablement améliorer ma vie.*

*D'abord, il sera beau. Ensuite, il pourrait m'aider à surmonter l'étrange et épuisante maladie qui me ronge. L'alphabet des fleurs étant issu de la plus haute tradition celte, il est forcément doté de pouvoirs immenses. Et enfin, ce sera une arme dévastatrice contre Cal. En trahissant sa promesse de m'apprendre tous les solos de guitare des New York Dolls, ce type a révélé sa vraie nature de sous-forme inférieure de vie terrestre. Lorsque mon alphabet aura obtenu le Prix de l'Association Artistique du Quartier de la 4^e^ Rue Est, la vie de cet homme ne sera plus qu'un petit tas de cendres. »*

*L'infirmière sourit à Kerry, plaça gentiment un thermomètre dans sa bouche, et s'affaira aux préparatifs de l'opération.*

# UNE INTRODUCTION
par Neil Gaiman

J'ai eu ce livre en ma possession pendant cinq bonnes années avant de m'aventurer à le lire.

Non pas que les livres de Martin Millar me déplaisent. Bien au contraire – je suis un véritable fan de son travail depuis bientôt vingt ans. Je suis tombé sous le charme de sa prose, empreinte d'ironie, d'honnêteté, de gentillesse et d'intelligence, avec *Le Lait, les Amphètes et Alby la Famine.* Ses personnages me sont allés droit au cœur : j'aime qu'un auteur aime ses personnages, et les personnages de Martin Millar semblaient toujours être des gens qu'il avait eu un plaisir fou à côtoyer. J'ai trouvé ses intrigues formidables, produisant ce merveilleux effet de justesse qui est le propre de tout bon récit – vous n'avez pas l'impression, en lisant, que tout ceci sort de l'imagination de quelqu'un ; au contraire, il semble que quelqu'un se soit chargé de vous relater les faits tels qu'ils se sont produits.

J'ai acheté ce livre plusieurs années après sa sortie, ayant déménagé aux États-Unis où personne ne s'était donné la peine de publier les romans de Martin Millar. Puis, une fois que je me le suis procuré, il est resté sur une étagère pendant cinq ans, non lu, comme un livre dont je savais qu'il serait drôle, intelligent, qu'il contiendrait de magnifiques et adorables personnages, dans une intrigue qui donnerait la satisfaction particulière d'une bonne histoire.

Cinq ans...

Tout était dans le titre.

Les auteurs sont d'étranges animaux. Pendant ces cinq années, je me préparais à écrire, puis j'écrivais, un roman intitulé *American Gods*, racontant ce qui s'était passé lorsque les dieux, les fées et les créatures de légende de l'Ancien Monde étaient arrivés dans le Nouveau Monde. C'est pourquoi, bien qu'ayant *Les petites fées de New York* en ma possession, je n'osais pas le lire. Ce livre parlait, je l'avais lu sur la quatrième de couverture, de l'arrivée de fées écossaises à New York. Je ne voulais surtout pas en lire davantage. J'avais bien assez d'ennuis comme cela. Pour moi, et probablement pour n'importe quel auteur, le pire cauchemar est que quelqu'un soit en train d'écrire le livre que j'écris, et qu'il l'écrive plus vite que moi. Ou, en tout cas, que quelqu'un soit en train d'écrire un livre qui ressemble au livre que j'espère écrire. Si cela arrive – et cela arrive –, alors je ne m'autorise pas à lire l'autre livre avant d'avoir fini le mien. Essentiellement parce que, si mon livre a déjà été écrit, je laisserai tomber et m'en trouverai très triste. Mais également parce que je ne veux pas avoir à m'inquiéter de reproduire le contenu d'autres livres, et que le meilleur moyen d'échapper à cela est de ne pas les lire.

J'écrivais – ou du moins, à l'époque, j'envisageais d'écrire – un livre intitulé *American Gods*, dans lequel tout ce en quoi les gens avaient pu croire débarquait en Amérique : les dieux, les fées, les rêves ; et voilà que quelqu'un – quelqu'un dont j'aimais le travail, pour tout arranger – avait écrit un livre dans lequel des fées débarquaient à New York. J'étais, j'en avais bien peur, baisé. J'ai donc acheté le livre, je l'ai rangé sur une étagère, et ce ne fut que bien des années plus tard, alors que mon propre livre m'était sorti de la tête et consigné en toute sécurité sur du papier, que je me risquai à lire *Les petites fées de New York*.

Je fus soulagé de découvrir que nous couvrions en fait des territoires fort différents, mais je fus surtout heureux de le lire enfin, tout en me disant que j'aurais dû le faire bien avant.

Millar écrit comme Kurt Vonnegut aurait pu écrire, s'il était né cinquante ans plus tard dans un autre pays et s'était entouré exactement des gens qu'il ne fallait pas. Il blague, le visage impassible, n'appuyant jamais le trait par un coup de coude dans les côtes ou un roulement de cymbales ; au contraire, il poursuit le cours de son histoire, drôle, émouvante, sage, et pleine de gens qu'on aime, même si certains d'entre eux sont de toutes petites personnes et si d'autres ont des habitudes personnelles qui laissent franchement à désirer.

Dès le début, Millar était bon, écrivant, de sa voix reconnaissable entre toutes, des livres tels que *Le Lait, les Amphètes et Alby la Famine* (livre que j'ai eu la joie de trouver une fois classé au rayon « Médecine : nutrition »), *Ruby and the Stone Age Diet*, et *Lux the Poet*. Il était bon alors, et s'est amélioré depuis.

Le récit des *Petites fées de New York* démarre avec Morag et Heather, deux petites fées hautes de cinquante centimètres, portant épée, kilt vert et cheveux mal teints, qui volettent par la fenêtre du pire violoniste de New York, un type antisocial et trop gros nommé Dinnie, et vomissent sur sa moquette. Qui sont-elles et comment sont-elles arrivées à New York, et en quoi tout cela concerne-t-il l'adorable Kerry, qui vit dans l'immeuble d'en face, est atteinte de la maladie de Crohn et confectionne un alphabet des fleurs, et en quoi tout cela concerne-t-il les autres fées (de toutes nationalités) de New York, sans oublier les pauvres fées opprimées de Grande-Bretagne, voilà le sujet du livre. Il contient une guerre, ainsi qu'une mise en scène fort inhabituelle du *Songe d'une Nuit d'Été* de Shakespeare, et des solos de guitare de Johnny Thunders des New York Dolls. Que peut-on demander de plus à un livre ?

Lorsque je l'ai lu pour la première fois, j'ai pensé que je n'aurais pas longtemps à attendre avant de voir *Les petites fées de New York* devenir une comédie musicale à Broadway ou même une sorte de *Shrek* pour adultes. Cela ne s'est toujours pas produit, du fait, suis-je bien forcé de conclure, du manque d'imagination des producteurs de Broadway, et de la réticence des gens de Hollywood à dépenser des centaines de millions de dollars sur Morag et Heather, sur Dinnie et Kerry. Je ne comprends absolument pas cette réticence ; comme je ne comprends absolument pas pourquoi Martin Millar n'a pas atteint la reconnaissance d'un Kurt Vonnegut, la fortune d'un Terry Pratchett, la célébrité d'un Douglas Adams. Mais ce monde est fait de mystères.

Ce livre est fait pour tous les violonistes qui se sont rendus compte un jour, en jouant un air écossais ancien, que la chanson des Ramones "I Wanna Be Sedated" résume toute la musique folk à elle seule, et y ont de ce fait plongé la tête la première. Ce livre est fait pour toutes les filles qui se teignent les cheveux elles-mêmes, portent des ailes de fées et sont franchement incapables de se souvenir de ce qui s'est passé la veille au soir. Ce livre est fait pour les gens de toute taille et de toute forme qui aiment lire de bons livres.

Je l'ai eu en ma possession plus de cinq ans avant de le lire, puis je l'ai prêté à quelqu'un qui, à mon avis, devait le lire, et je ne l'ai jamais récupéré. Ne commettez pas les mêmes erreurs que moi. Lisez-le sans attendre, puis demandez à vos amis d'aller l'acheter. Un jour, vous me remercierez.

Neil Gaiman
Octobre 2004,
à 103 km de New York

# UN

Dinnie, un ennemi de l'humanité en surcharge pondérale, était le pire violoniste de New York, mais se trouvait pourtant occupé à jouer comme un pied lorsque deux mignonnes petites fées trébuchèrent par sa fenêtre du quatrième étage et vomirent sur sa moquette.

« Désolée, fit l'une.

– T'en fais pas, fit l'autre, je suis sûre que pour les humains, le vomi de fée sent la rose. »

Entretemps, Dinnie avait largement eu le temps de se propulser dans l'escalier, dévalant les étages à une vitesse croissante.

« Y'a deux fées qui sont rentrées par ma fenêtre et qui ont dégueulé sur ma moquette ! », hurla-t-il en déboulant dans la 4e rue, assez peu conscient de l'effet produit sur les passants, avant que des éboueurs, trimballant des sacs poubelles vers leur camion, ne s'arrêtent pour se marrer.

« Qu'est-ce que vous avez dit ?

– Là-haut, s'étrangla Dinnie, deux fées, avec des kilts et des violons et de petites épées... et des kilts verts... »

Les éboueurs le fixaient. Dinnie ravala sa tirade decrescendo.

« Eh ! gueula le conducteur du camion poubelle, au lieu de parler à cette grosse tante, au boulot ! Maniez-vous le cul !

– Mais non, mais c'est vrai », protesta Dinnie, mais plus personne ne l'écoutait. L'air hagard, Dinnie chercha désespérément à retenir les éboueurs du regard.

Ils ne m'ont pas cru, se dit-il. Évidemment. Je ne me crois même pas moi-même.

Au coin de la rue, quatre Portoricains tapaient dans une balle de tennis. Leur regard apitoyé se dirigeait sur Dinnie. Vaincu par le ridicule, Dinnie battit en retraite dans le vieux théâtre situé au rez-de-chaussée de son immeuble.

« J'ai droit au respect de mon intimité, grogna-t-il. Et de ma santé mentale. »

Il décida d'aller acheter de la bière à l'épicerie d'en face.

« Mais si je trouve deux fées chez moi quand je remonte, ça va chier. »

Cinq autres fées, l'esprit terriblement embrouillé à cause de la bière, du whisky et des champignons hallucinogènes, se sauvaient à ce moment-là du chaos de Park Avenue vers le havre de paix relatif de Central Park, en proie à une terreur toute éthylique.

« C'est quelle région des Cornouailles, ici ? » gémit Padraig, échappant de justesse aux roues de la charrette d'un vendeur de pralines.

« Seule la Déesse le sait », répliqua Brannoc, avant d'essayer de porter secours à Tulip, piégé dans l'entremêlement des rênes du cheval harnaché d'une carriole à touristes.

« Rassurez-moi, je suis encore en pleine hallu, non ? » chouina Padraig, alors qu'un raz-de-marée de joggers dévalait le chemin dans sa direction. Il fut sauvé par Maeve, qui les entraîna rapidement au plus profond des broussailles.

Ils s'écroulèrent pour se reposer dans un petit carré de terre paisible.

« Est-ce qu'on est en sécurité ? »

Il y avait toujours du bruit autour d'eux, mais personne en vue. Quel soulagement. Les fées étaient invisibles pour la plupart des humains, mais tous ces pieds agités par l'urgence représentaient un terrible danger.

« Je pense que oui », répliqua Brannoc, le plus âgé du clan des fées présentes et en quelque sorte le chef. « Mais je commence à douter que nous soyons toujours en Cornouailles ».

Un écureuil s'approcha d'eux en sautillant.

« Bonjour, dit poliment Brannoc, malgré sa terrible gueule de bois.

– Vous sortez d'où, vous ? demanda l'écureuil.

– Nous sommes des fées », répondit Brannoc, et l'écureuil s'écroula de rire sur la pelouse, parce que les écureuils de New York sont cyniques et ne croient pas aux fées.

Pendant ce temps, dans la 4^e^ rue, Dinnie avala une grande rasade de bière mexicaine, gratta son menton replet et, confiant, rentra chez lui, persuadé qu'il avait imaginé toute la scène.

Deux fées dormaient tranquillement sur son lit. Dinnie fut saisi de dépression instantanée. Il savait qu'il n'avait pas les moyens de voir un psy.

# DEUX

De l'autre côté de la rue, Kerry se réveillait à peine dans son lit moelleux fait de vieux coussins. Kerry, en plus d'être somptueusement belle, avait le don de transformer en un clin d'œil de vieux morceaux de tissu déchiquetés en splendides coussins, voire en chapeaux ou en gilets.

Elle avait également un grand talent pour la peinture, la sculpture, le chant et l'écriture, le vol à l'étalage, et collectionnait assidûment les fleurs. Elle était également très portée sur la guitare, mais sa technique était épouvantable.

La plupart des gens l'adoraient, et cependant elle n'était pas heureuse ce matin-là. Elle avait quatre raisons principales d'être déprimée : premièrement, elle avait été choquée par un reportage truffé de cadavres sur de terribles inondations au Bangladesh, et deuxièmement elle souffrait d'une grave maladie dégénérative. La troisième raison était son manque de facilité pour la guitare. Malgré de longues heures de travail, elle ne parvenait toujours pas à jouer le solo de Johnny Thunders dans "Pirate Love".

La quatrième raison, et de loin la plus importante à cet

instant, était son incapacité totale à se décider sur ce qui ferait le plus joli dans ses cheveux : des œillets ou des roses. La coiffure de Kerry s'inspirait librement d'un tableau de Botticelli et le choix des fleurs adéquates était crucial.

Lugubre, elle était assise devant le miroir, essayant une fleur puis l'autre, pensant amèrement que c'était bien la peine de se teindre les cheveux d'un magnifique bleu argenté si c'était pour se retrouver avec ce genre de problème insoluble.

L'alphabet des fleurs avançait bien et elle avait déjà trouvé quinze des trente-trois fleurs nécessaires.

De l'autre côté de la rue, les fées se réveillaient.

« Où sont nos amis ? » marmonna Heather, dégageant ses cheveux dorés de devant ses yeux magnifiques.

Dinnie lui lança un regard stressé.

« Je ne sais pas ce que vous êtes, dit-il, et ça m'est parfaitement égal. Mais quoi que vous soyez, foutez le camp de ma chambre et laissez-moi tranquille. »

La politesse n'était pas la qualité majeure de Dinnie MacKintosh. Il n'avait d'ailleurs aucune qualité majeure, si l'on excepte le fait d'être grossier, intolérant et goinfre.

« Je m'appelle Heather. Je suis une petite fée. Et voici Morag. Auriez-vous un verre d'eau s'il vous plaît ?

– Non, j'ai pas de verre d'eau ! tonna Dinnie. Fichez le camp d'ici !

– En voilà une façon de nous parler ! s'exclama Heather, se soulevant sur son petit coude. Là d'où nous venons, n'importe qui serait honoré de nous apporter un verre d'eau. Ils en parleraient pendant des années s'ils avaient la chance que nous daignions nous rendre visibles à leurs yeux. Nous vous sommes apparues uniquement parce que nous vous avons entendu jouer au violon un air écossais.

– Et extrêmement faux, intervint Morag, qui se réveillait péniblement.

– Oui, approuva Heather, extrêmement faux. Le violon avait un son intéressant, mais c'est la pire interprétation de "La Ballade de Tulloch" que j'aie jamais entendue, ce qui n'est pas peu dire. C'était pire que lorsque le forgeron a joué pour le retour de son fils au village de Cruickshank, et je n'aurais jamais imaginé que ce soit possible.

– Je ne joue pas si mal que ça, protesta Dinnie.

– Oh si. Vous jouez vraiment terriblement mal.

– Eh bien personne ne vous a demandé de m'écouter, rétorqua Dinnie en colère.

– Mais ne vous inquiétez pas, poursuivit Morag, tripotant son petit violon. Nous vous montrerons comment jouer correctement. Nous sommes de bonnes fées, toujours contentes d'aider. Maintenant soyez gentil et apportez-nous de l'eau. »

« Salut », susurra sur l'écran de télé une jeune femme nue qui se caressait la poitrine avec un téléphone. « Nous sommes la Cream Team et nous offrons si bien notre cul, notre bouche et notre chatte que c'en est criminel. Appelle-nous sur 970 C-H-A-T. »

« Je dois encore être en plein trip, dit Morag. Je jure de ne plus jamais toucher un champignon hallucinogène de ma vie. Sauf peut-être à des fins purement médicales. »

Dinnie s'approcha énergiquement du lit et demanda haut et fort que Morag et Heather partent immédiatement, étant donné qu'il ne croyait pas aux fées. Les fées éclatèrent de rire.

« Vous êtes drôle », gloussa Heather, mais le fait de rire

réveilla sa gueule de bois précaire et elle vomit à nouveau, se répandant sur le bras de Dinnie.

« Eh bien comme ça il a une bonne raison de croire en nous, maintenant ! hurla Morag.

– Ne t'inquiète pas, dit Heather. Le vomi de fée sent certainement la rose pour les humains. »

Elles se rendormirent toutes deux et aucune des grossièretés de Dinnie ne parvint à les réveiller.

# TROIS

Les SDF étaient légion à New York. Chaque coin de rue avait son mendiant au regard terne, qui demandait une petite pièce aux passants sans grand espoir de réponse. Chaque parc était constellé de tentes de fortune en plastique et de couvertures puantes roulées en guise de sacs de couchage. La vie de ces sans-abri était absolument sans espoir. Aucun plan gouvernemental ne pourrait jamais leur permettre un nouveau départ. Aucune œuvre de charité n'aurait jamais assez d'argent pour les loger tous. Aucun employeur ne leur offrirait un travail sans qu'ils aient une adresse fixe, ou au moins des vêtements propres, et quelqu'un qui transpirait toute la journée dans un parc, sous une chaleur étouffante, ne pouvait pas s'inventer des vêtements propres. Il ne leur restait qu'à tenter de s'en sortir tant bien que mal jusqu'à leur mort, mort qui n'arrivait jamais assez vite, à en croire l'opinion des respectables citoyens de New York.

Un vieux clochard s'assit pour se reposer dans la 4ᵉ rue, soupira, ferma les yeux, et mourut.

« Encore un qui est mort », marmonna Magenta, qui arrivait

sur les lieux. Magenta elle-même était une mendiante sans abri, quoiqu'assez jeune.

« À ce rythme, mes troupes seront bientôt entièrement décimées. »

Elle salua le combattant tombé au champ d'honneur et reprit péniblement son chemin vers Broadway, toujours vigilante au cas où une division de cavalerie perse ferait son apparition. Même si elle était encore à bonne distance de l'armée d'Artaxerxes et ne s'attendait pas à des problèmes, elle savait qu'aussi avancée à l'intérieur des lignes ennemies elle devait se montrer prudente.

Chez les Anglais, en Cornouailles, le roi Tala était très contrarié par l'expédition aérienne de Petal et Tulip. En tant que ses enfants et dignes héritiers, on chuchotait déjà dans les milieux rebelles qu'ils le remplaceraient avantageusement.

« Trouvez-les, ordonna-t-il à Magris, son chef technicien, et ramenez-les. »

Bien sûr, le roi des fées de Cornouailles ne pouvait pas se douter qu'à cet instant précis deux des fugitifs se réveillaient dans un squatt de la 4e rue.

Elles commencèrent aussitôt à se disputer.

« Je me sens affreusement mal.

– Évidemment, dit Morag. Avec tous les champignons et le whisky que tu t'es enfilés.

– Qu'est-ce que tu veux dire ? C'est toi qui as vomi sur ton kilt tout neuf.

– C'est pas vrai. C'est toi. Tu ne tiens pas l'alcool. Comme dit le proverbe bien connu, ne fais jamais confiance à un MacKintosh qui tient un verre de whisky ou un violon à la main.

– Ce n'est pas du tout un proverbe connu.

– Dans mon clan, si.

– Morag MacPherson, tu veux ma perte! Et si tu insultes encore une fois la façon de jouer du violon des MacKintosh, c'est moi qui vais causer la tienne.

– Il n'y a rien à insulter. On ne peut pas appeler ça jouer du violon. »

Elles se dévisagèrent.

« Qu'est-ce qui est arrivé aux autres ?

– Je ne sais pas. On les a perdus lorsque tu t'es évanouie et que j'ai dû m'occuper de toi.

– Je ne me suis pas évanouie, c'est toi ! Les fées MacPherson n'ont jamais su tenir le whisky.

– Les MacPherson tiennent beaucoup mieux que les MacKintosh. »

La dispute prit de l'ampleur jusqu'à ce que ça devienne trop fort pour leur gueule de bois. Heather proféra un obscur juron écossais et se leva du lit en titubant, se frottant les tempes. Elle s'approcha de la fenêtre. Les ailes des fées clochettes ne sont bonnes qu'à de courts vols au mieux, et à présent, affaiblie par les champignons, le whisky, la bière et le décalage horaire, Heather avait beaucoup de mal à voleter jusqu'au rebord de la fenêtre. Quand elle y parvint finalement, son regard tomba sur le spectacle qu'offrait la 4$^{e}$ rue Est. Elle en eut le souffle coupé. Pour une petite fée écossaise, habituée aux collines et vallées qui entouraient le tranquille village de Cruickshank, c'était une vision incroyable. Partout des voitures et des gens, des enfants, des chiens, du bruit, et au moins dix boutiques en seulement vingt yards. À Cruickshank il n'y avait qu'une boutique, et très peu de voitures.

« Qu'est-ce que c'est que cet endroit? Où sommes-nous ? »

Morag la rejoignit. Sa première vision à jeun de leur nouvel environnement lui fit oublier leur dispute et elle agrippa la main de Heather.

« À mon avis ça doit être une ville.

– Qu'est-ce que c'est, une ville ?

– C'est comme une grosse cité. Comme plein de villages mis ensemble. À mon avis on doit être à Glasgow.

– Mais on était en Cornouailles, protesta Morag. Les Cornouailles, c'est loin de Glasgow, non ? »

Heather secoua la tête. Elle pensait que non, mais elle était aussi nulle en géographie que Morag. La plupart du temps, depuis qu'elles avaient quitté l'Écosse, ni l'une ni l'autre n'avait la moindre idée de l'endroit où elles se trouvaient.

Elles scrutèrent la rue du regard. Un clochard en haillons portant un sac en plastique se traînait péniblement sur le trottoir, des nuées de gamins s'égaillant autour de lui.

Ce clochard en haillons s'appelait Joshua. Il était à la poursuite de Magenta, qui s'était fait la malle avec sa recette du Cocktail Fitzroy, une boisson à base de cirage, d'alcool méthylique, de jus de fruits et d'une secrète décoction d'herbes.

Après l'avoir suivie sur la 1ère avenue, il avait perdu sa trace quand elle avait pris la tangente vers le métro. C'était un adversaire redoutable, mais il n'allait pas laisser tomber, fermement décidé à récupérer sa recette, la chose la plus précieuse qu'il ait jamais eue en sa possession.

« Qu'est-il arrivé à nos amis ? Où sont Brannoc et Maeve et Padraig et Petal et Tulip ? »

C'était impossible à dire. Ils pouvaient être n'importe où dans cette ville. Aucune d'entre elles ne se rappelait grand-chose excepté s'être réveillée dans une énorme machine chaotique et avoir été projetée dans la rue à l'intérieur d'une caisse de bière. Leurs amis s'étaient probablement fait emmener par la machine. Elles recommencèrent à se disputer pour savoir à qui en incombait la faute.

« OK vous deux, dit Dinnie, réapparaissant dans la pièce. Fichez le camp immédiatement et ne revenez plus jamais.

– Qu'est-ce qui vous arrive ? demanda Heather, secouant sa chevelure dorée. Les humains sont censés être heureux et honorés lorsqu'ils rencontrent une fée. Ils sautent partout en criant "une fée ! une fée !" et rient de plaisir. Ils ne leur donnent pas l'ordre de partir immédiatement et de ne jamais revenir.

– Vraiment ? Alors bienvenue à New York, grogna Dinnie. Et maintenant cassez-vous.

– Très bien, dit Heather. Nous partons. Mais ne venez pas vous plaindre après si votre famille est maudite pendant sept générations.

– Ou même treize. »

Elles échangèrent un regard. Un cafard pointa son nez de derrière la cuisinière, puis s'en retourna vaquer à ses occupations.

Morag, généralement la plus raisonnable des deux fées, tenta d'apaiser la situation.

« Permettez-moi de me présenter. Je suis Morag MacPherson, fée.

– Et je suis Heather MacKintosh, fée. Et la meilleure violoniste d'Écosse.

– Quoi ? protesta Morag. C'est moi la meilleure violoniste d'Écosse. »

Heather s'écroula de rire.

« Comment peux-tu rire de ma façon de jouer du violon. Je suis Morag MacPherson, la championne des championnes, continua la fée aux cheveux sombres.

– Eh ben moi je m'appelle Dinnie MacKintosh et vous pouvez aller vous faire voir ailleurs. »

Cette fois c'est Morag qui s'écroula de rire.

« Qu'est-ce qui est si drôle ?

– C'est un MacKintosh, gloussa Morag. Devine pourquoi il joue si mal du violon. Les MacKintosh n'ont jamais pu aligner deux notes correctement. »

Heather eut l'air mal à l'aise.

« C'est juste qu'il débute », dit-elle, mais Morag riait toujours à gorge déployée. La tournure que prenaient les événements l'amusait beaucoup, et elle considérait avoir pris le dessus.

« Comment peux-tu te moquer d'un MacKintosh, enragea Heather, qui ne supportait pas qu'on touche à son clan de quelque façon que ce soit. Même un humain MacKintosh vaut cent fois mieux que tous ces gros menteurs et tricheurs de MacPherson !

– Comment oses-tu traiter les MacPherson de menteurs et de tricheurs ? » hurla Morag.

Les yeux verts de la fée lançaient des flammes.

« Écoutez », dit Dinnie, mais personne ne lui prêta attention.

« Vous êtes des gros menteurs et des gros tricheurs. Menteurs, tricheurs, voleurs, tout juste bons à...

– Heather MacKintosh, j'espère ne plus jamais te revoir ! » hurla Morag, et elle bondit par la fenêtre.

Il y eut un silence.

Heather s'était renfrognée. Des cris parvenaient des footballeurs qui jouaient au coin de la rue.

« Appelle 970 C-L-I-T pour la hotline la plus sexe de New York », chuchota une femme nue dans l'écran de télévision.

« Je suis perdue dans une cité étrangère et maintenant mon amie est partie et tout ça c'est de votre faute, vous et votre sale violon », dit Heather, et elle fondit en larmes.

# QUATRE

« Oui, admit Kerry, fourrant une paire de gants sous son gilet, je vole dans les magasins, c'est compulsif chez moi.

– Pourquoi ça ? s'enquit Morag. Est-ce que c'est de la kleptomanie ? J'ai lu un article là-dessus dans un magazine humain.

– Non, c'est juste que ça me brûle de voir qu'il y a tant de belles choses partout et que je ne peux pas me les payer.

– Est-ce que tu es pauvre ? »

Oui, Kerry était pauvre.

« Et souvent déprimée. Mais je suis de bien meilleure humeur depuis que tu es apparue. » Dehors, dans la rue, Kerry essaya avec satisfaction ses nouveaux gants.

La fée, après s'être disputée avec Heather, s'était envolée de l'autre côté de la rue et là, avait eu la chance de rencontrer Kerry, l'un des très rares humains à New York qui pouvaient voir les fées.

Quiconque connaissait Kerry, avec sa longue chevelure bleu argenté, ses fringues hippies, son alphabet des fleurs, son acharnement donquichottesque à vouloir jouer les solos des New York Dolls, n'aurait pas été surpris d'apprendre qu'elle avait le don de voir les fées. On aurait seulement été surpris d'apprendre qu'elle n'en avait jamais vu auparavant.

Elle était immédiatement devenue amie avec Morag, et maintenant elles avaient pris l'habitude d'aller ensemble voler dans les magasins. Kerry nourrissait Morag, lui trouvait du whisky, l'écoutait jouer du violon et lui raconter des histoires. Elle lui racontait à son tour les méandres de son alphabet des fleurs, et pourquoi elle adorait les New York Dolls, et pourquoi elle était résolue à se venger de Cal, un traître sans scrupules, guitariste solo de son état, qui répétait avec son groupe dans le vieux théâtre de l'autre côté de la rue.

« Ma vengeance contre Cal sera terrible et totale, dit-elle à la fée. Il va amèrement regretter de m'avoir promis de m'apprendre tous les solos de guitare des premiers albums des New York Dolls, pour finalement me laisser tomber comme un enfoiré. Surtout que j'ai dû me taper un atroce roadie superchiant juste pour qu'il me file une guitare.

– Excellent, approuva Morag. Pourris-lui la vie. »

Kerry avait plusieurs tactiques de vengeance en tête, mais son plan était essentiellement de lui faire rater le Prix de l'Association Artistique du Quartier de la 4e Rue Est.

« Ils montent une version du *Songe d'une Nuit d'Été* au théâtre, expliqua-t-elle. C'est Cal qui fait la mise en scène. Ils s'imaginent qu'ils vont gagner le prix cette année. Mais ils se trompent. C'est moi qui vais gagner. Ma version radicalement nouvelle de l'ancien alphabet celte des fleurs, reconstitué de frais pour la première fois depuis des siècles, va gagner le prix. Et c'est très bien, parce que j'adore les fleurs. Quand j'étais petite, j'emportais toujours des fleurs dans mon lit en allant me coucher.

– Comme moi », dit Morag.

Sur la 4$^{e}$ rue, un mendiant leur demanda de l'argent.

« Je suis désolée, je n'en ai pas, dit Kerry. Mais prenez ça à la place.

– C'était quoi ? demanda Morag.

– Une carte postale du *Vénus et Mars* de Botticelli, lui dit Kerry. Un magnifique tableau. »

Morag n'était pas sûre de bien comprendre comment cela pourrait calmer la faim du mendiant, mais Kerry lui assura que ça lui ferait le plus grand bien.

« Si plus de gens possédaient de belles images de Botticelli, il y aurait moins de problèmes partout. Moi je m'inspire du *Printemps*, le plus beau tableau du monde, pour arranger les fleurs dans mes cheveux. »

« Alors laissez-moi mettre un truc au clair », dit Spiro, le chef des écureuils de Central Park qui, alerté par les rapports de ses subordonnés, rendait visite à ces nouvelles créatures plutôt étranges.

« Vous dites que vous êtes des fées. Vous êtes invisibles pour la plupart des humains. Vous venez d'un endroit qu'on appelle Cornouailles. Vous y avez vécu heureux jusqu'à ce qu'un lutin porté sur la technique appelée Magris invente la machine à vapeur et précipite la société des fées dans la révolution industrielle. Conséquemment Tala, votre roi, commença à transférer des fées, qui jusqu'à présent trouvaient leur bonheur dans les champs et les jardins, vers des ateliers, créant par là-même, en un rien de temps, un royaume des fées misérable et opprimé. Le tout aggravé par une sécurité policière et des permis de voyage. Vous êtes d'accord jusque là ? »

Brannoc et les autres fées approuvèrent.

« Sur quoi vous, qui aimez essentiellement jouer de la musique et manger des champignons et n'avez aucune envie d'aller travailler douze heures par jour dans une usine, vous avez décampé vers l'Irlande, aidés par deux fées irlandaises. Sur le chemin vous avez rencontré deux fées écossaises qui ont prétendu premièrement avoir été chassées de leur ville natale pour avoir joué les Ramones sur leurs violons, et deuxièmement avoir été chassées d'Écosse pour un autre délit qu'elles ne voulaient pas avouer, ensuite vous avez trouvé un champ de champignons hallucinogènes et vous les avez tous mangés. Au lieu de continuer à voler votre chemin.

– Nous étions fatigués.

– Bien. Subséquemment vous avez bu plus de bière et de whisky que vous ne pouvez vous en souvenir, puis vous avez été embarqués on ne sait comment dans le chargement d'un camion. Ensuite, tout ce dont vous vous souvenez c'est d'avoir été conduits sur la 5ᵉ avenue, probablement après avoir été chargés dans les soutes d'une espèce d'avion-cargo. C'est ça ? »

Les fées opinèrent du chef tristement. Central Park, c'était mieux que les rues furieuses tout autour, mais ça ne valait pas le pays.

« Eh bien réjouissez-vous, dit Spiro. Ça aurait pu être pire. Au moins vous avez atterri en Amérique. Vous parlez notre langue, plus ou moins. Vous pouvez vous reposer ici un moment, et qu'est-ce qui vous empêche ensuite d'aller traîner du côté de l'aéroport JFK et de prendre place à bord d'un vol pour votre pays ?

– Nous ne pouvons pas rentrer. Le roi Tala veut notre peau.

– On dirait que vous êtes bloqués ici alors. Mais est-ce si grave ? C'est sympa, New York, ça va vous plaire. »

Quelque part du côté de l'hôtel de ville, Magenta s'arrêta pour déjeuner, déballant une pizza à moitié entamée qu'elle avait trouvée sur un banc en chemin. Elle la mangea précautionneusement.

Elle était sûre que Tissapherne se trouvait dans les environs. Tissapherne était le chef de la cavalerie perse. Les forces de Magenta étaient essentiellement composées d'hoplites et de peltastes, donc elle devait faire attention à ne pas se faire déborder. Elle se leva et entreprit de remonter Broadway.

Dehors, le soleil brillait. Kerry et Morag se saoulaient. C'était mauvais pour Kerry, car sa maladie dégénérative lui laissait peu d'énergie, mais ça lui remontait le moral.

« Deux en deux jours », soupira-t-elle d'un ton rêveur, faisant allusion à un autre clochard qui s'était couché pour mourir sur le trottoir d'en face. Kerry et Morag avaient placé des fleurs autour du corps et appelé une ambulance. À présent, fatiguée, elle s'allongea et demanda à Morag la raison de ses perpétuelles disputes avec Heather.

« C'est en partie parce que moi je suis une MacPherson et elle une MacKintosh, expliqua Morag. Il y a une très ancienne et amère inimitié de clans entre les MacPherson et les MacKintosh. Je t'en parlerai plus tard. Mais de toute façon, dès le début Heather a fait preuve d'une moralité douteuse.

« C'était autrefois, quand nous étions des gamines, des *bairns* comme on dit chez nous en Écosse. Nos deux mères nous ont emmenées, avec tous les autres de nos clans, à un grand concours de cornemuse et de violon pour fées. Le rassemblement se tenait près de Tomnahurich Hill, près d'une ville qu'on appelle Inverness.

« Ma mère m'a dit que le rassemblement se tenait autrefois sur la colline elle-même. Dans la colline vivait la Reine des Fées. Mais maintenant les humains y ont bâti un cimetière. Thomas le Rimeur y est enterré. C'était un célèbre prophète écossais et ami des fées, à un moment du Xᵉ siècle. Ou XIᵉ, ou XIIᵉ. Enfin j'ai oublié, mais c'était il y a longtemps. Quoiqu'il en soit, avec un cimetière dessus, nous ne pouvions plus utiliser cette colline. Il y a beaucoup d'endroits où nous ne pouvons plus aller à cause des humains. Mais nous aimons toujours la région. Elle est belle, et pratique pour nos rassemblements musicaux de fées.

« Je me souviens, sur le chemin nous sommes passés par Culloden. Il y a beaucoup d'histoires à propos de Culloden mais elles sont douloureuses pour les Écossais, donc je ne vais pas les raconter pour l'instant. Enfin bref, le festival était un formidable événement. Tous les plus grands violonistes et joueurs de cornemuse étaient là, et des chanteurs et des jongleurs et des acrobates et des conteurs et des cavaliers et tout ce que tu peux imaginer, toute une foule brillante, joyeuse et bariolée. »

Morag sourit à l'évocation de ce souvenir.

« J'étais très excitée parce que ma mère m'avait inscrite à la compétition junior de violon. J'allais pour la première fois jouer devant d'autres gens que ceux de mon propre clan. Je m'étais exercée toute l'année. Je devais jouer "Tullochgorum". C'est le morceau que je jouais devant ta fenêtre tout à l'heure. Je ne voudrais pas être immodeste, mais je suis aujourd'hui célèbre dans tout le royaume des fées pour mon interprétation de "Tullochgorum". C'est un célèbre sthraspey, une sorte de danse écossaise, mais très difficile à jouer correctement. Une violoniste écossaise peut bâtir toute une réputation sur sa simple interprétation de ce morceau. Rabbie Burns, le plus célèbre poète du monde, l'appelait la Reine des Chansons. »

Elle rit.

« Ma mère voulait que je joue quelque chose de moins difficile mais j'étais une gamine très déterminée, bien qu'assez calme. Et en fait, bien que tous les grands violonistes aient été présents, jouant en concours la journée et pour le plaisir la nuit, et que j'aie entendu certains d'entre eux jouer ce morceau, je pensais sincèrement qu'aucun d'entre eux ne l'interprétait mieux que moi.

« Bref, le jour du concours junior, j'étais un paquet de nerfs. Ma mère, qui malgré de nombreux défauts s'y connaissait en violon, me versa une lampée de whisky dans la gorge pour que j'arrête mon cirque. Le whisky m'apaisa, et lorsque j'entendis les autres compétiteurs, je pris conscience que j'étais meilleure violoniste que n'importe lequel d'entre eux. Mon tour venait juste après et j'étais en train de reprendre confiance, lorsqu'une petite fée maladive et pâle, avec une étrange chevelure dorée, monta sur scène et se mit à jouer. Elle joua "Tullochgorum" et ce fut la meilleure version jamais entendue au festival. Le public devint hystérique. Évidemment j'étais furieuse.

– Naturellement, approuva Kerry, c'était un sale coup.

– Tu l'as dit. Et j'aurais pu me décourager, sauf que je vis au kilt de la fée que c'était une MacKintosh et je n'allais certainement pas me laisser faire par une MacKintosh. Je devais penser à l'honneur de mon clan. Et puis, ma mère aussi aurait été furieuse.

« Alors je me suis levée, j'ai fermé les yeux et j'ai joué. Et est-ce que j'ai été bonne ?

– Est-ce que tu as été bonne ?

– J'ai été sensationnelle. La meilleure version de "Tullochgorum" jamais entendue dans le pays, de parole de témoins impartiaux.

– Alors tu as gagné ?

– Non, il y eut tirage au sort entre Heather et moi. Elle s'était attiré des votes de sympathie parce qu'elle avait l'air d'une enfant tellement maladive. Des rumeurs circulaient aussi disant que les MacKintosh avaient soudoyé le jury. Mais ça ne m'aurait pas dérangée de finir première ex aequo, sauf que – et je sais que tu vas avoir du mal à me croire – Heather et sa mère ont commencé à se plaindre que l'interprétation de Heather avait été nettement supérieure et à suggérer que nous, les MacPherson, aurions acheté le jury ! Tu imagines ?

– Alors qu'est-ce qui s'est passé ?

– J'ai attaqué Heather et tenté de la tuer. Malheureusement elle était plus forte qu'elle n'en avait l'air et la bataille fut terrible. Nous avions toutes deux des coupures, des bleus et des dents cassées avant qu'on nous sépare. Et après nous sommes devenues amies.

– Juste comme ça ?

– Oui. Après tout, nous étions les deux meilleures violonistes de l'endroit. Et, alors que la fée infirmière était en train de nous soigner, nous avons commencé à nous apprécier. Voilà comment nous nous sommes rencontrées, Heather et moi. Et aussi comment nous avons obtenu nos excellents violons. C'étaient les prix du concours. Mais elle ne voudra jamais reconnaître que ma version de "Tullochgorum" était meilleure que la sienne.

– Et cette tension sous-jacente vous fait vous disputer ? »

Morag n'était pas trop sûre du sens de l'expression « tension sous-jacente », mais répondit que c'était sans doute le cas.

« En plus, elle prétend que c'est elle qui a eu l'idée de former un groupe celtique alternatif, mais c'est moi. C'est moi la première qui ai entendu les Ramones. Le fils du forgeron avait leurs trois premiers disques. »

Morag resta songeuse.

« Et voilà que maintenant j'ai atterri à New York, dans leur ville. C'est forcément le destin, vu qu'une des raisons pour lesquelles Heather et moi avons quitté Cruickshank au départ était que toutes les fées s'étaient liguées contre nous parce qu'on jouait des versions garage-punk de danses traditionnelles écossaises et qu'on portait des kilts déchirés. Elles nous reprochaient aussi de nous teindre les cheveux. »

Elle saisit son violon, joua une version traditionnelle et majestueuse de "Tullochgorum", puis s'attacha à trouver les notes du solo de guitare des New York Dolls dans "Bad Girl". Une fois qu'elle eut fini, elle entreprit d'apprendre à Kerry comment le jouer, bien que, elle-même n'étant pas guitariste et Kerry n'ayant qu'une très faible connaissance musicale, la tâche ne fût pas simple.

« Ce salopard d'enculé de Cal savait le jouer, ce solo », grommela Kerry, les yeux brillants de haine. En face, Dinnie jeta un œil par sa fenêtre.

« C'est bizarre, marmonna-t-il. Je jurerais avoir entendu quelqu'un jouer du violon là-bas en face.

– Ne fais pas attention, dit Heather. C'était sûrement un chat en chaleur. Et maintenant, tu es sûr de ne pas avoir la moindre goutte de whisky nulle part ? »

# CINQ

Après le départ de Morag, Heather resta avec Dinnie. Ce qui enthousiasmait énormément ce dernier.

« Va vivre ailleurs », lui dit-il.

Heather répondit qu'elle ne pouvait pas abandonner un MacKintosh en détresse.

« Je ne suis pas en détresse.

– Oh si. »

En réalité, Heather n'avait aucun autre endroit où aller. Mais c'était certainement un signe du destin que la première personne qu'elle eût rencontré dans la vaste métropole fût justement un MacKintosh. Grâce à son don d'invisibilité, Dinnie ne réussirait pas à la chasser, malgré toute l'envie qu'il en avait.

Elle était à présent assise devant la télé à manger des cookies en zappant. Connaissant à peine les quelques rares chaînes anglaises, elle était fascinée par les cinquante chaînes qui parvenaient par câble ou satellite jusqu'à l'écran de Dinnie.

Dinnie était sorti essayer de gagner de l'argent. Il avait grogné à Heather qu'il avait un loyer en retard et risquait de se faire mettre dehors.

« Parfait, parfait », avait dit Heather, n'ayant aucune idée de ce que ça pouvait signifier.

Il avait passé une matinée épouvantable à traîner à l'agence de coursiers, attendant du boulot. Dinnie était un lamentable coursier à vélo. Trop gros pour conduire assez vite et trop râleur pour accepter autre chose que de très bonnes courses, il avait encore de la chance de gagner quoi que ce soit, et servait essentiellement de tête de turc aux autres coursiers.

Aujourd'hui, comme tous les autres jours, n'avait rien donné, et Dinnie repartit chez lui en vélo, d'une humeur massacrante, se demandant où il allait trouver l'argent du loyer.

En tournant dans la 4e rue, il croisa Kerry. Dinnie se renfrogna au maximum. Il voyait souvent Kerry, et il la détestait.

« Pétasse », marmonnait-il pour lui-même alors qu'elle le croisait de son pas dansant.

« Pédé de guitariste », soufflait-il tout bas si elle était accompagnée de quelque beau gosse musclé.

« Grosse pute », lâchait-il, lorsque, pointant le nez à la fenêtre par une nuit de solitude, il voyait Kerry sortir d'un taxi à quatre heures du matin, bourrée, morte de rire, soutenue par le chauffeur pour monter les marches qui menaient à son appartement.

Dinnie désirait terriblement Kerry.

Heather l'accueillit chaleureusement lorsqu'il entra.

« Ne me parle pas, aboya-t-il. J'ai décidé de ne pas croire en toi dans l'espoir que tu disparaisses.

– Pourquoi es-tu si dur avec moi ?

– Parce que je suis un être humain sensé et que je n'ai pas de temps à perdre avec des emmerdeuses de fées. »

Dinnie ouvrit une boîte de corned-beef, en fit réchauffer le contenu dans une poêle, le mangea et mit la vaisselle dans l'évier. Dinnie était méticuleusement sale. Dans ses deux grandes pièces il n'y avait rien de propre ou de rangé. Son appartement était inhabituellement grand pour le loyer qu'il payait, parce que les pièces au-dessus du théâtre n'étaient pas destinées a priori à l'habitation. Il les louait au noir au gérant. Du coup il vivait dans la peur constante de se faire jeter dehors, même lorsqu'il n'avait pas de loyer en retard.

« J'ai vu une émission incroyable, dit Heather, l'histoire d'une très riche famille qui possède des puits de pétrole au Texas. Tu ne vas pas le croire, il y en a un qui a eu un accident de voiture, alors il pouvait plus respirer à cause de ses blessures, et alors sa secrétaire, qui a fait des études de médecine, lui a enfoncé un couteau dans la gorge, a glissé un bic dans sa trachée et a soufflé dedans jusqu'à ce que l'ambulance arrive, et comme ça elle lui a sauvé la vie. Une trachéotomie d'urgence, je crois qu'ils ont dit. Quand il lui tenait la main dans l'ambulance et qu'il lui a dit qu'il l'aimait, j'ai failli pleurer. »

Sans lui prêter attention, Dinnie prit son violon et sortit sur son vélo, pédalant avec détermination sur la 2e avenue.

« On va où ? » demanda une voix désincarnée provenant du guidon.

Dinnie poussa un vagissement et tomba de vélo.

« Pas étonnant que tu ne gagnes pas bien ta vie comme coursier, dit Heather, époussetant son petit kilt. Tu n'arrêtes pas de te casser la figure.

Dinnie toussait et crachouillait.

« Une petite trachéotomie ? demanda Heather pleine d'espoir, dégainant sa petite épée.

– Qu'est-ce que tu fiches ici ?

– J'avais besoin de prendre l'air. »

Dinnie était parti pour jouer du violon dans la rue, chose qu'il ne faisait qu'en cas d'extrême nécessité.

Il cadenassa son vélo place Saint-Marc. Trois jeunes SDF en guenilles lui demandèrent successivement une petite pièce, mais il les ignora et commença à jouer.

Heather secoua la tête, incrédule. Dinnie jouait si faux que ça dépassait l'imagination. Les passants traversaient la rue pour l'éviter et lui hurlaient des insultes. Le dealer de coke à la petite semaine quitta le coin de la rue pour aller faire sa pause déjeuner. Les SDF, qui avaient trop souffert pour être découragés par un violon criard, se contentèrent de se tourner de l'autre côté.

Au bout d'une demi-heure de gémissements plaintifs, Dinnie n'avait toujours rien gagné. Il défit tristement le cadenas de son vélo et se prépara à repartir.

Heather était consternée de voir un musicien MacKintosh en si mauvaise posture.

« Ne pars pas, murmura-t-elle.

– À quoi ça sert de rester ?

– Recommence à jouer », lui enjoignit Heather, et elle bondit sur le violon de Dinnie, étouffant les cordes. Invisible pour le reste du monde, elle joua de son propre violon pendant que Dinnie mimait. Elle fit un petit medley personnel de ballades écossaises épatantes : "The Salamanca", "Miss Campbell of Monzie", "Torry Burn", et plein d'autres, liées entre elles par ses riffs préférés des Ramones, avant d'entamer une version sirupeuse de "Tullochgorum".

La foule applaudit à tout rompre. Les pièces pleuvaient dans l'étui à violon de Dinnie. Dinnie les ramassa à pleines mains et fit une sortie triomphale. Il était si content de l'argent et des applaudissements qu'il eut un mouvement pour remercier

Heather, et tout bien considéré ç'aurait été une occasion mémorable s'il ne s'était pas aperçu qu'on lui avait volé son vélo.

« Crétine de fée, enragea-t-il. Pourquoi tu m'as fait jouer alors que j'avais décadenassé mon vélo ?

– Eh bien je ne pensais pas qu'on te le volerait, protesta Heather. À Cruickshank, on ne vole pas les vélos.

– J'emmerde Cruickshank ! » hurla Dinnie, qui fit un départ foudroyant.

Magenta pédalait sereinement sur la 1ère avenue. Joshua, distancé, secouait le poing de frustration. Il l'avait presque rattrapée lorsque Magenta, prouvant par là qu'elle était une excellente tacticienne, avait bondi sur un vélo décadenassé et s'était enfuie.

Incapable de courir trop longtemps, Joshua abandonna bientôt la poursuite et s'écroula sur le trottoir.

Il commença à trembler. Sans sa dose quotidienne de cocktail Fitzroy il ressentait des symptômes de manque, mais son cerveau était tellement pourri par la boisson qu'il était incapable de retrouver la recette sans avoir sous les yeux le papier que Magenta avait volé.

Un SDF de sa connaissance traînait par là et lui offrit un coup de rouge, ce qui le soulagea, mais seulement très brièvement.

« Qu'elle aille se faire foutre, cette Magenta, grogna Joshua. Elle et ses crétineries de délires classiques.

– J'ai toujours su que c'était une connerie de l'emmener boire à la bibliothèque, dit son ami. Elle se prend pour qui, maintenant ?

– Une espèce de général grec ancien », grommela Joshua.

« Ce n'est pas ma faute si tu habites dans une cité peuplée de voleurs et de criminels, dit Heather, voletant après Dinnie. Je t'ai fait gagner de l'argent, non ?

– Vingt-trois dollars. Où veux-tu que j'achète un vélo pour vingt-trois dollars ?

– Dans un magasin de vélos ? » suggéra Heather, mais ceci parut exaspérer encore plus Dinnie.

Lorsqu'une vieille femme vêtue de trois manteaux râpés et répugnants lui demanda une petite pièce, il l'insulta copieusement.

De retour au théâtre, il trébucha sur un corps au pied des escaliers et lui accorda à peine un regard. Heather, elle, s'arrêta pour regarder. C'était encore un clochard mort. Trop tard pour une trachéotomie.

C'était vraiment horrible cette façon qu'avaient les gens de mourir dans la rue ici, pensait-elle. Pourquoi est-ce qu'il n'y avait personne pour s'occuper d'eux ?

En bas au théâtre, les répétitions du *Songe d'une Nuit d'Été* de Cal étaient en cours. Entendant les voix de basse des acteurs, Dinnie hurlait à travers le plancher. Il n'était pas fan de Shakespeare.

« Ne m'adresse plus jamais la parole », dit Dinnie à Heather, qui le trouva vraiment ingrat.

Cela dit, elle avait l'habitude de l'ingratitude. Après avoir passé d'innombrables heures avec Morag en Écosse à mettre au point leur nouvelle technique au violon, à se teindre les cheveux et tenter l'expérience de sniffer de la colle de fées, aucun de leurs deux clans n'avait été très content. Leurs deux mères avaient en fait menacé de les expulser du clan si elles n'arrêtaient pas leur entreprise de perversion de la jeunesse du royaume des fées écossaises. Plus tard, lorsqu'elles demandèrent poliment à Callum MacHardie, célèbre luthier, de bien vouloir leur confectionner des amplis électriques, il les dénonça ni plus ni moins à leurs chefs de clan, les condamnant par là-même à de longues leçons de morale sur ce qui était ou non convenable pour des fées.

« Gambader dans la prairie, c'est bien, leur avaient dit leurs chefs. Ainsi qu'aider les petits enfants des humains à rentrer chez eux. Ou encore, augmenter le rendement laitier des vaches des fermiers amis. Mais une rébellion de la jeunesse à large échelle est tout à fait hors de question. Alors rentrez chez vous et tenez-vous à carreau. »

Juste après cela Heather et Morag avaient volé au-dessus de toute la vallée vêtues de T-shirts peints à la main portant l'inscription "La première des Mohicans-Fées du district", mais personne ne sachant exactement ce que c'était qu'un district, le jeu de mots était tombé à l'eau.

Morag volait tous les restes de nourriture qu'elle pouvait transporter, des miettes de gâteaux et de beignets, et elle les donnait à manger aux SDF. Avant, au village, elle ne s'en était pas vraiment rendu compte, mais ici elle réalisait bien qu'être un humain pouvait impliquer des tas de choses très déplaisantes. Malgré cela, elle continuait à s'émerveiller des mille surprises de New York.

Kerry avait vingt-cinq ans et habitait New York depuis l'âge de quinze ans, elle ne s'émerveillait donc plus, mais elle aimait toujours la ville.

Elles étaient assises dans un bar de Houston Street, à boire une bière à la bouteille. La fée était enthousiaste au sujet d'un groupe de musique sud-américaine qu'elles avaient vu faire la manche sur Broadway.

« Qu'est-ce qu'ils jouaient bien. Et les rythmes étaient géniaux.

– Mmmmm, répondit Kerry.

– Et ces deux garçons qui s'embrassaient dans l'escalier de secours, ils étaient tellement romantiques.

– Mmmmmm, dit Kerry.

– Je suis sûre que je m'amuse beaucoup mieux avec toi que Heather avec son gros mou de MacKintosh. Je peux te dire qu'il est beaucoup trop méchant pour offrir des cartes de Botticelli aux mendiants, ou des fleurs. »

Kerry restait silencieuse.

Un jeune barman enjoué débarrassa les bouteilles de leur table, adressant au passage un clin d'œil plein d'espoir à Kerry. Celle-ci garda les yeux dans le vague.

« C'est bien que tous les gens te sourient tout le temps, Kerry. »

Une larme roula sur la joue de Kerry.

« On rentre à la maison », dit-elle.

Elles rentrèrent à pied, remarquant au passage une clocharde inquiète qui marchait furtivement vers la 3e rue, s'abritant derrière des voitures et des réverbères.

« Encore une dingue. Il y en a plein ici. »

Magenta n'était pas exactement dingue, mais elle ne s'était pas encore tout à fait remise d'être passée par-dessus le guidon du vélo, excès d'alcool oblige. Elle s'arrêta à l'abri d'un porche, sortit son exemplaire volé de *L'Expédition perse* de Xénophon et le feuilleta dans l'espoir de faire passer sa gueule de bois.

Les oiseaux et les animaux papotaient sec à Central Park.

« Un merle m'a dit, disait un pigeon à un écureuil, et il le tenait d'une mouette, que les albatros sont à la recherche de créatures qui ont l'air de beaucoup ressembler à ces fées. »

Les pigeons et les écureuils regardèrent les fées, se demandant s'il allait y avoir du grabuge.

« Heather et Morag me manquent, dit Brannoc.

– Eh bien pas à moi, dit Padraig, accordant son violon. Jamais de ma vie je n'ai rencontré de fées aussi casse-pieds. Pas étonnant qu'on les ait chassées d'Écosse. Si jamais elles arrivaient jusqu'en Irlande, on les chasserait de là-bas aussi. »

Son violon accordé, Padraig commença à jouer. Il joua "La Gigue de Milton" lentement, puis un peu plus vite, puis se lança dans une version stupéfiante de "Jenny's Welcome to Charley", une danse longue et compliquée. Maeve, à la cornemuse, se joignit à lui. Les musiciens-fées ont un contrôle magique sur le volume de leurs instruments et les deux sons se mélangeaient parfaitement.

Les animaux arrêtèrent de bavarder pour regarder et écouter. Maeve et Padraig étaient les meilleurs musiciens d'Irlande, ce qui revient à peu près à dire qu'ils étaient les meilleurs musiciens du monde, bien qu'Heather et Morag eussent sûrement eu leur mot à dire là-dessus.

L'appartement de Kerry était un petit deux-pièces. Le lit était installé sur une mezzanine sous laquelle elle rangeait ses vêtements. Elle était couchée sur le lit, Morag assise à côté d'elle.

« Chez nous en Écosse, dit la fée, je suis réputée pour mes dons de voyance. Et ce qui me frappe, c'est que depuis que je suis là, tu n'as jamais été vraiment heureuse. Je me trompe ? »

Kerry éclata en sanglots.

« J'étais malheureuse bien avant que tu n'arrives, dit-elle.

– Pourquoi ? Tu as l'air d'avoir une belle vie. Une vie géniale même. Tout le monde t'aime. Les amoureux font la queue à ta porte, même si tu les refuses tous. »

Kerry fixait son poster des New York Dolls. Les New York Dolls la fixaient en retour, faisant la moue.

« Je les refuse à cause de ma maladie », expliqua Kerry.

Kerry était atteinte de la maladie de Crohn, une infection très désagréable qui nécrose les intestins.

« Au bout d'un moment, il faut faire l'ablation des parties atteintes. »

Morag frissonna. Cela dépassait son imagination.

Kerry ouvrit sa chemise. Du côté gauche, elle portait un sac collé à la peau.

La signification et la fonction d'un sac de colostomie n'étaient guère claires pour Morag, et Kerry dut lui expliquer.

Morag regardait par la fenêtre d'un air lugubre. Dehors, la vie suivait son cours mais ça ne l'amusait pas. Elle imaginait ce que serait d'avoir une ouverture dans le flanc pour que les excréments s'écoulent dans un sac.

Le soleil tapait particulièrement fort aujourd'hui. La chaleur était accablante. Les piétons transpiraient le long des trottoirs, les automobilistes s'injuriaient et jouaient du klaxon.

Kerry tapota son pavot gallois à trois têtes, une fleur inimaginablement rare, le joyau de sa collection. C'est en le trouvant, poussant à l'état sauvage dans un immeuble en ruine, qu'elle avait commencé ses recherches pour l'alphabet des fleurs. Elle l'embrassa, le caressa et lui parla gentiment.

Ensuite elle examina son "Mimulus cardinalis", une belle fleur jaune et rouge, sa dernière trouvaille pour l'alphabet. La fleur coupée séchait pendue la tête en bas. Lorsqu'elle serait sèche, elle la vaporiserait de laque à cheveux pour la conserver et l'ajouterait aux quinze fleurs séchées qui couvraient son plancher.

Cal avait mis un terme à leur liaison lorsqu'il avait appris cette histoire de colostomie, disant qu'il ne s'imaginait pas avoir une relation avec quelqu'un dont les excréments s'écoulaient dans un sac sur le côté. Cela avait beaucoup blessé Kerry.

Morag soupira. Vraiment, être un humain semblait impliquer des choses très difficiles.

## SIX

« J'en veux pas de ta leçon de violon, déclara Dinnie. Et je ne veux pas de toi ici. Va rejoindre ta copine.

– Ce n'est pas ma copine, protesta Heather. C'est juste quelqu'un que j'ai eu la malchance de rencontrer. J'ai eu pitié d'elle. Pour te dire la vérité, elle me fait vraiment chier. »

Heather s'installa avec un dé à coudre de whisky, habilement subtilisé au bar du coin.

« Moi je, moi je, moi je, sans arrêt. Tout ça parce qu'elle est vaguement médium. Tu parles. Les médiums, il y en a treize à la douzaine chez les fées. C'est banal à pleurer. Son don, je n'en voudrais même pas si on me l'offrait, moi. Bien sûr, son vrai problème, c'est qu'elle est maladivement jalouse de ma sublime chevelure dorée qui a rendu dingues tous les fées mâles d'Écosse. Ça la rendait folle. Les hommes préfèrent les blondes, comme on disait dans les Highlands.

– Mais vous vous teignez les cheveux toutes les deux, fit remarquer Dinnie, jetant un œil désapprobateur sur les bouts cramoisis des tresses blondes de Heather.

– Sauf que j'ai toujours eu de plus beaux cheveux, glousssa

Heather. Les cheveux de Morag sont trop foncés, ils prennent mal la teinture. »

Dinnie, maussade, fixait le mur. S'il avait cru aux fées, il n'aurait jamais imaginé qu'elles passaient leur temps à se chicaner sur leurs cheveux respectifs.

Il jeta un œil à son violon. Une expression de défaite s'inscrivit sur son gros visage rose. C'était au-delà de ses forces. Il ne ferait jamais de progrès. Même l'instrument ne lui plaisait plus tellement, même si le jour où il l'avait déniché chez le brocanteur, sous une pile de trompettes cassées, il avait ressenti comme une sorte d'appel mystérieux.

À l'école, il avait appris à jouer pendant une courte période puis avait abandonné. Il avait acheté le violon et les partitions parce que ça lui rappelait l'école, dernier endroit en date où il avait eu des amis.

« Prends-le, lui enjoignit Heather.

– Non. »

Tout ça était très frustrant pour Heather. Si Dinnie n'apprenait pas le violon, elle perdrait la face devant Morag. Elle s'était imprudemment vantée auprès d'elle de pouvoir lui apprendre très facilement à jouer, grâce à ses dons exceptionnels pour le violon.

Elle réalisait maintenant que Morag lui avait tendu un sale piège, la poussant à cette affirmation téméraire en se moquant délibérément des MacKintosh.

– Quand tu sauras jouer, tu pourras gagner de l'argent en jouant dans la rue.

– Ce sera trop tard, je serai déjà expulsé », grogna Dinnie. Depuis le vol de son vélo, la manche était un sujet douloureux.

Heather passa la main dans ses cheveux d'or, s'admira dans

le miroir, et se mit à penser à toute allure. Plutôt mourir qu'admettre un échec devant Morag MacPherson.

« Alors regarde, suggéra-t-elle. Je vais tenter de t'apprendre le violon. Si tu fais des progrès, tu seras content. Si tu ne fais pas de progrès, je promets de partir et de te laisser tranquille. Tu seras content quoi qu'il advienne. »

L'idée de voir Heather disparaître dans les profondeurs de Manhattan n'était pas, en effet, pour déplaire à Dinnie.

« OK, approuva-t-il, apprends-moi tes trucs. »

« Sale petit ver de terre, je vais te faire lécher mon petit bout », claqua une voix féminine. « Appelle le 970 D-O-M-M maintenant ! »

« Tu veux bien couper la chaîne 23, dit Heather. Elle n'est pas propice à l'enseignement du violon. »

Dinnie rit.

« J'aurais dû me douter que vous, les fées, étiez de petites prudes.

– Je ne suis pas prude. Dans les Highlands, on me considérait comme le meilleur coup depuis la grande joueuse de cornemuse Mavis MacKintosh, qui un jour a couché avec dix-huit hommes, douze femmes et le chef du clan MacAuly en une seule nuit, les laissant tous comblés mais épuisés. C'est juste que je n'aime pas le SM par téléphone. Sois gentil, éteins ce truc. »

À Central Park, Brannoc regardait d'un œil noir Petal et Tulip qui se tenaient par la main sous un buisson. Comme ils étaient frère et sœur, ils avaient tous les droits de se tenir par la main, mais ça rendait Brannoc jaloux. Brannoc était tombé amoureux de Petal le jour où il était arrivé en Cornouailles, ménestrel errant venu des comtés inconnus et froids d'Angleterre du Nord.

Maeve et Padraig demandaient aux écureuils où l'on pouvait trouver un peu de Guinness dans le coin.

« Dans la plupart des bars, leur dit un des écureuils. Ici, c'est plein d'Irlandais qui adorent boire de la Guinness et leurs bars portent un trèfle pour enseigne. Mais ça implique d'aller dans les rues, qui sont pleines d'humains. Et bien que vous prétendiez que chez vous, en Irlande, n'importe quel humain serait enchanté de tout arrêter pour vous apporter une bière sur-le-champ, ici je n'en suis pas si sûr. »

Maeve déclara qu'elle irait sur-le-champ parce qu'elle était Maeve O'Brien de Galway et qu'elle n'avait pas peur des humains ni de quoi que ce soit d'autre, mais Padraig était réticent, et pensait qu'il valait mieux attendre.

Petal et Tulip étaient perdus dans un rêve. Ils s'évadaient souvent dans l'état de rêve propre aux fées, proche de la transe, pour ne plus penser à leur père. Ils étaient les enfants du roi Tala et ils savaient qu'il les poursuivrait sans relâche.

« Wouah, fit Spiro lorsqu'il apprit ça. Vous êtes les enfants du roi. Tu imagines ! Des Majestés ! Ici, en plein Central Park ! »

Tout le dédain de Maeve s'abattit sur cette dernière remarque, vu qu'elle haïssait la monarchie anglaise. Elle lança à Petal et Tulip que leur conflit avec leur père était parfaitement typique de l'imbécillité des aristocrates anglais.

« Ils n'ont jamais travaillé une seule journée de leur vie », marmonna-t-elle, et elle joua une gigue furieuse sur sa cornemuse.

Brannoc pinçait doucement les cordes de sa mandoline. Il apprenait à Petal et son frère la mandoline et la flûte. Quand ils ne rêvassaient pas, c'étaient des élèves plutôt doués.

Dinnie n'était pas un élève doué du tout.

« Il faut manipuler ton archet délicatement. Le but n'est pas de scier le violon en deux. »

Heather, au bout de sa première leçon, commençait à être prise de sérieux regrets. Dinnie aussi. Il se tenait là, debout, grand, gros et moche.

« J'ai changé d'avis, dit-il. J'apprendrai une autre fois. »

Heather serra les dents.

« Dinnie, n'abuse pas de ma patience. C'est un honneur d'avoir une fée comme professeur. Tâche d'en profiter.

– Putain d'honneur de merde, connasse de gnôme, cracha Dinnie.

– Va te faire foutre, gros sac à merde », cracha Heather. Elle avait commencé à apprendre quelques expressions utiles au bar du coin.

Ils se regardèrent en chiens de faïence.

« Ramasse ce violon.

– J'ai pas que ça à faire.

– Ah ouais ? Qu'est-ce que t'as à faire ? Ce soir par exemple ? Tu es invité chez des amis par exemple ? »

Dinnie écarquilla les yeux, mal à l'aise.

« Tu n'as pas d'amis, hein ?

– Et alors ?

– Et alors voilà : en dépit de ton incroyable grossièreté à mon égard, tu es en fait ravi de m'avoir sous la main parce que sinon tu n'aurais absolument personne à qui parler. Dans cette énorme ville, tu n'as même pas été capable de te faire un seul ami. J'ai pas raison ? »

Dinnie attrapa la télécommande et alluma la télé. Heather sauta sur la télécommande avec agilité et éteignit la télé.

« Tu n'as pas à avoir honte, Dinnie. J'ai passé un peu de temps à essayer de comprendre cet endroit. Apparemment, la solitude n'est pas une chose rare. Je le sais parce que j'ai lu un article à ce sujet dans un magazine féminin par-dessus l'épaule d'un vieux monsieur dans un bar. À Cruickshank, chacun est amical avec chacun. Qu'ici, avec tant de monde, personne ne se montre amical avec personne, ça me dépasse, mais je peux arranger ça pour toi.

– Te fais pas chier, grogna Dinnie.

– Ça ne me fait pas chier. Chez les fées écossaises, je suis réputée pour ma facilité à me faire des amis. Évidemment, avec mes cheveux d'or et ma beauté surnaturelle, tout le monde vient vers moi pour devenir mon ami de toute façon – d'ailleurs, au passage, ça rend Morag verte de rage – mais tout de même, je saurais amadouer le plus revêche des trolls ou même un Red Cap.

– Super. Comme ça, la prochaine fois que tu croises un troll sur la 4e avenue, tu n'auras aucun problème.

– Je suis la meilleure violoniste du monde. Et toi, bientôt, tu seras très bon à ton tour, avec une fée MacKintosh pour t'aider. Il aurait fallu que tu entendes Neil Gow avant que ma mère ne lui apprenne deux ou trois choses.

– Qui c'est, Neil Gow ?

– Qui c'est, Neil Gow ? Le plus célèbre violoniste écossais de tous les temps. Il est né à Inver, pas loin de là d'où je viens. Il est enterré dans le cimetière de l'église de Little Dunkeld, un endroit très joli, même si nous, les fées, n'avons pas une passion innée pour les cimetières d'église. Je pourrais te raconter plein de choses passionnantes sur Neil Gow.

– J'imagine bien que tu ne vas pas te gêner.

– On verra plus tard. Quoiqu'il en soit, sa technique était lamentable jusqu'à ce que ma mère le prenne en main. Ma famille a formé tous les plus grands violonistes d'Écosse, et je suis sûre que je peux t'apprendre. Alors arrête de lorgner sur cette télécommande et allons-y. Première leçon. "The Bridge of Balater", un strathspey lent, mais qui devient du miel dans les mains d'un maître. »

Heather joua "The Bridge of Balater". C'était un sthraspey lent, mais qui devenait du miel dans ses mains. Chaque "Scottish snap" claquait comme on avait rarement entendu depuis Neil Gow. Sur le rebord de la fenêtre, les oiseaux se posaient pour écouter. En bas dans la rue, Rachel, une vieille clocharde, entendant la magnifique interprétation de Heather, s'assit sur les marches du théâtre pour reposer ses vieilles jambes.

« Je suis heureuse d'avoir entendu une belle chose avant de mourir », murmura-t-elle pour elle-même, et elle réchauffa ses entrailles à la douce aura de la fée.

Au-dessus, Heather se pencha vers Dinnie.

« À toi, maintenant. Essaie. »

Dinnie, sa partition écornée de "The Gow Collection of Scottish Music" posée en équilibre instable sur ses genoux, massacra consciencieusement "The Bridge of Balater". Les oiseaux s'enfuirent et Rachel fut violemment ramenée malgré elle dans le monde des vivants.

« Terrifiant, dit Heather, sincère. Mais tu vas t'améliorer en un rien de temps. Maintenant regarde. En musique, ce signe signifie un point d'orgue, qui se joue comme ça... Et ce signe, là, c'est un tremolo, qui se joue comme ça... Essaie. »

Dinnie essaya. Il ne sortait toujours que des sons horribles.

Heather soupira. Elle avait surestimé sa patience pédagogique.

« Dinnie, je me rends compte qu'il faut utiliser les grands moyens. Et je te prie de croire que c'est un honneur rare, que je ne t'accorde que parce que tu es un MacKintosh dans le besoin. Et aussi parce que mes oreilles ne supporteront pas une fausse note de plus. Donne-moi tes mains. »

Elle lui toucha les doigts. Dinnie les sentit devenir légèrement chauds.

« Maintenant réessaie. »

Dinnie regarda ses doigts chauds, et réessaya. Pour la toute première fois, il réussit à sortir un son qu'on pouvait raisonnablement qualifier de musical.

Aelric s'installa sous un buisson. La nuit était profonde, et tout était calme en Cornouailles. Ses cinq camarades s'assirent derrière lui, tendus et alertes. Au signe d'Aelric, ils décollèrent vers le ciel, volèrent vers l'abri contenant les métiers à tisser, firent magiquement apparaître le feu dans leurs mains, et mirent le feu.

L'abri brûla violemment, mais avant même que l'alarme fût donnée, Aelric et sa bande s'étaient envolés en sécurité au profond de la nuit.

Aelric était le leader du Mouvement de Résistance des Fées de Cornouailles, seule lueur d'espoir pour les fées opprimées par leurs dirigeants. Cependant, comme le mouvement comprenait en tout et pour tout lui et ses cinq compagnons, et que le roi Tala était le plus puissant gouverneur du royaume des fées qu'on eût jamais connu, sa tâche semblait sans espoir.

Malgré tout, l'incendie de l'atelier de tissage était une opération de sabotage économique très utile. Aelric avait appris le sabotage économique dans un livre sur les tactiques terroristes qu'il avait trouvé dans une librairie humaine, et jusqu'à présent ça semblait très bien fonctionner.

Dinnie faisait des progrès, mais commença bientôt à se plaindre d'avoir mal aux doigts.

« Recommence, commanda Heather.

– J'ai mal aux doigts.

– *Haud your wheest,* gros tas ! finit par hurler la fée.

– Tu peux te garder tes injures écossaises, dit Dinnie. Et je préfère être un gros tas qu'une connasse de cinquante centimètres dans un kilt ringard.

– Fais gaffe à ce que tu dis. Surtout après que je t'ai appris un morceau.

– Je l'aurais appris de toute façon. »

Heather était hors d'elle.

« Tu as autant de talent qu'un plat de tripes », dit-elle, et elle s'envola dans la nuit.

Très peu de gens, comme Kerry, naissent avec le don naturel de voir les fées. D'autres, comme Magenta, développent le don en buvant d'étranges boissons à base, par exemple, de méthyle, de cirage et de jus de fruits.

« Si je ne m'abuse, vous êtes l'un des disciples internationaux de Tissapherne, grand satrape perse de la région ? interrogea Magenta.

– Pas du tout, je suis Heather, petite fée. »

Magenta n'était pas convaincue, et agrippa son épée.

– Eh bien je suis Xénophon. J'emmène les mercenaires grecs au secours de Cyrus, le frère du roi Artaxerxes, contre ce même Artaxerxes. Et si tu es l'un de ses sujets, préviens-le que sa fin est imminente. »

Une voiture équipée de haut-parleurs passa en trombe, faisant trembler l'atmosphère par la musique qu'elle diffusait.

J'adorerais jouer du violon avec une sono comme ça, pensa Heather, ce qui lui rappela les plans de Morag pour leur groupe. Ce qui la rendit triste.

Magenta s'éloigna, fermement et joyeusement accrochée à son délire.

## SEPT

« Tout le monde est jaune, dit Morag.

– On est à Chinatown », lui répondit Kerry.

Elles faisaient leur promenade quotidienne. Kerry profitait d'être à Chinatown pour rechercher une fleur de ginkgo biloba, un arbre chinois.

« Comment la fleur d'un arbre chinois a-t-elle pu se retrouver dans l'alphabet des fleurs des Celtes antiques ? » s'enquit Morag.

Kerry n'en savait rien. Elle supposait que les Celtes avaient dû beaucoup voyager.

« Ou alors, c'est un arbre qui poussait aussi ailleurs. Quoiqu'il en soit, c'est l'une des raretés qui rendent mon alphabet difficile à constituer. »

Morag scruta l'horizon à la recherche d'un ginkgo biloba. Au début, la première fois qu'elle avait entendu parler de ce projet, elle avait supposé qu'un alphabet des fleurs, c'était une fleur qui commence par A, une fleur qui commence par B, une autre par C et ainsi de suite, mais apparemment c'était beaucoup plus compliqué que ça. Les fleurs requises correspondaient à d'anciens symboles celtes et non pas aux lettres anglaises modernes, et non seulement il fallait trouver l'espèce exacte, mais aussi la bonne couleur.

Ne voyant aucun ginkgo biloba à l'horizon, Morag se mit à étudier les gens.

« Quel merveilleux endroit que New York. Des gens noirs, des marrons, des blancs, des jaunes, et toutes les couleurs intermédiaires. J'adore.

– Moi aussi, dit Kerry. Mais parfois il y a des luttes entre ces gens.

– Pourquoi ?

– À cause de leurs différentes couleurs. »

Morag éclata de rire.

« Les humains sont tellement crétins. Si les fées étaient de couleurs différentes, elles ne se battraient pas pour autant. »

Ce jour-là, Kerry s'était réveillée d'excellente humeur, et même le fait de s'occuper de son sac de colostomie ne l'avait pas déprimée. Morag savait que ce n'était que temporaire, et continuait à se creuser la tête pour trouver une solution à ce problème. En tant que fée, elle avait un certain pouvoir magique de guérison, mais qui n'était pas suffisant lorsqu'il s'agissait de problèmes opératoires compliqués.

Kerry fut attirée par une petite broche composée d'un miroir octogonal et elle entra dans la boutique afin de la voir. C'était une drôle de boutique, une brocante pleine de vieux vêtements et bijoux, avec quelques livres et cartes postales sur le comptoir. Morag y jeta un œil pendant que Kerry interrogeait le vendeur chinois au sujet de la broche. Elle n'était pas à vendre.

« Pourquoi ? » demanda Morag, une fois dehors.

Kerry haussa les épaules.

« Je ne sais pas. Il a juste dit qu'elle n'était pas à vendre. »

Elles reprirent leur chemin et Kerry sortit la broche de sa poche.

« Tu es une voleuse géniale, s'exclama Morag, admirative. Je n'ai rien vu du tout. »

Morag repéra des homards dans un large bassin en vitrine d'un restaurant.

« Pourquoi ces homards habitent-ils dans une boutique ?

– Ils restent dans ce bassin jusqu'à ce qu'un client décide de les manger. Alors on les fait cuire.

– Quoi ? »

Morag était atterrée. Chez elle en Écosse, au cours de promenades sur la côte, elle avait souvent eu de plaisantes conversations avec des homards. Elle ne se doutait pas le moins du monde que les gens puissent les manger. Plus tard, lorsqu'elles rentrèrent afin que Kerry mange et prenne la dose de stéroïdes qui contrôlait sa maladie de Crohn, Morag était plutôt déprimée à cause de cette histoire de homards.

Elle défit le tissu vert qui enveloppait son violon et le cala sous son menton.

« C'est très beau, cet air, dit Kerry.

– Merci. C'est une complainte écossaise très connue. Bien que, pour te dire la vérité, j'en aie un peu marre de ce genre de choses. Si Heather n'avait pas été une petite conne ignorante qui nous a fait bannir d'Écosse, notre groupe de Celtic radical trash serait en train de soulever le pays à ce moment-même. »

De voir et entendre Morag exprimer son blues par une complainte endeuillée rendit Kerry triste à son tour, et à la tombée du jour, elles conclurent d'un commun accord qu'il ne leur restait plus qu'à aller déprimer au lit, avec un oreiller pour étouffer le téléphone.

Kerry souhaita bonne nuit à ses fleurs, embrassa son merveilleux pavot gallois, et se coucha.

Dans le théâtre, de l'autre côté de la rue, Cal auditionnait de jeunes actrices pour le rôle de Titania dans *Le Songe d'une Nuit d'Été*.

Heather assistait à la scène, énervée.

« Aucune d'entre elles n'a l'air d'une reine des fées », rapporta-t-elle plus tard à Dinnie, mais Dinnie, trop occupé à remettre une couche de beurre de cacahuète sur un cookie au chocolat, n'y prêta pas attention.

« Hier j'ai suivi une clocharde, continua Heather. Elle se prenait pour Xénophon, un mercenaire athénien en 401 avant Jésus-Christ, partant combattre Cyrus, le prétendant au trône perse, contre son frère Artaxerxes.

– Tu me gonfles à inventer ces histoires stupides, dit Dinnie. Fous-moi la paix. »

Incapable de trouver le sommeil, Morag se leva, déterminée à libérer les homards.

« Les pauvres. »

Elle sauta sur une voiture qui allait vers le centre ville, se sentant une âme d'aventurière.

« Un peu comme James MacPherson », murmura-t-elle. James MacPherson était un célèbre voleur et violoniste de l'Écosse du XVII^e siècle, et grand ami des fées, avant d'être pendu.

Dans la rue suivante, l'explosion d'un pétard avait créé un petit attroupement, mais c'était globalement calme.

Elle trouva le restaurant et salua chaleureusement les homards. Il lui fut facile de les libérer. Très peu de serrures résistent aux fées, et elle eut tôt fait de les faire évader par les égouts.

Voilà une réussite spectaculaire ! pensa Morag. Un triomphe en fait. Tout s'était déroulé en souplesse et sans accroc. MacPherson le voleur lui-même n'aurait pas fait mieux.

« Eh, tu te crois où, toi ? Tu piques dans un restaurant sur notre terrain ! » s'exclama une voix derrière elle. D'une pirouette, Morag se retourna, et, stupéfaite, se retrouva nez à nez avec une fée toute jaune, l'air carrément furieux, ses yeux bridés braqués sur elle.

Morag détala à toutes ailes.

Au coin de Canal Street elle bondit sur une moto qui passait, et qui allait beaucoup plus vite qu'elle ne pouvait voler. Elle s'accrocha fermement pour ne pas mourir. Derrière elle, une horde de fées chinoises la menaçaient du poing et cherchaient des véhicules à enfourcher pour la poursuivre.

« Diablesse blanche ! » hurlaient-elles. « Venir faire une descente dans nos restaurants ! »

Alors que la moto atteignait la 4e rue, Morag sauta à terre au péril de sa vie, et courut à l'appartement. Elle vérifia d'un coup d'œil par-dessus l'épaule que plus personne ne la poursuivait. Elle pria pour les avoir semées. Heureusement pour elle, elle était tombée sur un motard bourré qui conduisait comme un dingue.

« Ah ah ! » se dit Magenta qui se traînait sur Broadway en voyant les fées chinoises lancées en vain à la poursuite de Morag. Les premières escarmouches. Artaxerxes avait envoyé en première ligne Tissapherne et un bataillon oriental. Elle comprit que l'heure de la bataille allait sonner, et, pour soutenir ses nerfs, s'envoya une bonne rasade de cocktail Fitzroy. Le cirage laissa une traînée pourpre autour de ses lèvres, mais la boisson lui redonna du cœur.

Cherchant à se mettre à couvert, elle se dirigea vers la 4e rue et s'engouffra dans le théâtre.

À l'intérieur, Cal dirigeait l'acteur qui jouait Thésée, duc d'Athènes.

« T'es un duc. Faut être royal.

– Absurde, lança Magenta, apparaissant par les coulisses. Thésée n'a jamais été duc d'Athènes.

– De quoi ?

– Thésée n'a jamais été duc d'Athènes. D'abord, le rang de duc n'a jamais existé à Athènes.

– Qu'est-ce que vous pouvez bien en savoir, bordel ? » interrogea Cal.

Magenta se redressa. Elle n'avait pas été affaiblie par sa vie dans les rues. Trente-cinq ans, musclée, les cheveux gris métal coupés courts, elle pouvait être très impressionnante, debout.

« Comment je le sais ? J'y suis née.

– Casse-toi, la clocharde », dit l'acteur.

Magenta lui balança une pichenette de dissuasion dans l'oreille.

« Je démissionne, dit l'acteur, au sol. Un vrai professionnel ne peut pas travailler dans ces conditions. »

Morag entra précipitamment chez Kerry, à l'abri. Kerry s'était réveillée, et, assise sur un coussin, elle cousait un chapeau assorti à ses cheveux bleus, buvant une bière et écoutant la radio.

« Diables de fées jaunes... » commença Morag, avant que Kerry ne l'interrompe.

« Morag, justement je pensais à toi. Écoute les nouvelles. »

Le présentateur du journal décrivait les derniers événements de Brooklyn, où de sérieux affrontements avaient éclaté entre

Coréens et Dominicains, à la suite d'une bagarre dans un restaurant. L'incident avait tourné à l'émeute, et un cordon de police entourait maintenant le restaurant.

« Encore une émeute raciale, dit Kerry. Quel dommage que les humains ne puissent pas être aussi tolérants que les fées, comme tu l'as dit ce matin.

– Bien sûr », dit Morag, fixant le plafond.

Kerry éteignit la radio et prit un air songeur.

« Qu'est-ce que ça veut dire, "diables de fées jaunes" ?

– Rien. Rien du tout. C'est une formule de politesse écossaise. C'est un truc qu'on dit souvent quand on retrouve un vieil ami. »

Morag s'empara de sa réserve de whisky et se dirigea vers le lit.

« Je crois que je vais aller me coucher. Si on m'appelle, je ne suis là pour personne. »

« Tu es obligée de t'asseoir sur mon épaule ? se plaignit Dinnie.

– Pourquoi pas ? C'est une bonne grosse épaule bien confortable. Avec tout plein de place.

– Mon épaule n'est pas grosse.

– Si, si. »

Ils s'arrêtèrent au coin pour se disputer. Cette discussion échauffée entre un violoniste et une fée invisible aurait attiré l'attention n'importe où ailleurs. Au coin de la 4e rue, personne n'y prêtait attention.

Ils reprirent leur chemin ; Dinnie se montrait encore plus désagréable que d'habitude, mais la dispute laissait Heather complètement froide. Dinnie se rendait au supermarché de la 2e avenue, où il pouvait faire ses courses pour pas cher et acheter ses cookies préférés.

« T'as pas une pièce ? » lui demanda une mendiante. Dinnie l'ignora. La méchanceté de Dinnie attrista Heather. Elle ne trouvait pas convenable pour un MacKintosh de refuser son aide aux pauvres.

« Elle n'a pas de maison. C'est terrible de ne pas avoir de maison.

– Qu'est-ce que ça peut me fiche ? Si ça te défrise tellement, tu n'as qu'à aller lui en construire une. Au moins, ça te dégagera de mes cheveux.

– Je n'ai jamais été dans tes cheveux. Ils sont trop sales. »

Dinnie avait les cheveux noirs, épais, drus et pas coiffés. Vu sa taille impressionnante, ça lui donnait un air d'homme préhistorique, surtout quand il ne s'était pas rasé – soit parce qu'il s'en fichait, soit parce qu'il n'y avait plus d'eau chaude.

Il n'appréciait pas les critiques personnelles venant d'une fée, et entreprit de marcher en silence, ce qui était impossible avec Heather sur son épaule.

« Pourquoi il y a de la fumée qui monte des bas-côtés ?

– J'en sais rien. Et ce ne sont pas des bas-côtés, ce sont des trottoirs.

– Ah bon. On arrive bientôt ?

– Non.

– Super. Alors je vais te raconter une histoire pendant qu'on marche. Je vais te raconter la triste histoire de mon expulsion des merveilleux monts et vallées d'Écosse. Pourquoi je ne pourrai jamais retourner voir les collines couvertes de bruyère et les pics enneigés de Glencoe. Comment je suis à jamais privée du plaisir de la liqueur de bruyère et du whisky, comme savent le distiller habilement les fées MacKintosh, et pourquoi je ne reverrai jamais le mignon petit cimetière de l'église d'Inver. »

Dinnie grinça des dents. « Accouche. »

« Je plantais juste le décor. Bref, par une nuit sombre, où le tonnerre grondait et alors que tombaient des déluges de pluie, Morag et moi voyagions dans Skye, une île de la côte ouest écossaise. Nous nous rendions à la grande compétition MacLeod des fées violonistes. Le temps était très rude, mais je suis une MacKintosh et je n'en étais pas trop affectée. Morag, par contre, n'arrêtait pas de se plaindre, encore plus que d'habitude, du froid et de la pluie. Les MacPherson n'ont jamais été très vaillants. Elle était à deux doigts de se coucher par terre et d'abandonner, lorsque je pris les choses en main et nous trouvai un château pour nous abriter.

– Tu as trouvé un château ? Comme ça ?

– Les châteaux ne sont pas rares en Écosse. En fait, l'Écosse est bourrée de châteaux. On a trouvé une pièce bien sèche. Avec rien qui ressemblât à un lit, mais, par terre, un coffre confortable, bien tentant. Nous avons grimpé dedans. Il ne contenait qu'un grand morceau de tissu vert. »

Un taxi passa, klaxonnant le camion devant lui, qui klaxonnait lui-même la voiture de devant, laquelle était momentanément bloquée par une autre voiture arrêtée. Les véhicules suivant le taxi s'y mirent aussi, formant un gigantesque concert de klaxons, alors qu'il n'y avait rien d'autre à faire qu'attendre patiemment. Dinnie se fraya un chemin dans la rue.

« Morag se plaignait toujours du froid, bien sûr, alors pour lui clouer le bec j'ai sorti mon épée et j'ai découpé de petites couvertures dans le tissu vert. On a très bien dormi. Mais devine ce que c'était, ce tissu vert ?

– Je m'en tape.

– C'était la célèbre bannière des MacLeod ! »

Heather s'attendait à une exclamation de stupeur de la part de Dinnie. Rien ne vint.

« Tu n'es pas étonné ?

– Non.

– Tu n'as jamais entendu parler de la célèbre bannière des MacLeod ?

– Non. »

Heather était très surprise. Elle pensait que tout le monde avait entendu parler de la célèbre bannière des MacLeod.

« C'est l'un des plus grands ouvrages d'Écosse, aussi important pour les fées écossaises que le violon MacPherson et l'épée MacKintosh.

« Cette bannière fut donnée par les fées au clan des MacLeod humains au XIe siècle, et ils la conservent depuis dans la demeure familiale, le château de Dunvegan. Elle a sauvé le clan, et ne doit être déroulée qu'en cas d'extrême urgence. On ne rigole pas avec la bannière des MacLeod. On ne doit même pas y toucher. Personne. Alors tu imagines, la découper pour en faire de petites couvertures...

« Bref, le jour suivant, inconscientes de ce que nous avions fait, nous avons repris la route. Nous avions enveloppé nos violons dans les petites couvertures, pensant qu'elles pourraient nous être utiles plus tard. Mais lorsque, à l'approche du lieu de la compétition, nous avons déballé nos violons, la foule s'est mise à gronder. Les MacLeod voulaient nous tuer sur le champ pour avoir mutilé leur bannière. Je leur ai dit que c'était un accident et que nous n'avions ni réalisé que nous étions au château de Dunvegan, ni surtout que nous découpions la bannière magique, mais ils semblaient penser que nous l'avions fait exprès. Les fées MacLeod sont des imbéciles, tout le monde le sait. Malheureusement, elles sont très nombreuses et nous avons dû nous envoler en catastrophe et rejoindre le continent.

« Après ça, elles ne nous ont plus lâchées. Elles nous poursuivaient partout. Même le fait que nous soyons de bonnes fées, réputées pour ne jamais faire le mal, n'avait plus aucune importance. D'où mon exil d'Écosse, avec Morag. Désormais nous ne pourrons jamais y retourner, tout ça parce que cette sombre pétasse de Morag n'arrêtait pas de se plaindre du froid. Elle a ruiné ma vie.

– Oui, dit Dinnie, saisissant une occasion de descendre Heather, mais c'est toi qui a découpé la bannière.

– Seulement pour aider plus faible que moi. Et comment je pouvais savoir que c'était la grande bannière des MacLeod. Ils n'avaient qu'à pas la laisser traîner dans un coffre. »

Dinnie commençait à être fatigué. Le trajet de la 4e rue au supermarché lui avait coupé les jambes, et il se concentrait sur ses courses pour en finir et rentrer le plus vite possible.

« Tu pourrais au moins exprimer un tout petit peu de sympathie, dit Heather alors qu'il remplissait le caddie de cookies et de boîtes de corned beef.

– Pourquoi ? Ça ne me fait ni chaud ni froid qu'on t'ait expulsée d'Écosse.

– Mais c'est terrible de ne plus avoir de maison.

– Bah ! »

Dinnie s'engueula brièvement avec la caissière, qu'il accusait à tort de s'être trompée sur la monnaie, puis se dirigea vers chez lui.

« Je vous cherchais justement, dit le gérant, croisant Dinnie dans les escaliers. Je vous expulse. »

Dinnie vacilla jusqu'au premier étage et balança ses courses par terre.

« Je suis désolée, dit Heather, c'est terrible de ne pas avoir de...

– Ta gueule », grogna Dinnie, et il ouvrit brutalement une boîte de corned-beef.

L'albatros se posa lourdement sur le rivage de Cornouailles. Magris l'attendait. C'était le grand sorcier du roi, bien qu'il préférât qu'on l'appelle désormais le chef technicien, et ses ailes étaient soigneusement repliées sous un long cache-poussière gris.

« Vous avez des nouvelles pour moi ? »

L'albatros secoua la tête.

« Aucun signe d'eux, dans aucun des royaumes que nous avons survolés. Nous avons vu des guerres, des famines et des épidémies, des bateaux, des trains et des voitures, des fourmis, des chameaux et des lézards, des Korrigans, des Elfes et des Sirènes, mais pas trace de vos deux fées ou de leurs amis. »

Magris fronça les sourcils. Il était contrarié, mais trop malin pour critiquer l'albatros.

« Soyez gentil de poursuivre vos recherches. »

L'oiseau opina du chef et reprit son envol. Les albatros ne sont pas trop portés sur la causette, en règle générale. Magris non plus. Il était trop furieux après Aelric le rebelle et son sabotage économique. Les ateliers et les usines prenaient feu dans tout le pays.

Les rebelles répandaient la rumeur que si Petal et Tulip venaient à régner à la place de Tala, le calme reviendrait sur le royaume.

Petal et Tulip se reposaient dans une paisible petite clairière à l'abri des épais sous-bois de Central Park, écoutant Maeve et Padraig qui jouaient du flageolet. Ils jouaient "Ballydesmond" et "Maggie in the Woods", et Petal et Tulip tapaient du pied au rythme joyeux de la polka.

« Je me demande quand je reverrai Doolin », dit Maeve. En Irlande, Doolin était célèbre pour ses joueurs de flageolet et les deux fées s'y étaient rendues très souvent, pour jouer ou écouter des concerts. Ils eurent une pensée fugace pour les bons moments qu'ils avaient passés à County Clare.

Le XX^e siècle n'avait jamais vraiment passionné Magenta. À la mort de son père, électrocuté par son ordinateur après s'être lavé les mains et les avoir mal séchées, elle s'en était totalement désintéressée. Se laver ne la passionnait pas tellement non plus.

Le délire de Xénophon dans lequel elle avait plongé était une échappatoire agréable, et une excellente façon de garder l'esprit occupé alors qu'elle se cachait de Joshua. Elle avait eu une histoire d'amour avec Joshua autrefois, avant de le surprendre avec une autre clocharde et de se venger en lui volant sa recette de cocktail, sachant que c'était vital pour lui.

À cet instant, pourtant, rôdant sur le trottoir, elle était à deux doigts d'abandonner. L'effet de la terrible mixture alcoolisée s'estompait et elle était parfaitement consciente de ne présenter que peu de ressemblance avec le légendaire héros grec.

Ce qui ressemblait à une fée voletait à l'horizon.

« Je dois encore être en train d'halluciner. »

Heather contemplait tristement un nouveau cadavre, encore un clochard qui était mort de maladie, d'épuisement ou de désespoir. Cela faisait trois en trois jours. C'était abominable, tous ces gens qui mouraient comme ça, dans la rue, sans personne pour s'occuper de leur corps. Les gens passaient à côté sans même leur accorder un regard. Cela n'aurait jamais pu se produire à Cruickshank.

Chez les fées, on pose une fleur sur un cadavre en signe de

respect, et Heather se mit à chercher une fleur. Dans le théâtre, près de la guitare de Cal, elle trouva un magnifique pavot aux pétales rouges, jaunes et orange. Elle s'en saisit pour le déposer sur le corps.

Elle joua une complainte triste, puis s'en fut.

Magenta s'approcha du corps et fut choquée de constater que c'était quelqu'un qu'elle connaissait bien, une femme avec qui elle avait mendié et qui avait été son amie pendant quinze ans.

Elle s'assit, lugubre, et but une grande rasade de cocktail Fitzroy. Cette ville était un endroit désagréable.

« Qu'ils aillent tous se faire foutre », marmonna le subconscient de Magenta. Elle se leva, majestueuse.

« Cyrus est mort, annonça-t-elle aux troupes qui attendaient. Mon très cher ami et bienfaiteur, tombé au combat. Et maintenant, nous autres Grecs, comment allons-nous trouver notre chemin parmi ces innombrables hectares de territoire ennemi ? »

Elle ramassa la fleur qu'avait déposée Heather, et s'éloigna d'un pas décidé.

L'albatros se posa lourdement sur la plage de Cornouailles.

« Nous les avons trouvés », annonça-t-il à Magris.

« L'un d'eux a été repéré par un moineau à New York, parlant à une vieille femme.

– Merci », dit Magris, et il récompensa l'albatros d'un sac d'or.

# HUIT

Pour Kerry, la perte de son pavot gallois à trois têtes fut un choc d'une rare violence.

Elle avait les yeux fixés sur l'endroit où la fleur aurait dû se trouver, tremblante de fureur. Morag, qui s'était perchée sur le dessus d'une enceinte pour écouter Suicide, s'approcha d'un coup d'ailes pour savoir ce qui se passait.

« Mon pavot a disparu. »

Dans le livre des mythes celtes de Kerry, on disait que le pavot était la pièce maîtresse de l'alphabet mystique. De plus, ce devait être une fleur à trois têtes, ce qui était si rare qu'on n'avait pratiquement pas la moindre chance d'en trouver.

« Je l'ai trouvé sur le chantier d'une usine de crack rasée par la police, gémit Kerry. Il n'y en a pas d'autre dans toute l'Amérique ! »

Le mystère, c'était comment cette fleur avait pu disparaître.

Cal sonna à la porte. Lorsque Kerry lui ouvrit, il la remercia chaleureusement pour le prêt de sa fleur.

« Une clocharde nous a attaqués au théâtre, et ça a complètement paniqué ma Titania. Il fallait que je trouve un truc pour la calmer. Je suis rentré avec ton double de clé et j'ai pris une fleur. Je savais que tu aurais été d'accord. Seulement j'ai bien peur que quelqu'un me l'ait prise à son tour. C'est pas trop grave, si ? »

Les fées chinoises étaient déjà contrariées qu'un intrus ait pu s'attaquer à l'un de leurs restaurants, mais ce n'était rien comparé au moment où elles découvrirent la disparition de leur miroir Bhat Gwa. Un miroir Bhat Gwa est tout spécialement conçu pour réfléchir le mauvais Feng Shui, à savoir toutes sortes de mauvaises ondes, et un tel miroir est particulièrement cher aux fées chinoises. Celui-là, assez petit, de forme octogonale, avait été volé dans la boutique de leur ami humain Hwui-Yin.

Sans ce miroir pour renvoyer la malchance, tout un éventail de calamités pouvait advenir, d'autant qu'on approchait du festival des Fantômes Affamés, moment où les esprits insatisfaits revenaient rôder sur terre.

Elles flairèrent autour de la boutique, cherchant des indices de la disparition du miroir.

« Cette bizarre fée blanche aux cheveux multicolores est venue ici », s'écrièrent-elles, détectant l'aura de Morag, comme seules les fées savent le faire. Elles en déduisirent que c'était elle la voleuse – supposition raisonnable, même si la coupable était en fait Kerry, et que le miroir ornait désormais avec bonheur l'un de ses gilets indiens.

« Sacrée droite, dit Morag. Ça m'a rappelé la fois où j'ai dû affronter le clan MacDougal et que je les ai battus d'une seule main.

– Merci, dit Kerry, soignant sa main contusionnée.

– Tu crois que Cal a le nez cassé ? Il s'est enfui en courant si vite que je n'ai même pas vu. »

Kerry dit qu'elle l'espérait bien, et marmonna quelque chose au sujet d'une vengeance meurtrière qu'elle préparait pour plus tard. La perte de la fleur la déprimait profondément, et elle était sûre que c'était du sabotage délibéré de la part de Cal.

À cet instant précis, elle tâchait de décoller le sparadrap de son sac de colostomie pour le jeter. Elle détestait les bruits que ça faisait parfois.

Morag se percha sur son épaule.

« Comment va-t-on remplacer la fleur ?

– On ne peut pas la remplacer.

– Absurde, répliqua Morag. Et moi ? Je ne suis pas là pour t'aider ? Je vais ratisser la ville. »

Kerry versa un peu de préparation saline stérile sur une compresse pour nettoyer le trou qu'elle avait sur le côté. Morag voleta vers une pile de disques pirates du Velvet Underground, fixant brièvement une photo de Nico, jeune et triste.

« Tu veux que j'aille voler de la cocaïne au dealer à côté ? Ça pourrait te donner l'inspiration. »

Kerry rit.

« Comment tu sais ça ?

– J'ai eu une vision. »

Kerry ne pensait pas que ce soit une très bonne idée d'aller lui voler de la cocaïne. Elle colla précautionneusement sur sa hanche un morceau de carton rond pour y accrocher le nouveau sac.

« Bon, qu'est-ce que je peux faire pour que tu retrouves le moral ?, demanda Morag, un peu frustrée. À Cruickshank, elle savait toujours comment réconforter une femme malheureuse.

– Raconte-moi une histoire. »

Cela fit plaisir à Morag.

« Excellente idée. Je vais te raconter l'histoire de la terrible lutte entre les clans MacPherson et MacKintosh, ce qui t'éclairera sur les hauts faits de la culture écossaise, et qui te fera aussi comprendre comment Heather a pu devenir la salope intégrale qu'elle est aujourd'hui. »

Elle s'installa confortablement sur la pile de disques pirates du Velvet pour se lancer dans son histoire.

« Autrefois, aux alentours du XII$^{e}$ siècle, il y avait en Écosse une puissante confédération de clans, le clan Chattan. Cette confédération se composait des MacPherson, avec qui est associée ma tribu de fées, les MacGillivray, les MacBean et les Davidson. Et ces connards de MacKintosh... »

« Tu serais gentille de ne pas cracher par terre, dit Kerry.

– Entendu. Alors les MacPherson étaient les chefs naturels de cette fédération. D'abord, ils étaient plus courageux et plus intelligents que qui que ce soit d'autre. Et puis ils avaient les meilleurs joueurs de cornemuse du pays, évidemment, puisque ma famille leur avait tout appris. Nous avons toujours été spécialement doués pour la cornemuse et le violon.

« En plus de ça, les MacPherson descendaient de Muireach, le Kingussie de Parson en 1173, qui était le père de Gillechattan Mor, chef incontesté des Chattan, et de Ewan Mor, ancêtre direct de la lignée des MacPherson. Donc les MacPherson descendaient directement du premier fondateur de la lignée des Chattan, et étaient ainsi leurs chefs naturels. Mais lorsqu'Eva, fille de Douglas Dall, prit la tête du clan Chattan en 1291, Angus, sixième du nom de ces enfoirés de MacKintosh, la kidnappa, l'épousa de force et prit ainsi le pouvoir. »

Pendant ce temps, Kerry fixait avec du sparadrap un sachet plastique propre, destiné à collecter les excréments qui s'écouleraient aujourd'hui par son flanc.

« Évidemment, les MacPherson n'ont jamais accepté ça mais au cours des siècles, les MacKintosh ont usé de tous les subterfuges et ruses possibles et imaginables pour consolider leur position illicitement gagnée. Rien n'était trop bas pour eux. Ils volaient, se vautraient dans la corruption, dénonçaient les gens aux Français, aux Anglais, à n'importe qui les payait, et d'une façon générale déshonoraient tous les clans par leur comportement abject. Et, si tu veux mon avis, ça continue encore aujourd'hui.

« C'est pour ça, tu vois, conclut Morag, les joues empourprées d'émotion, avec un tel passif, c'était inévitable que Heather tourne mal. Voler, tricher, baver sur ses anciens amants, tout ça c'est parfaitement naturel pour elle. C'est dans ses gènes.

– Tout de même, protesta Kerry, Elle ne peut sûrement pas être si mauvaise que ça ? »

La petite fée ricana cyniquement.

« Ha ! Pas un jour ne se passait à Cruickshank sans que Heather ne fasse une connerie. Si le lait du fermier avait disparu, ils organisaient des battues pour trouver Heather. Si la maison d'un villageois brûlait, on s'écriait “Où est Heather ?” Franchement, c'est incroyable qu'elle n'ait pas fini pendue haut et court à un buisson d'aubépine bien avant d'être bannie du pays. Je vais te dire, c'est peut-être une bonne fée, mais ça ne l'empêche pas d'être la plus dégueulasse, tricheuse, sans scrupule...

– Oh là là, dit gentiment Kerry. Tu es désespérément amoureuse d'elle, n'est-ce pas ?

– Certainement pas. Tout ce qu'elle sait faire, c'est crâner parce qu'elle peut se teindre les cheveux dans de plus belles couleurs que moi. Enfin, ça c'était avant que tu m'expliques la technique de la décoloration pré-teinture. Si je ne dois jamais la revoir, eh bien tant mieux. Elle a ruiné ma vie. C'était son idée à la con de découper la bannière des MacLeod pour en faire des couvertures. Moi j'allais très bien sans couverture. Et maintenant, je suis bannie d'Écosse à cause d'elle. Et même avant, de toute façon, elle m'avait collé sa mère sur le dos, qui m'accusait d'avoir une mauvaise influence sur sa fille, tout ça parce qu'elle avait appris à jouer la totalité du premier album d'Anthrax sur son violon. C'est hallucinant ce que cette fée a pu me faire souffrir. »

Kerry, qui en avait terminé avec l'installation de son sac de colostomie, était en train de s'habiller. Vu l'emplacement du sac, elle ne pouvait rien porter de moulant à la taille, et les collants bariolés qu'elle essaya s'avérèrent être trop serrés. Elle poussa un grand soupir et se mit à la recherche d'un vêtement plus grand. Morag la détaillait pendant qu'elle s'habillait.

« D'un autre côté, dit la fée, comparée à d'autres, je n'ai vraiment pas tellement souffert. »

Kerry prit une petite bouteille sur une étagère et avala la dose de stéroïdes qui empêcherait la maladie de s'étendre.

« Peut-être, dit-elle. Mais ton histoire est triste. On va aller s'acheter une énorme pizza et se goinfrer. Après on essaiera de trouver un moyen de remplacer ma fleur de pavot. Plutôt crever que perdre le Concours Artistique du Quartier de la 4e Rue Est. »

# NEUF

Dinnie tenta d'amadouer le gérant qui voulait l'expulser, mais il était intraitable. Il risquait son job en sous-louant au noir les pièces du haut, et si Dinnie ne pouvait pas payer, il fallait qu'il parte.

« Mais je suis la seule présence respectable ici. Si je pars, il ne restera plus dans cet immeuble qu'une bande de pédés. Je suis un bon locataire, tranquille, je n'embête personne. J'aurai l'argent demain. »

Le gérant commençait à fléchir. Malheureusement, ce fut le moment que choisit Heather pour succomber à une irrésistible envie de se percher, invisible, sur son épaule, et de jouer toute une série de gigues très rapides.

« Vous partez demain, dit le gérant, et il tourna les talons.

– Putain mais pourquoi t'as fait ça ? » hurla Dinnie. La fée n'avait aucune explication raisonnable à fournir. Dinnie, fou de rage, lui jeta ses deux sandales à la tête et elle s'enfuit à tire d'aile.

Dinnie s'écroula devant sa télé.

« J'aurais dû lui écraser son violon sur la tête », marmonna-t-il.

Sous la houlette de Heather, Dinnie avait appris à jouer "The Bridge of Alar" et "The Miller o'Drone", un autre sthraspey écossais bien connu. Il commençait à prendre plaisir à pratiquer. Il ne jouait toujours pas très bien, en fait il jouait abominablement mal de l'avis de toute fée qui se respecte, mais il était tout de même en net progrès. Dinnie avait même failli se montrer reconnaissant envers Heather, mais il s'était retenu.

« Faites une offrande de mille dollars à Dieu maintenant, dit un télé-évangéliste très mignon. Et vous romprez le cercle infernal de la pauvreté et du malheur. Envoyez-moi mille dollars maintenant et tous vos problèmes seront résolus avec l'aide de Dieu. »

Dinnie insulta sauvagement l'évangéliste et zappa.

« On attend ton appel », susurra une femme nue, qui se caressait le corps avec un téléphone rouge. « De jeunes chattes toutes chaudes, juteuses et roses, rien que pour toi sur le 970 C-O-N. »

« Qu'est-ce que tu regardes ? demanda Heather, apparaissant à la fenêtre avec l'air satisfait d'une fée qui a avalé une bonne rasade de whisky.

– Qu'est-ce que ça peut te foutre ?

– Qu'est-ce que ça veut dire, "de jeunes chattes toutes chaudes, juteuses et roses" ?

– Tu ne manques pas d'air de revenir montrer ta figure ici.

– Ne t'inquiète pas, dit Heather, je t'ai pardonné de m'avoir jeté tes sandales à la figure. »

La périphérie du Paradis débordait d'activité. Des corps allaient et venaient, se parlant avec excitation et regardant vers la terre.

« Qu'est-ce qui se passe ? demanda Johnny à son pote Billy.

– Ils viennent pour le Festival des Fantômes Affamés », lui

dit Billy. Billy était mort quelques années avant Johnny et il était plus au courant du fonctionnement des choses. « Tous les esprits chinois qui ont un truc qui les préoccupe, peut-être quelque chose qu'ils n'ont pas pu terminer ou qu'ils ont raté, ont le droit de descendre jeter un œil, et éventuellement de finir deux ou trois trucs.

– Ah, c'est intéressant, ça, murmura Johnny. Et j'aimerais bien savoir ce qui est arrivé à ma guitare. »

Aelric laissa ses compagnons pour voler vers la ville. Une fois arrivé, il se dirigea directement vers le fichier de la bibliothèque publique. Pour une petite fée, c'était une véritable lutte que de prendre un livre sur une étagère et de le lire, sans compter le risque de provoquer une panique chez les clients, mais Aelric avait terriblement besoin d'information.

Il était en panne d'inspiration concernant la manière de continuer la guérilla entreprise contre le roi Tala. L'art de la guérilla ne venait pas naturellement aux paisibles fées de Cornouailles, et lui et sa bande devaient lutter sans arrêt contre l'envie irrépressible d'aller réveiller Tala et de lui dire quelque chose du genre, « Écoute, on est entre fées. Soyons raisonnables. » Tala était une nouvelle race de fée-oppresseur, et on ne pouvait pas raisonner avec.

Aelric dénicha la section philosophie et extirpa une compilation des œuvres du Président Mao.

« Salut, moi c'est Linda et avec ma copine on est la hotline la plus sexe de la ville... »

« Pourquoi tu passes ton temps devant cette imbécillité de chaîne de cul ?

– Je ne passe pas mon temps devant. J'ai zappé et je suis tombé dessus. »

Heather rit.

« J'ai un besoin pressant d'entendre de la musique écossaise. Viens, on va voir si on trouve un groupe.

– Il n'y a pas de groupes écossais à New York. Que des irlandais.

– Ah bon ? C'est surprenant. Mais bon c'est pas grave, c'est presque pareil. C'est nous qui leur avons tout appris. Où est-ce qu'il y a un concert ? »

Dinnie connaissait un bar au coin de la 14e et de la 9e rue où des groupes jouaient régulièrement, mais la perspective du voyage ne l'enthousiasmait pas. Heather le titilla.

« C'est bien joli tout ton bla-bla sur les gigues et les quadrilles, fit Dinnie, en colère. Mais comment veux-tu que je prenne plaisir à écouter de la musique quand je me fais virer demain, hein ? Et grâce à toi, en plus. Non merci. »

Heather fronça les sourcils.

« Attends, Dinnie, il faut que je sois sûre de bien comprendre. Tu dois donner de l'argent chaque semaine à cet homme pour avoir le droit de vivre ici. Ça fait cinq semaines que tu ne lui as rien donné. En conséquence il t'a demandé de partir. C'est bien ça ?

– À mort, ouais.

– Donc, poursuivit Heather, tout ce qu'il te faut c'est un petit tas de ces trucs-dollars pour les donner à cet homme. Et après tout ira bien.

– Voilà, pauvre imbécile de fée, mais je n'ai pas du tout de ces trucs-dollars.

– Et quand tu es allé chez les coursiers à vélo ? Tu n'as pas gagné assez pour payer le loyer ? »

Dinnie ricana.

« Je n'ai même pas gagné de quoi acheter une pizza.

– Et le loyer, tu peux le payer en pizzas ? »

Dinnie se mit la tête dans les mains.

« Fous-moi la paix. Je suis pas d'humeur pour tes conneries de fées, là. »

Heather dégaina son épée et posa quelques instants devant le miroir. Elle modifia son kilt légèrement, puis sourit.

« Eh bien, comme tu as pu t'en rendre compte, l'ingéniosité et l'imagination d'une bonne fée n'ont pas de limite. Emmène-moi écouter la musique et je te trouverai l'argent pour le loyer. »

Heather ne comprenait toujours pas très bien pourquoi il fallait payer des dollars pour vivre dans une pièce immonde – un bien étrange marché à son avis – mais elle voulait aider.

Heather s'éclata au concert. Elle ne critiqua que très peu les musiciens humains, qui avaient réellement beaucoup de talent. Ils étaient assis autour d'une table au bout du bar. L'air était saturé de fumée de cigarette. C'était merveilleux d'entendre les cornemuses, les flûtes, violons, mandolines, banjos et bodrans, et elle tapait de ses pieds nus sur la table au rythme des gigues et quadrilles. Même si elle avait travaillé avec Morag à radicaliser la musique écossaise chez les fées, la tradition avait toujours son charme.

Quand les musiciens entamèrent à la cornemuse "The Boys of Bluehill" et "Harvest Home", les Irlandais présents, descendants d'immigrants ou expatriés, jeunes et vieux, se levèrent et se mirent à danser en formation.

« Je suis émue, dit Heather, les regardant tourner en rond.

– Pourquoi ?

– Parce qu'ils pensent au pays. »

Les fées italiennes sont amies avec le vent, et très habiles à le chevaucher.

Trois d'entre elles suivaient maintenant la brise vers Houston Street, au nord de leur quartier de Little Italy. Elles scrutaient les rues vers le nord, et attendaient.

« Là-bas, dit la plus jeune, pointant du doigt. La voilà, assise sur l'épaule de cette grosse personne. »

Dinnie se traînait en descendant Broadway, les yeux fermement fixés sur le sol. Il était déprimé, humilié et furieux.

« Je suis désolée », dit Heather pour la vingtième fois. Dinnie l'ignora. Il ignorait aussi les mendiants, les amoureux et les fêtards qu'ils croisaient dans la nuit.

« C'était bien essayé, poursuivit la fée. Ça valait la peine. Ce sera mieux la prochaine fois. »

Dinnie dit qu'il n'y aurait pas de prochaine fois. Il n'y aurait même pas eu de première fois si elle ne l'avait pas forcé à jouer en le menaçant de se rendre visible pour toute la salle et de faire une scène. Après quelques whiskys, elle avait décidé que ce serait une très bonne chose que Dinnie montre un peu ses nouveaux talents au violon, mais ça avait tourné au désastre complet. Les doigts raidis par le trac, il avait consciencieusement écorché deux sthraspeys avec un amateurisme total, entouré de musiciens chevronnés qui ne savaient pas s'il fallait en rire ou détourner le regard, embarrassés.

À la fin de sa lamentable prestation, un silence de mort s'était abattu. Même le poivrot déjanté, à la table à côté, s'était tu. Personne dans le public n'avait jamais entendu un tel massacre au violon ; l'assistance n'en croyait pas ses oreilles. Plutôt aguerri d'habitude, Dinnie n'avait jamais imaginé auparavant qu'une telle humiliation fût possible.

Dinnie dit à Heather qu'il n'y aurait pas de prochaine fois parce qu'il ne rejouerait plus jamais de violon, en public ou en privé. Il ajouta qu'il apprécierait qu'elle se trouve un autre endroit où aller et qu'elle le laisse tranquille. Jusqu'à la fin de ses jours.

Lorsque, de son pas lourd, il passa à côté du stand d'un vendeur de pralines sans même y jeter un regard, Heather comprit que c'était grave.

« Ne sois pas si défaitiste, plaida-t-elle. Tout le monde doit commencer un jour. Je suis désolée, je n'aurais pas dû te faire jouer avant que tu sois prêt. Je sais que c'était une erreur. Je comprends que tu te sentes mal. Mais tous ces excellents joueurs ont été débutants un jour. Ils savent ce que c'est.

– Eux, ils n'ont pas eu une fée qui leur a fait du chantage pour qu'ils jouent avant d'être prêts et qu'ils se ridiculisent en public. »

Heather dut admettre que c'était sans doute vrai.

« Mais je vais me rattraper. J'ai l'argent pour le loyer. »

Elle sortit de sa besace une poignée de dollars qu'elle tendit à Dinnie.

Il les prit en silence. Même le fait d'échapper à l'expulsion ne suffisait pas à le consoler de son humiliation.

« Où tu as eu ça ? demanda-t-il, de retour à l'appartement.

– Petit truc de fée », mentit Heather.

Dinnie alluma la télé.

« Je te sucerai le trou du cul et tu pourras enfiler le mien », croonait la voix suave d'une femme nue aux longs cheveux bruns, à genoux sur un lit. « Seulement douze dollars pour trois minutes. »

« Je ne suis pas sûre de comprendre tout à fait ça, dit

Heather, tentant d'amorcer une conversation. Ça a un rapport avec les jeunes chattes toutes chaudes, juteuses et roses ? »

Dinnie l'ignora totalement.

Les fées italiennes retournaient chez elles.

« Elle lui a donné l'argent volé.

– Qu'est-ce que ça veut dire ? Qui est-elle ? »

Les fées italiennes n'en savaient rien. Elles avaient entendu parler de problèmes avec les fées chinoises qui vivaient non loin de là, et se demandaient si ça pouvait avoir un rapport. Elles n'avaient pas eu de contact avec les Chinoises depuis longtemps, mais une ancienne suspicion, ancrée dans le passé, subsistait.

Quelle que soit la signification de l'événement, elles étaient très mécontentes qu'une fée étrangère ait pu se rendre tout de go dans une banque italienne, faire sauter la serrure du coffre et s'enfuir avec une pleine besace d'argent.

# DIX

Kerry et Morag se lancèrent à la recherche du pavot dans le Lower East Side, sans succès. Après que Cal l'avait frauduleusement dérobé de l'appartement puis abandonné au théâtre, le pavot avait disparu.

Morag tenta de redonner le moral à Kerry en transcrivant la partition de guitare de "Born to Lose", un classique de Johnny Thunders, mais ni le cœur ni les doigts de Kerry n'étaient à ce qu'elle faisait. Elle n'avait qu'une envie, boire de la bière.

Heather était très perturbée par le fait que Dinnie refuse de jouer du violon. Si elle ne réussissait pas à lui apprendre, Morag ne se priverait pas de la ridiculiser horriblement. Être horriblement ridiculisée par Morag était au-delà des forces de Heather. Elle était déjà terrifiée à l'idée que sa rivale ait pu avoir vent de la débâcle du concert.

« Pourquoi est-ce que je suis allée me vanter auprès de cette débile de MacPherson que j'apprendrais à jouer à ce gros tas nul ? Je me suis laissée embarquer par la beauté de son violon. Il a vraiment un son extraordinaire, mais j'ai joué l'honneur de mon clan sur un imbécile.

« Allez, Dinnie, travaille ton violon.

– Non.

– Si tu ne travailles pas, Morag MacPherson va se foutre de moi et de tous les MacKintosh, cria de frustration la fée.

– Aha, dit Dinnie, alors voilà pourquoi tu tiens tant à ce que j'apprenne. J'aurais dû me douter que tu avais une raison cachée. Eh bien je vais te dire, je m'en tape totalement des MacKintosh et des MacPherson. »

Heather, pourtant hors d'elle, ravala ses injures et parla d'une voix douce. Elle plaida auprès de lui, le persuada, chouina, le taquina, le flatta et le cajola, touchant finalement le point sensible en lui disant qu'avec son violon calé sous le menton, c'était un sacré bel homme.

« Ah bon, tu trouves ? »

Heather hocha la tête. « Très, très sexy. »

Dinnie eut une petite grimace, et Heather comprit qu'elle avait visé juste. L'un des désirs les plus profonds de Dinnie était d'être un homme très, très sexy.

« Je mettrais ma main à couper, continua-t-elle, que si tu apprends quelques nouveaux morceaux et que tu retournes à ce concert, toutes les jeunes filles irlandaises vont s'agglutiner autour de toi en un rien de temps. Même la semaine dernière, j'en ai remarqué quelques-unes qui te regardaient. »

Dinnie ramassa son violon.

Je me suis surpassée, pensa Heather. Je lui ai finalement fait adorer le violon. Elle descendit l'escalier, sautillant gaiement, vers le bar. Cal était dans les escaliers, parlant à une jeune femme.

« Tu feras une Titania magnifique, disait-il. Viens passer l'audition. Tu vas adorer ça. Tu seras la Reine des Fées sur une scène couverte de fleurs. »

La mention des fleurs rappela à Heather son amie perdue, Morag. Toutes deux étaient très amies avec les fleurs en Écosse. Elle décida de voler de l'autre côté de la rue et de voir où elle en était.

De l'autre côté de la rue, Morag et Kerry écoutaient d'anciennes cassettes de Lydia Lunch en buvant des bières. Kerry racontait à Morag son enfance dans le Maine, ses parents, morts lorsqu'elle était encore très jeune, ne lui laissant rien d'autre qu'une confortable assurance-vie, qui s'avéra être extrêmement précieuse.

« Et depuis, je suis pauvre. J'ai essayé de gagner ma vie par mon art, ici à New York, mais sans grand succès. C'est très démoralisant. »

Les derniers efforts artistiques de Kerry avaient été une commande d'amis de Cal pour dessiner la couverture d'un album qu'ils avaient autoproduit.

« J'ai dessiné une femme magnifique, d'après la Vénus de Botticelli, exactement pareille en fait, couchée sur un lit jonché de pétales de roses. C'était adorable, mais le groupe a trouvé que ça ne collait pas avec le titre de l'album.

– C'était quoi comme titre ?

– "Rock Me, Fuck Me, Kill Me". Nul. »

Cela avait été la dernière entreprise commerciale de Kerry, et depuis elle vivait quasiment sans argent. Maintenant que Morag était là pour l'aider à voler dans les magasins et les tiroirs-caisses pour le loyer, les choses étaient un peu moins difficiles.

« Bon, Morag, où est-ce qu'on va trouver un pavot gallois rouge, orange et jaune ? Sans cette fleur, l'alphabet est incomplet et il faut absolument qu'il soit complet si je veux battre Cal à la compétition. »

À la mention de Cal, Kerry jeta au sol, de rage, son bandeau indien. Non seulement il l'avait rejetée à cause de son sac de colostomie, mais en plus il lui sabotait ses fleurs.

Magenta arriva dans un petit parc de Houston Street et s'assit pour consulter son exemplaire de Xénophon. Quelques pigeons traînaient autour, picorant des miettes. Avant même de commencer à lire, elle fut interrompue par un clochard qui la connaissait bien. Il fit une petite pause dans son activité de nettoyage des pare-brise au feu rouge, et s'approcha d'elle.

« C'est quoi, ça ? Xénophon ? éclata-t-il de rire. Xénophon c'est du bidon. Tous les travaux littéraro-archéologiques les plus récents qui font autorité ont démontré qu'il n'avait pas du tout, dans cette expédition, l'importance qu'il a bien voulu se donner. »

Magenta ne s'attarda pas à en écouter plus. Elle vérifia que son nouveau trésor, une inestimable fleur à trois têtes, était bien en sécurité au fond de son sac et reprit son chemin.

« Attends un peu que Joshua t'attrape ! » lui cria-t-il.

« Je vois qu'hier, on a fermé trois plages de Long Island à cause des égouts qui s'y déversent. Et aussi, le département de la santé du comté de Nassau est submergé par des appels signalant des empoisonnements par les palourdes. »

Morag lisait le journal, alors que Kerry venait d'abdiquer devant un solo de guitare trop compliqué. Elle était tenace dans son adoration pour les New York Dolls, cela dit, et n'abandonnait jamais complètement.

« Et un adolescent de Brooklyn a été poignardé à mort à Sunset Park après une dispute.

– Mmmm.

– Et deux types se sont fait une petite virée du crime à Midtown, démontant des serrures à trois points en cinq minutes. »

Kerry grimaça.

« Il vaudrait peut-être mieux que tu me parles de l'Écosse.

– Si tu insistes absolument. »

Morag avala un gâteau d'avoine, le fit descendre avec un peu de bière, et commença.

« James MacPherson était un célèbre voleur écossais et un violoniste génial. Il n'avait peur de personne et ses exploits étaient légendaires, mais il fut finalement capturé par traîtrise au marché de Keith. Ça devait être aux alentours de l'an 1700, je pense. MacPherson était un très bon ami des fées et avait même une relation très heureuse avec une sirène, qu'on peut considérer comme une sorte de fée.

« Alors, le plus célèbre luthier des fées MacPherson, Red Dougal MacPherson, qui habitait dans le coin à l'époque, aimait beaucoup James MacPherson le Voleur. Ils avaient pour habitude de boire et jouer de la musique ensemble, sur les collines des environs de Banff. Red Dougal MacPherson apprit à James de nombreux trucs au violon et l'on dit qu'aucun duo de violonistes, et ce jusqu'à nos jours, ne les a jamais égalés. En échange, James MacPherson le Voleur apportait à Red Dougal et toutes les autres fées MacPherson moult outres remplies de whisky et de somptueux bijoux provenant de ses larcins.

« Ils devinrent finalement de si bons amis que Red Dougal, avec toute son habileté et sa finesse, fabriqua un violon qu'il apporta à Annie MacPherson, le chef du clan des fées MacPherson. Elle donna au violon la capacité de grandir à taille humaine, et Red Dougal l'offrit à James.

« L'instrument avait un son surnaturel. Placé en de bonnes mains, il pouvait hypnotiser un public. Il pouvait vous faire pleurer ou rire. Il pouvait envoyer des guerriers au combat ou endormir un bébé. Ce violon était célèbre dans toute l'Écosse, et bien que MacPherson l'emportât toujours avec lui, il comptait parmi les pièces maîtresses du patrimoine artistique des fées, et appartenait au clan dans son entier.

« Puis MacPherson le Voleur fut trahi, capturé, et condamné à mort par le shérif. On l'enferma dans la prison de Banff. Les fées tentèrent de le délivrer mais le shérif était trop fort en magie anglaise et nous ne pûmes rien faire. MacPherson, dans sa cellule, composa un dernier morceau, la célèbre "Complainte de MacPherson".

« Grâce à son très grand pouvoir, Annie MacPherson réussit à faire gracier le voleur, pour la plus grande joie du peuple écossais dans son entier, parce qu'il ne volait que les riches, jamais les pauvres. Mais le shérif, qui avait appris que le sursis avait été envoyé, avança traîtreusement d'une heure les aiguilles de l'horloge de la ville. L'exécution eut donc lieu une heure en avance, et la grâce arriva trop tard.

« Lorsque James MacPherson monta sur l'échafaud, il joua le morceau qu'il avait composé dans sa cellule, la "Complainte de MacPherson". Les fées MacPherson étaient là, et elles retinrent le morceau, qu'elles se transmettent depuis de génération en génération. Ensuite le voleur brisa le violon en petits morceaux sur ses genoux, de colère, et hurla son défi au monde. Puis on le pendit.

Et ce fut la fin du célèbre violon MacPherson. Personne ne sait ce que sont devenus les débris. »

Heather s'était tapie à l'extérieur de la fenêtre de Kerry, au deuxième étage, pour écouter.

« C'est triste qu'il ait été perdu, disait Morag, parce que Red Dougal était le plus grand luthier-fée qu'ait jamais connu le pays, et à tous points de vue, le violon MacPherson était le meilleur instrument qu'il ait jamais fabriqué. »

À l'extérieur de la vitre, Heather se frappa le front, sous l'emprise d'une soudaine stupeur mystique. Elle revint précipitamment dans la chambre de Dinnie.

Heather s'était beaucoup demandé pourquoi le violon de Dinnie avait un son tellement magnifique, même dans des mains inexpérimentées, et elle venait d'avoir une vision hallucinante, ce qui n'était pas son fort d'habitude.

« Dinnie ! Ce violon n'est autre que le légendaire instrument des fées, le violon MacPherson. »

Dinnie était vautré devant la télé et ne prêtait aucune attention à Heather.

« Oh baby, j'adorerais sucer ta grosse queue bien dure, gémissait une femme en bikini dans un téléphone rouge. Compose le 970 S-U-C-E et tu trouveras la hotline la plus sexe de la ville. »

Je vais peut-être devoir tuer cette personne un de ces jours, pensa Heather.

Morag parcourut la ville à dos de voitures, de passants, et en volant, mais ne réussit pas à trouver le moindre indice de la fleur de Kerry. La compétition devait avoir lieu dans moins de trois semaines. Il n'y avait qu'une chose à faire. Elle escalada une sortie de secours, leva les yeux au ciel, et adressa une prière à Dianna, Déesse des Fées.

Alors qu'elle se laissait redescendre jusqu'à la rue, apparut Magenta, qui se dirigeait vers elle en sortant précautionneusement de son sac la précieuse fleur.

« Merci, Dianna », dit Morag, et elle se matérialisa.

Elle donna une brève explication au sujet de la fleur et demanda qu'on la lui rende. Magenta s'enfuit, lançant à ses troupes l'ordre de se former en carré, archers et cavaliers aux arrière-postes.

« On peut peut-être en trouver une autre ailleurs ? » demanda Morag, de retour chez Kerry.

« Non, dit Dinnie, non, non et non, tu ne l'auras pas. »

Il agrippait solidement le violon.

« Mais enfin, il ne te plaît même pas.

– Si, il me plaît. Il me rend beau. Les jeunes filles irlandaises vont venir s'accrocher en grappe. C'est toi-même qui l'as dit. »

Heather, de frustration, avait le regard noir. Elle s'était efforcée de transmettre à Dinnie l'amour de son instrument, et maintenant elle avait besoin de le reprendre.

« De toute façon, protesta Dinnie, je ne te crois pas. Comment est-ce que ce violon peut être le violon MacPherson, quoi que ça veuille dire ?

– C'est l'un des trésors les plus précieux d'Écosse. Je ne sais pas comment il a atterri à New York, mais en tous cas il a bel et bien atterri à New York. Je reconnais le son. N'importe quelle fée écossaise le reconnaîtrait. Sauf qu'on croyait qu'il était perdu depuis des siècles. Il faut que je l'aie. Si je rentre en Écosse avec le violon MacPherson, on me pardonnera tous les dégâts que j'ai fait subir à la bannière des MacLeod.

– Mais comment ça peut être un instrument de fées? Il est trop gros.

– C'est un instrument qui a la faculté de changer de taille.

– Oh oui, au moins.»

Dinnie et Heather se fixaient dans le blanc des yeux.

«Je pourrais le voler.

– Non tu ne pourrais pas le voler, dit Dinnie triomphalement. Tu es une bonne fée. Tu n'as pas le droit de voler les objets préférés d'un humain. Surtout un humain MacKintosh, de ton propre clan.»

Heather se mit à réfléchir à toute vitesse. Que faisaient les fées lorsqu'elles avaient besoin de quelque chose d'un humain et qu'elles ne pouvaient pas le voler? Mais bien sûr. Elles faisaient un marché.

«Je te propose un échange.»

Cal était stressé. Monter *Le Songe d'une Nuit d'Été* avec un budget ridicule s'avérait être une épreuve de force. Pour ne rien arranger, il s'était apparemment embarqué avec une bande d'acteurs empotés, et si en plus des espèces de clochardes maboules venaient s'en mêler, il allait vraiment craquer.

Il brancha sa guitare pour se détendre. Cal était un bon guitariste. Il pouvait pratiquement tout jouer; il pouvait jouer malgré le bruit de la rue, ou le grincement de l'air conditionné.

Il joua quelques riffs et séquences d'accords, puis ses doigts glissèrent tout seuls vers ses solos préférés.

Il fronça les sourcils. Ça le rendait toujours un peu coupable de jouer des solos des New York Dolls, depuis qu'il avait promis à Kerry de les lui apprendre, pour finalement la quitter sans l'avoir fait.

« Écoute, dit Johnny, depuis le Paradis.

– Quoi ?, dit Billy.

– Quelque part là-bas, en bas. Ils jouent toujours mes trucs.

Johnny Thunders et Billy Murcia, membres décédés des New York Dolls, perçurent les vagues vibrations du lead break de “Rock'n'Roll Nurse”.

« J'aimerais vraiment savoir ce qu'est devenue ma guitare, répéta Johnny. Elle me manque, cette Gibson Tiger Top. Il n'y en a jamais eu une autre pareille. Même ici, je n'arrive pas à la remplacer. »

De l'autre côté du champ paradisiaque béni où ils se trouvaient, les esprits chinois préparaient toujours leur visite sur terre pour le Festival des Esprits Affamés.

« Une fée qui conclut un marché a le pouvoir de t'offrir n'importe quoi, proclama Heather. Tu n'as qu'à faire un vœu. »

Dinnie regarda Heather avec suspicion.

« OK, dit-il, je te le donne contre un million de dollars.

– Ah non, je ne peux pas vraiment faire ça.

– Ha ! Je savais bien que tu mentais ! »

Heather voletait en tous sens, surexcitée.

« Je ne mentais pas. Je peux t'échanger n'importe quoi. Sauf de l'argent. Nous ne sommes pas autorisées à faire des transactions financières. Désolée.

– Tu as payé mon loyer.

– Ça, c'était de l'aide à un humain dans le besoin, pas un marché.

– Bon, alors va te faire voir. Je garde le violon.

– Allez, il y a sûrement quelque chose d'autre que tu veux. Je peux t'offrir ce que tu désires au fond de ton cœur. »

Dinnie se dirigea vers la fenêtre. Il ne savait pas ce qu'il désirait au fond de son cœur et ne voulait pas abandonner son violon.

« Je ne veux rien. Donc tu ne peux pas avoir le violon. Maintenant excuse-moi, je dois sortir boire une bière. Et que ça te serve de leçon. Vous les fées vous vous trouvez très malignes, mais comparées à un humain comme moi, vous comptez pour du beurre. »

Dinnie, extrêmement satisfait d'en avoir mis plein la tête à Heather, qu'il considérait comme d'un peu trop bonne volonté à son égard, sifflotait un petit air en dévalant les escaliers.

En Cornouailles, Magris était mécontent. Le roi Tala lui avait ordonné de ramener Petal et Tulip. Aux yeux de Magris, c'était une perte de temps. Ils étaient loin et ne pouvaient nuire à personne.

Magris était plus intéressé par sa restructuration de la société féerique des Cornouailles. Déjà, grâce à son action, les fées ne vivaient plus en liberté dans les bois mais étaient concentrées dans des ateliers régis par des barons. En conséquence, la production connaissait un renouveau et la balance du commerce extérieur avec les fées françaises et autres était largement bénéficiaire. En ce qui le concernait, le seul problème qui restait maintenant à résoudre était de maîtriser Aelric et sa bande, et il pouvait affirmer en toute confiance qu'ils seraient très prochainement appréhendés par les forces de sécurité.

« Vous étiez le seigneur d'une société de chasseurs primitifs. En l'espace d'une nuit, j'ai fait de vous le souverain d'un royaume parfaitement régi par la loi féodale, dit-il à Tala. Et maintenant que j'ai inventé la machine à vapeur, il n'y a plus de limite à notre progrès. Nous fabriquerons autant de biens que les humains. Oubliez Petal et Tulip, ils n'ont aucune importance. »

Cependant, Tala campait sur ses positions et n'était pas prêt à accepter leur évasion. Il ordonna à Magris de les ramener. Magris envoya donc des messagers munis d'or pour rassembler une bande de mercenaires, et réfléchit au moyen le plus efficace de les envoyer en Amérique.

Kerry et Morag achetaient du café et de la bière chez l'épicier.

« C'est quoi ce bruit ? »

On percevait une lointaine rumeur, qui se transforma rapidement en énorme vacarme de cris et de pas, alors qu'une gigantesque procession tournait le coin de la 4$^e$ rue et progressait lentement.

« C'est une marche de protestation.

– À propos de quoi ? »

« Regardez, on est pédés, faudra vous faire à l'idée ! », chantait la procession.

Les manifestants passaient les bras au travers des rangs de police pour tendre des tracts détaillant leurs revendications. Kerry prit un tract et le lut à Morag. Ça disait que les dernières semaines avaient vu une recrudescence des attaques contre les gays dans la ville. Des hommes se postaient à la sortie des bars et des boîtes pédés et cassaient la gueule à quiconque en sortait. Cela avait donné lieu à de graves blessures et la communauté gay se plaignait de ne pas être assez protégée par la police.

« Regardez, on est pédés, faudra vous faire à l'idée ! »

Les hommes et les femmes qui manifestaient étaient assez jeunes dans l'ensemble, et leurs visages étaient tendus. Un grand nombre de policiers les entouraient, encadrant plus ou moins virilement la manifestation. Pas très loin de là, à Tomkins Square, avait eu lieu une série de perturbations, et la tension montait parmi les policiers alors que le cortège se dirigeait dans cette direction.

Kerry reconnut des visages et fit signe aux manifestants. Elle raconta à Morag que pas plus tard que la semaine dernière, deux de ses amis s'étaient fait agresser en sortant d'un bar gay dans West Village.

Morag était perplexe devant le phénomène. Kerry tenta de lui expliquer du mieux qu'elle put, mais fut légèrement déconcertée lorsque Morag éclata de rire.

« Qu'est-ce qui te fait rire ?

– Vous les humains, siffla Morag, hurlant de rire, vous vous créez tellement de problèmes débiles. Chez nous les fées, il n'y a jamais ce genre de problème. Même les MacKintosh, qui sont des voleurs, des tricheurs et des menteurs, ne penseraient jamais à s'offusquer en voyant deux mâles se promener ensemble dans les collines.

– Décidément, ces collines me plaisent de plus en plus, dit Kerry, il faudra que tu m'y emmènes un jour.

– Cassez-vous de mon chemin, bande de tantes, grogna une grosse voix près d'elles. Putain, on ne peut même plus aller boire une bière en bas de chez soi sans se faire emmerder par une bande de folles hystériques. »

C'était Dinnie, qui jouait des coudes pour se rendre au café.

« Salut Dinnie », dit Kerry. Dinnie eut l'air d'avoir reçu un électrochoc. Il tourna les talons et s'enfuit sans répondre.

« On ne va pas dans la bonne direction, dit Heather, sur son épaule. Et pourquoi tu rougis ? »

De retour à l'appartement, Dinnie engloutit une bière, et Heather rit sous cape.

« Tu es amoureux de Kerry.

– Ne sois pas ridicule, grogna Dinnie.

– Je ne suis pas ridicule. Je t'ai vu rougir, vaciller et faire demi-tour quand elle t'a dit bonjour. Tu ne peux pas la faire à une fée sur ce genre de choses. Eh bien, Dinnie, aujourd'hui c'est ton jour de chance. Former les couples, c'est ma spécialité. Aucun cas n'est jamais désespéré. Et voici le marché que je te propose. Tu me donnes le violon MacPherson, et je t'obtiens Kerry. »

Dinnie avait plus que des doutes concernant la proposition de Heather, et la décréta absurde.

« Il n'y a rien d'absurde là-dedans. C'est un schéma classique. Le plus simple que j'aie jamais eu. Tu me donnes le violon et je te donne Kerry. Pense aux avantages. Quand tu sortiras avec Kerry, tout le monde voudra être ton ami parce qu'elle est immensément populaire, et l'homme avec qui elle choisit de sortir est forcément un spécimen intensément désirable. En l'espace d'une nuit à peine, de l'état de créature pathétique, esseulée et méprisée de tous qui est actuellement le tien, tu passes à celui de type super branché avec une petite amie géniale. Au lieu de t'avachir toutes les nuits sur ton fauteuil à regarder des matches de base-ball et des programmes de cul, tu pourras te pointer à des concerts, dans des boîtes avec Kerry à ton bras, et rendre tout le monde jaloux. C'est une très belle jeune femme, et hautement désirable. Ton bonheur sera sans borne.

« Quant à moi, dès que j'aurai le violon MacPherson, je passerai de l'état de dangereuse hors-la-loi recherchée à celui de fée la plus populaire d'Écosse. Rentrer chez moi avec un objet aussi célèbre et perdu depuis si longtemps va mettre sur les fesses la totalité du royaume des fées, et compenser au centuple mon accident avec la bannière. Même ces imbéciles ignorants de MacLeod devront convenir que je suis une fée qu'on doit fêter et honorer, au lieu de me poursuivre avec des couteaux et des sabres partout dans Ben Lomond. »

Heather frissonna au souvenir de cet incident particulièrement désagréable.

« Et même s'ils n'en conviennent pas, un acte aussi héroïque devrait me placer sous la protection de Mavis, la reine des fées écossaise. Je serai en sécurité et bienvenue partout. »

Heather savoura l'idée de son retour triomphal vers les terres de son clan autour de Tomatin. Si c'était elle, une MacKintosh, qui rapportait au pays le célèbre et révéré violon MacPherson, ça clouerait le bec des MacPherson de façon spectaculaire, et les remettrait à leur place pour les siècles à venir. Elle pourrait peut-être même obtenir que les juges reconsidèrent le verdict de la compétition junior de violon, ce qui les forcerait à admettre que sa version de "Tullochgorum" était bien meilleure que celle de Morag.

Et d'autre part, si Dinnie sortait avec Kerry, Morag en serait malade. Comment Morag était venue se vanter que sa nouvelle amie était si belle, si populaire, et tellement drôle, alors que l'ami de Heather était une sorte de limace, c'était répugnant. Et que dirait Morag, lorsque son amie populaire et belle tomberait désespérément amoureuse du majestueux Dinnie MacKintosh, la fierté du clan ?

Dinnie accepta le marché. Heather en gloussait d'avance.

Kerry traversa la rue vers le théâtre. Morag força la serrure et elles s'introduisirent à l'intérieur. Une fois dedans, Kerry détruisit tous les accessoires du *Songe d'une Nuit d'Été.* Elle taillada les costumes à l'aide d'un couteau et brisa le décor entier à coups de marteau.

« Ça va mieux ? demanda Morag, de retour à l'appartement.

– Un peu, répondit Kerry. Maintenant, qu'est-ce que je devrais mettre dans mes cheveux ? Une rose ou un œillet ? »

Morag accorda toute son attention à cette grave réflexion, mais c'était une question difficile.

« Tu dois faire quelle fleur, après ? »

Elles avaient passé la vitesse supérieure pour l'alphabet, dans l'espoir de remettre la main sur la fleur la plus importante.

Kerry consulta son bouquin.

« Un Eschscholzia orange vif. Ça pousse en Californie. Ça ne devrait pas être trop difficile. »

Heather fit une promenade vers le petit parc de Houston Street pour prendre le temps de bien considérer cette histoire de romance pour Dinnie.

Au-dessous d'elle, dans les rues, des groupes de jeunes gens se dirigeaient tranquillement vers la Knitting Factory où allait avoir lieu un concert. En les étudiant, Heather se rendait bien compte qu'ils étaient différents des jeunes gens qu'elle avait l'habitude de fréquenter dans son petit village.

Je devrais peut-être commencer par une petite étude de terrain avant de décider comment les mettre ensemble, pensa-t-elle. Je suis dans une ville bizarre et je ne veux pas perdre mon temps à faire faire des choses inutiles à Dinnie. Par exemple, offrir un gâteau d'avoine, qui marche à tous les coups avec une fée des Highlands, n'a peut-être pas la même valeur ici. Il va falloir que je mette au point un plan solide.

D'habitude, Dinnie ne sortait jamais pour manger. Il n'aimait pas dépenser de l'argent dans les restaurants, mais achetait plutôt ce qu'il pouvait trouver de moins cher à faire frire sur sa petite cuisinière. Il passa une soirée tranquille à manger du corned beef, à regarder les jeux télévisés, et à se demander si Heather pourrait effectivement tenir sa promesse. Bien qu'il n'ait aucune intention de l'admettre devant Heather, il n'avait jamais eu de petite amie. Cela semblait irréel que la toute première puisse être la tant et tant désirée Kerry.

Dans l'aura bénéfique créée par la présence de Heather et Morag, les deux clochards sur les escaliers rêvaient d'endroits agréables, d'endroits si merveilleux qu'ils n'avaient aucune envie d'en revenir.

« Salut, Dinnie, fit Heather, exécutant un joyeux saut périlleux sur le rebord de la fenêtre. Je suis de retour. J'ai bien considéré le sujet. J'ai la situation parfaitement en main. »

Dinnie rougit.

« Et, dit Heather, sautant sur l'épaule de Dinnie, j'ai mis au point un plan d'attaque complet. Garantie absolue que Kerry va tomber amoureuse de toi. »

Dinnie ricana.

« Ne ricane pas. Je peux le faire. J'ai bien réussi à te faire jouer un sthraspey très compliqué, non ? Une mission quasiment impossible, étant donné la manière dont tu jouais. Bon, alors je peux t'avoir Kerry. »

Heather sauta en plein sur la tête de Dinnie, ce qu'il détestait particulièrement, et le scruta en se penchant sur son front.

« Cela dit, ne crois pas que je sous-estime le problème,

Dinnie. Je suis parfaitement consciente qu'on pourrait considérer tes chances de capturer le cœur de Kerry comme extrêmement faibles. Peut-être même inexistantes. Après tout, c'est une jeune femme incroyablement désirable qui a à peu près tout pour elle, alors que toi tu es un gros lard sans rien de vraiment remarquable.

– Merci infiniment, murmura Dinnie.

– D'autre part, ne crois pas que je n'aie pas compris les us et coutumes de New York. J'ai compris. Je sais que le don d'un gâteau d'avoine n'aurait pas ici les immenses conséquences qu'il pourrait avoir chez moi. J'ai vécu une expérience très intéressante à Cruickshank lorsque j'ai apporté à un camarade fée quatre gâteaux d'avoine et un pot de miel. Trois semaines de sexe et de débauche ininterrompus dans une cave bien tranquille. Magnifique. Quoiqu'il en soit, les choses ici sont différentes. Kerry est une jeune rockeuse et nous devons agir en conséquence. »

Elle se laissa glisser sur la table, ses cheveux rouges et or en bataille, les joues en feu.

« Et comment est-ce que je sais tout ça ? demanda-t-elle. Je vais te dire comment je sais tout ça. J'ai passé tout l'après-midi à épier Kerry et sa stupide copine Morag, et toute la soirée dans les cafés branchés de l'Avenue à écouter les jeunes gens à la mode et à lire des magazines de rock'n'roll. Je sais ce qu'elle aime et je sais comment t'y amener. Il faut simplement que tu fasses tout ce que je te dirai. »

Dinnie restait silencieux. Il ne voulait pas le croire. Heather échangea deux ou trois potins avec un cafard qui trottinait d'un côté à l'autre de la cuisinière, ramassant des miettes. La cuisinière, qui n'avait pas été nettoyée depuis des années et était dans un état de saleté répugnant, était un terrain de chasse très fertile.

« Donc, Dinnie, voici le marché. Je promets de rendre Kerry amoureuse de toi. En échange, tu me remets le violon MacPherson. Tu es d'accord ? »

Dinnie était d'accord, même lorsque, plus tard, Heather l'informa qu'à partir de maintenant il devrait faire exactement tout ce qu'elle lui dirait, faute de quoi elle considérerait le marché comme nul et non avenu et s'en irait avec le violon.

« Quiconque brise un marché conclu avec une fée s'expose à toutes sortes de dangers. »

La fée jeta un œil par la fenêtre.

« Oh non ! s'écria-t-elle. Encore deux clochards qui sont morts dans les escaliers. »

Dinnie ne réagit pas.

« Fais quelque chose, Dinnie.

– Quoi ?

– Appelle là où il faut appeler à New York quand quelqu'un meurt. Je déteste voir ces corps abandonnés comme ça. »

Dinnie grogna qu'en ce qui le concernait ils pouvaient tout aussi bien rester à pourrir là pendant toute une année.

« Dinnie. Écoute-moi bien. À ce que j'ai vu de Kerry, si ce n'est le fait qu'elle soit amie avec cette maudite MacPherson, c'est un être gentil et chaleureux. Sans aucun doute, elle attend d'un homme qu'il soit également chaleureux et attentionné. Il s'ensuit donc que tu vas devenir un être chaleureux et attentionné. Ou tout au moins, que tu vas faire semblant d'en être un. Alors prends ton téléphone. »

Dinnie s'exécuta.

# ONZE

Morag bondit sur la fenêtre de Kerry avec une fleur d'Eschscholzia et un air troublé.

« Trouvé cette fleur chez un fleuriste à Midtown », bredouilla-t-elle, et elle se mit à raconter à Kerry une histoire désolante.

« J'ai vu une petite fille pleurer parce qu'elle avait fait tomber sa sucette dans le caniveau. Naturellement, je me suis matérialisée devant elle pour la réconforter. En Écosse, cela aurait provoqué chez l'enfant une approbation totale, des cris de joie et tout ça. Malheureusement, ici, à New York, ça n'a pas eu le même effet. Elle a eu horriblement peur, a sursauté et elle est tombée en arrière sur la chaussée. »

Morag s'assombrit.

« Les ambulances mettent un temps fou à arriver dans cette ville. »

Kerry compatit et tenta de la rassurer en lui disant qu' elle avait tenté de faire le bien, mais Morag était inconsolable. Elle avait causé un grave accident, ce qui était déjà assez terrible, mais elle avait de surcroît le sentiment très net qu'il allait lui arriver en retour quelque chose d'épouvantable. D'après Morag, il était de grande notoriété que le karma des fées était très puissant.

Pourtant, il n'y avait pas d'autre solution que de s'attacher à remplir le programme du jour, qui était de retrouver la trace de la clocharde en possession du pavot gallois à trois têtes.

La chaleur de cet après-midi était désagréable. Magenta s'assit pour se reposer au coin de l'avenue C et de la 4ᵉ. Aujourd'hui, d'après ses calculs, elle avait couvert une distance de quarante parsangs sous les attaques continuelles de Tissapherne. Ce lieutenant d'Artaxerxes était un adversaire habile, qui se contentait pour l'instant de harceler ses troupes tout en évitant une attaque frontale. Ce qui était tout aussi bien pour les deux camps en fait, car même si les hoplites grecs de Xénophon étaient incommensurablement plus disciplinés que ceux des Perses et leur auraient infligé de graves dommages en cas d'attaque, la supériorité numérique des Perses, si loin en territoire ennemi, leur aurait quoi qu'il en soit donné l'avantage.

Un camion de pompiers passa, toutes sirènes hurlantes. Magenta l'ignora et scruta les toits à la recherche d'archers cachés. N'en voyant pas, elle prit une gorgée de sa boisson et s'octroya un bref somme à l'extérieur d'un petit hall portant une banderole sur la porte.

Kerry s'affairait à arranger le sac sur son flanc. Il n'y a ni raison ni remède connus à la maladie de Crohn ; aussi, à la question de Morag sur une éventuelle guérison, un jour, Kerry ne put que répondre « peut-être ».

« Il est possible que je cicatrise à l'intérieur, dans ce cas les docteurs pourront me faire une opération d'inversion et je n'aurai plus besoin de porter un sac de colostomie. Ou bien, je peux rester comme ça très longtemps, ce qui ne permettrait de toute façon aucune intervention médicale. Ou encore je peux avoir de nouvelles crises, et il faudrait dans ce cas m'enlever encore des morceaux d'intestin, et alors je n'aurais plus aucun espoir de pouvoir subir un jour une opération d'inversion. »

Cela suffisait à faire monter les larmes aux yeux de Kerry et Morag devait généralement changer de sujet.

Kerry fourrageait dans les piles sur le sol pour trouver ses vêtements les plus colorés – sa longue jupe jaune déchirée, son sweat-shirt teint en rouge, bleu, rose et violet, son gilet indien vert couvert de broderies et de fragments de miroirs, ses colliers et son bandeau, des lunettes de soleil rondes aux verres bleus, un sac en daim frangé lui aussi brodé, des chaussures de baseball éclaboussées du contenu entier d'un kit de peinture pour enfants, et un œillet à piquer dans ses cheveux.

« Une rose, ça ne serait pas mieux ?

– Je n'arrive toujours pas à me décider, dit Morag. Tu n'as jamais pensé aux marguerites ?

– On y va. »

Dehors, Kerry, qui provoquait régulièrement les sifflets et les exclamations des hommes dans la rue, eut droit à une déplaisante série de remarques lorsqu'elle passa devant un groupe d'ouvriers du bâtiment. Elle n'aimait pas ça mais ne répondait jamais.

« J'aimerais me fourrer entre les deux joues de ton petit cul ! »

« C'est déprimant, dit Morag, sur son épaule. C'est peut-être le début de mon mauvais karma. »

Kerry l'assura que non, puisque ça lui arrivait tout le temps.

Sous le soleil étouffant les piétons se traînaient, l'air malheureux, et partout les rues étaient embouteillées et congestionnées. Ça ne semblait pas être une bonne journée.

Alors que Kerry et Morag abordaient l'avenue B, là où Morag avait vu Magenta, un taxi donna un brusque coup de volant et roula sur le trottoir pour échapper à un embouteillage. Kerry dut bondir pour éviter d'être écrasée. Morag se cogna à une encadrure de porte et tomba lourdement.

« Mon karma, gémit-elle.

– Je suis sûre que c'est juste une coïncidence », dit Kerry, époussetant le kilt de la fée. Morag n'était pas convaincue, et lorsqu'au croisement suivant deux skateboarders fous obligèrent Kerry à se projeter de côté pour les éviter, envoyant valdinguer Morag au sol pour la deuxième fois, la fée déclara qu'elle s'estimerait heureuse si elle finissait la journée en vie.

« Cent balles, t'as pas cent balles ? »

Kerry sortit quelques pièces et les tendit au mendiant, s'excusant de n'avoir aucune carte postale de Botticelli sur elle, et scruta l'horizon. Un pot de fleurs tomba de quelque part audessus et la manqua de quelques centimètres.

Kerry en fut toute secouée.

« Tu ne peux rien faire contre tout ça, Morag ?

– Il n'y a qu'une seule possibilité. Je vais devoir accomplir une très très bonne action pour racheter mon mauvais karma. »

Elles cherchèrent aux alentours une bonne action à effectuer, mais il n'y avait personne en vue.

« Il va falloir que j'attende, chuchota Morag, en espérant que l'occasion se présente avant qu'une catastrophe ne me tombe dessus. »

Dinnie et Heather rencontrèrent Cal qui quittait le théâtre. Il avait les bras chargés de fleurs et adressa un signe de tête sympathique à Dinnie.

« Tu viendras voir *Le Songe d'une Nuit d'Été* ?

– Saloperie de merde de trucs de fées, répliqua Dinnie, très en forme. Et au fait, faudra essayer de ne plus faire tout ce bordel quand vous répétez.

– C'était qui ? demanda Heather, sur les pas de Dinnie qui avait décidé d'aller boire une bière.

– Cal. Grande gueule, la star locale du théâtre du quartier, en bas de chez moi. Il s'est fichu en tête l'idée stupide de monter une pièce et d'en jouer toute la bande son sur sa guitare. Ça va être un fiasco lamentable. Tout ce qu'il veut, c'est brancher de jeunes actrices et les sauter. »

Magenta se réveilla, sentant un danger.

« La voilà », s'écria Morag.

Magenta se jeta dans le hall derrière elle.

Kerry et Morag se précipitèrent à sa recherche, mais à l'intérieur de ce qui s'avéra être une minuscule galerie surpeuplée, il était difficile de se mouvoir, et leur cible n'était nulle part en vue.

C'était une opération de charité au cours de laquelle de nombreux artistes locaux exposaient leurs œuvres, et les poètes locaux lisaient leurs textes. Étant donné la chaleur qui régnait, ce qui devait être un sympathique moment s'avérait plutôt être un pensum pour tout le monde.

Coincées dans la foule, et n'apercevant Magenta nulle part, Kerry et Morag en étaient réduites à rester sur place et se tordre le cou pour tenter de voir ce qui se passait.

Une jeune femme aux cheveux rouges monta sur scène.

« Je la connais », chuchota Kerry.

C'était Gail, une de ses amies, qui s'apprêtait à lire ses poèmes.

Malheureusement, à ce moment-là, plus personne ne prêtait attention à rien, les gens étant trop occupés à suer et à se demander quand ils allaient partir.

« Oh la vache, murmura Kerry. Les gens en ont marre de la chaleur et du monde, et personne ne va écouter Gail, alors que c'est une grande poétesse. »

Comme Kerry l'avait prédit, personne ne fit attention. C'était vraiment un effort trop grand de se concentrer sur de la poésie, ou sur quoi que ce soit d'autre. Morag entrevit l'occasion de réparer son mauvais karma. Elle déballa son violon et se mit à jouer, juste à la limite de la perception de l'oreille humaine. L'effet fut immédiat. Le public fut hypnotisé par la poésie de Gail et la musique de la fée. Ils se calmèrent et écoutèrent, transportés.

Lorsque Gail lut un poème triste, Morag joua une complainte, et c'était si fort que personne ne put s'empêcher de pleurer. Gail lut un poème virulent sur les promoteurs qui faisaient main basse sur le quartier et en chassaient les pauvres, et Morag joua un sthraspey sirupeux. À la fin, le public était à deux doigts de se lancer à l'assaut des bureaux des promoteurs immobiliers pour les expulser de la ville. Gail finit par un poème d'amour et Morag joua “My Love is like a Red, Red Rose”, et chacun dans la foule eut le réel sentiment d'être profondément amoureux de quelqu'un, et que cette histoire aurait une fin heureuse.

La performance prit fin dans un déchaînement d'applaudissements. Gail souriait. Elle avait fait un tabac. Morag souriait aussi. Cette bonne action réussie avait certainement détourné son mauvais karma.

« La voilà ! » s'écria Kerry en apercevant Magenta au loin, et elle se hâta vers elle. Morag s'apprêtait à la suivre mais à côté d'elle un homme, en tapant furieusement dans ses mains, projeta le violon au sol. Le violon étant invisible pour lui, il marcha dessus et l'écrasa.

Kerry trouva Magenta qui s'apprêtait à battre en retraite et récupéra sa fleur en un assaut frontal. Plus tard, elle replaça sa fleur à la place d'honneur qui lui revenait dans sa collection. Elle était heureuse, mais Morag était inconsolable.

Elle contemplait les débris du violon.

« C'est la pire journée de ma vie », dit Morag.

# DOUZE

Spiro l'écureuil cessa de mâcher sa noix pour fixer Maeve.

« Pourquoi es-tu triste ?

– L'Irlande me manque », répondit-elle, et Padraig hocha la tête pour marquer son approbation. Ils regrettaient amèrement d'avoir un jour sauté à bord d'un ferry pour l'Angleterre, juste pour voir comment c'était.

« Et vous, Petal et Tulip, pourquoi êtes-vous tristes ?

– On a peur que notre père le roi nous retrouve, même ici, et nous force à rentrer chez nous, dirent-ils.

– Est-ce qu'il sait prendre un jumbo jet ?

– Magris sait tout de tout », répondit Brannoc, qui caressait le projet de le tuer.

Au loin, des joggers martelaient le sol le long d'un circuit du parc.

« Jouez-nous de la musique, dit Spiro. On dirait que le parc entier est plus calme depuis que vous êtes arrivés. Jouez de la musique et je vous montrerai où l'on peut trouver les plus gros champignons qui soient de ce côté-ci de l'Atlantique. »

Alors les fées jouèrent à Central Park et les animaux et les hommes s'arrêtèrent pour écouter. On éteignit les radios et les enfants cessèrent de hurler. Les joggers, les cyclistes et les joueurs de base-ball firent une pause. Tous ceux qui entendirent la musique rentrèrent chez eux heureux, et furent heureux pour le restant de la journée. Personne ne se disputa ni ne se battit, et aucun crime ne fut commis dans le parc tant que les fées jouèrent.

En Cornouailles, on était moins heureux.

« Je ne tolérerai pas que mon fils et ma fille soient des fugitifs de ce pays, dit le roi Tala. Cela ne peut qu'encourager les groupuscules de résistance. »

Magris haussa les épaules. Il préférait largement inventer de nouvelles machines, plus efficaces, pour produire des biens.

« Je pourrais tenter d'envoyer un arc-en-ciel de lune jusqu'à New York. Mais générer suffisamment de puissance pour envoyer toute une armée va prendre du temps. »

Tala perdait patience. Il voulait que ses enfants rentrent maintenant.

« Aurais-tu assez de puissance pour y envoyer une armée plus réduite ? »

Magris hocha la tête.

« Très bien. Rassemble des mercenaires. »

Tala avait une couronne d'or finement ciselée. Il avait également douze barons qui détenaient le contrôle de sa population féerique de Cornouailles. Ce qui signifiait que sa couronne n'était plus vraiment aussi puissante qu'autrefois. Cependant, l'esprit totalement occupé à suivre l'augmentation de production qu'avaient apportée les changements de Magris dans la société, il ne s'en rendait pas encore compte.

Attendu maintenant à une réunion avec les barons, il marchait le long d'une allée de petits arbres, mais fut arrêté en chemin par des messagers porteurs d'une nouvelle choquante : Aelric et sa bande de résistants avaient mis le feu au grenier royal, détruisant ainsi les réserves de nourriture du roi et de sa cour. Ce grain allait devoir être remplacé par l'un des barons, causant ainsi de la misère sur son propre territoire.

Magris lui tendit un tract de propagande, distribué par Aelric. Il encourageait toutes les fées de Cornouailles à rejeter leurs chaînes et à apporter leur soutien aux bien-aimés Petal et Tulip, futurs souverains du royaume.

« Les rebelles tentaient de distribuer ça, dit Magris au roi. Fort heureusement, nos troupes les ont arrêtés à temps.

– Il faut mettre la main sur cet Aelric, enragea le roi, et il donna des instructions pour que les meilleurs éléments volants de son armée se postent à des points aériens stratégiques pour garder ses installations, afin que les tracts maléfiques ne puissent être lâchés du ciel.

« Il me faut un whisky », dit Padraig, reposant son violon, et tout le monde fut d'accord avec lui. Cela faisait bien longtemps que les fées de Central Park n'avaient rien bu. Et, malgré leur attitude par ailleurs très amicale, il était impossible de persuader les écureuils de ramener de la boisson. Ils disaient que c'était une expédition trop périlleuse. Ce qui dégoûtait particulièrement Maeve.

« Chez nous en Irlande, dit-elle aux autres, un écureuil ferait des kilomètres pour apporter un breuvage à une fée. Bien que normalement, le problème ne se pose même pas puisque les humains sont des gens bons et amicaux, qui laissent traîner des bouteilles partout à notre intention. »

Il n'y avait rien d'autre à faire que d'organiser une expédition vers les rues à l'extérieur du parc.

« On entrera dans le premier bar qu'on trouvera. »

La perte du pavot gallois à trois têtes, si tôt après l'avoir récupéré de façon tellement spectaculaire, fut un choc terrible pour Kerry. Elle fixait furieusement la demande de rançon laissée par les fées chinoises.

« Comment osent-elles prendre ma fleur en otage ! »

Kerry voyait toutes ses ambitions réduites à néant. Sans le pavot gallois, elle ne pouvait pas gagner le Prix Artistique du Quartier de la 4e Rue, et sans le violon de Morag, elle ne pouvait plus apprendre de solos des New York Dolls.

« Je me suis décidé, dit Johnny Thunders. Je ne serai jamais satisfait, même ici au Paradis, tant que je ne saurai pas ce qu'est devenue ma Gibson Tiger Top. Je l'ai juste posée sur un tabouret de bar au CBGB, et une minute plus tard elle avait disparu. Et il n'existe aucune autre guitare comme celle-là. »

Billy Murcia approuva de la tête.

« Et j'aurais bien besoin de ma meilleure guitare en ce moment, ajouta Johnny. Parce qu'à ce que je vois, il y a un sérieux manque de bons groupes de rock dans la région. Des hippies, des chœurs de gospel, ça, tant qu'on en veut, mais rien de bandant. Donc quand ces esprits chinois vont descendre pour le Festival des Fantômes Affamés, je vais y aller avec eux. »

Les fées de Central Park s'aventuraient timidement dans les rues.

« On dirait un bar », chuchota Brannoc au bout d'un moment, bien qu'en vérité, ce fût assez difficile à dire. Les immeubles étaient tellement différents des petites maisons de Cornouailles et d'Irlande qu'ils connaissaient. À cause de cette incertitude, ils s'étaient avancés beaucoup plus profond dans Harlem qu'ils n'en avaient l'intention, et avaient perdu Central Park de vue.

Dans ces rues, il y avait du monde partout, et les gaz d'échappement qui se dégageaient des embouteillages irritaient les yeux des fées. Elles étaient toutes nerveuses, même si Brannoc comme Maeve se refusaient à le laisser paraître. S'arrêtant pour laisser passer quatre gamins qui se bousculaient en portant une énorme radio, les fées se préparèrent à envahir le bar.

« Le bar le plus sympa de Harlem », affirmait un panneau fraîchement peint. Les fées se ruèrent à l'intérieur. Le bar était calme. Quelques clients étaient assis devant une bière, regardant la télévision accrochée au mur. Invisibles, les fées se mirent à l'œuvre. Elles pressaient leurs petites outres à alcool contre les dosettes à whisky et rassemblaient du tabac derrière le bar.

« Comme la fois où on a fait un raid chez O'Shaugnessy à Dublin », murmura Maeve, et Padraig réussit à répondre par une petite mimique nerveuse.

« Et qu'est-ce qu'on s'est mis cette nuit-là ! »

Ce fut une opération menée en douceur. En quelques minutes, tous les cinq se retrouvaient à la porte, prêts à regagner leur sanctuaire.

« Tout le monde est là ? dit Brannoc. OK, on y va.

– Corrigez-moi si je me trompe, dit une voix derrière eux, mais est-ce que vous ne venez pas de cambrioler ce bar ? »

Ils se retournèrent vivement, frappés de stupeur. Il y avait là deux fées noires, qui ne semblaient pas contentes du tout.

Inconscients du drame surnaturel qui se déroulait sur le trottoir, les humains allaient et venaient. Un groupe de trois hommes, sortant d'une réunion destinée à rassembler des fonds pour aider les anciens joueurs de base-ball, entra bruyamment dans le bar pour faire le point sur les progrès du jour. Deux ouvriers en bâtiment entrèrent pour finir la journée en sirotant une seule bière chacun, parce que ça n'allait pas très fort dans le bâtiment ces derniers temps.

« Le bâtiment a perdu 2,6 % l'année dernière », disait leur journal économique. Il semblait que plus personne ne pouvait les payer pour travailler.

Le barman compatissait à leurs problèmes. Son business ne marchait pas très fort non plus.

Dehors, les fées s'enfuyaient.

Quarante-deux mercenaires étaient rassemblés à la tombée de la nuit à Bodmin Moor en Cornouailles. Magris les inspecta du regard puis leva les yeux au ciel. Marmonnant une ancienne formule, il fit apparaître par magie un arc-en-ciel. En tant que scientifique, Magris n'aimait guère la magie, mais c'était parfois utile. Il attendit que la lune se montre.

Les mercenaires étaient des fées sans domicile fixe, qui provenaient des îles britanniques avoisinantes – Red Caps écossais, Spriggans anglais, Bwbachods gallois, et Firbolgs irlandais. Ils attendaient, debout, silencieux et graves. Vingt-et-un mercenaires allaient commencer une mission recherche-destruction contre Aelric, pendant que vingt-deux autres allaient traverser vers l'Amérique sur l'arc-en-ciel de lune pour capturer les fugitifs.

De retour à Central Park, Tulip était d'humeur sombre.

« C'était vraiment pas de chance.

– Ça c'est sûr, approuva Petal, ç'aurait pu être sympa de rencontrer d'autres fées. Je ne pensais pas du tout qu'il y en avait ici.

– J'ai fait de mon mieux pour me montrer amicale.

– Moi aussi.

– J'ai détesté le moment où ils nous ont menacés de mort. »

Ils portèrent tous un regard accusateur sur Maeve.

« Tout se serait bien passé si tu ne t'étais pas conduite comme une tête brûlée », dit Brannoc, en colère.

Maeve passa la main dans ses cheveux roux.

« Ils nous menaçaient. Personne n'a le droit de menacer une fée O'Brien.

– Oui, mais il était parfaitement inutile de les menacer en retour de leur arracher la tête. Est-ce que tu te comportes comme ça en Irlande ?

– Oui. »

Brannoc se détourna, dégoûté. Cet épisode avait été un désastre. Ils avaient réussi à trouver ce qu'ils cherchaient, mais, à cause du sale caractère de Maeve, ils s'étaient mis à dos un clan de fées dont ils ignoraient même l'existence jusqu'à présent.

« Elles auraient pu nous être très utiles, tu sais. Maintenant nous allons devoir les éviter. »

Maeve ne se laissait pas fléchir. Elle dit qu'elle se contrefichait de leur utilité, et qu'on ne menaçait pas une fée O'Brien impunément. Elle but du whisky, et dit à Brannoc qu'il pouvait y retourner et faire la paix s'il le souhaitait.

« Même si j'espère que tu t'en sortiras mieux que les Anglais en Irlande jusqu'à présent. »

Elle souffla dans sa cornemuse et se mit à jouer une gigue endiablée pour souligner son désintérêt total. Padraig se joignit à elle sur son pipeau, mais le morceau qu'il entama était "Banish

Misfortune". Bien qu'il ne souhaitât pas contredire Maeve, il estimait qu'elle avait plutôt mal mené cette affaire. Après tout, les objections des fées noires étaient fondées. Maeve et lui n'auraient pas été contents s'ils avaient trouvé une bande d'étrangers en train de faire une descente dans un de leurs bars de Galway.

"Banish Misfortune" est un morceau très joyeux. Des générations de Celtes l'ont joué avec optimisme, ce qui lui a donné le pouvoir magique d'arranger les choses. Depuis qu'ils avaient atterri à New York, Padraig éprouvait le besoin de le jouer de plus en plus souvent.

Le barman de Harlem remarqua que les bouteilles s'étaient vidées d'un coup.

« Le whisky s'est drôlement bien vendu cette semaine, dit-il aux deux ouvriers en bâtiment. Peut-être que le business est en train de reprendre, finalement. »

Cela semblait être une nouvelle réconfortante et les ouvriers s'en réjouirent. Dans l'agréable aura qu'avaient laissée les fées derrière elles, ils eurent la sensation qu'on allait vers des temps meilleurs.

# TREIZE

« Dinnie, j'ai lu des magazines qui traînaient par terre dans la rue.

– Alors ?

– Essaie de te concentrer sérieusement sur notre marché.

– Pourquoi ?

– Parce qu'il va falloir que tu te mettes à maigrir. »

Dinnie émit un drôle de bruit. La dernière chose que voulait Dinnie, c'était perdre du poids. Heather était consciente qu'elle commençait son plan d'attaque par la partie la plus pénible, mais elle insista.

Une enquête récente, dans Cosmopolitan, disait que l'excès de poids est la première chose que les femmes détestent chez un homme.

« Donc il s'ensuit que pour gagner son cœur tu dois perdre du poids. Ou pour le formuler différemment : elle ne tombera jamais amoureuse d'un gros tas comme toi. Donc tu es au régime ».

Dinnie bredouilla.

« Tu as dit que tu la rendrais amoureuse de moi. Tu n'as jamais parlé de me faire souffrir moi.

– J'ai dit que si tu faisais tout ce que je te disais je la rendrais amoureuse de toi. Et je dis que tu dois maigrir. »

Dinnie refusa immédiatement, mais Heather lui rétorqua qu'elle considérait cela comme une rupture de marché, et qu'elle allait donc réduire le violon à la taille des fées et partir avec.

Dinnie était coincé. Pris de panique, il agrippa son paquet de cookies. À la perspective hallucinante du régime qui se dressait devant lui, il sentit qu'il allait s'évanouir.

Heather, qui n'avait rien contre le fait d'en mettre plein la tête de Dinnie de temps en temps, ricana malicieusement.

« Mais ne désespère pas, mon gras ami. Le magazine disait qu'il était facile d'obtenir un sentiment de satiété avec de bons repas appétissants tout en perdant du poids. J'ai retenu les recettes, et tu commences aujourd'hui. »

Des bribes de répétitions passionnées parvenaient de l'étage au-dessous : Lysandre, Demetrius, Hermia et Helena se débattaient dans leurs histoires d'amour. Dinnie insulta vigoureusement les acteurs.

« Allons, allons, le reprit Heather. Souviens-toi que tu es aussi en train de devenir un être humain plaisant et civilisé. Les êtres humains plaisants et civilisés ne hurlent pas à des inconnus qu'ils sont coupables d'avoir eu des relations sexuelles avec leur mère.

« La recette d'aujourd'hui est à base de noix et de tomates. Et aussi de feuilles de chou chinois, parce que tu as besoin de légumes verts. Rends-toi à pied jusqu'au magasin diététique de la 1ère avenue et achète des tomates au petit magasin en bas. Moi je me charge des feuilles de chou chinois, parce que j'ai besoin de prendre l'air. Pendant que tu y es, regarde si tu ne trouves pas un pavot gallois à trois têtes. J'ai appris que c'était une des choses qui comptent le plus pour Kerry. »

Heather bondit sur le rebord de la fenêtre.

« Si tu reviens avant moi, exerce-toi à jouer la nouvelle gigue que je t'ai montrée, "The Atholl Highlanders". C'est une gigue très belle, et si tu l'as oubliée, elle figure dans tes partitions. Attention à ne pas la confondre avec "The Atholl Volunteers", "The Atholl Volunteer's March", "Atholl Brose" ou "The Braes of Atholl". C'est un endroit très prisé dans les chansons, Atholl. Salut. »

La demande de rançon des fées chinoises était un sale coup pour Kerry et Morag.

« RENDEZ-NOUS LE MIROIR OU VOUS NE REVERREZ JAMAIS VOTRE PAVOT GALLOIS. »

Kerry gardait les yeux fixés sur la formule. Elle semblait mettre en œuvre des forces magiques au-delà de l'imagination.

« Comment se sont-elles emparées de mon pavot gallois ? Comment ont-elles pu savoir où il se trouvait ? Et comment savaient-elles que j'y tenais ? Et comment savent-elles que j'ai volé le miroir ? »

Morag fit un petit saut périlleux en l'air pour atterrir sur l'épaule de Kerry.

« Les fées ont une intuition très développée, expliqua-t-elle. Je suppose qu'après m'avoir suivie après l'incident regrettable des homards, elles ont senti que j'avais été dans le magasin où se trouvait le miroir. Probable qu'elles sont sur ma trace depuis et que, m'ayant retrouvée, elles ont saisi la première occasion de s'introduire dans ton appartement.

« Tu portais ton gilet indien aujourd'hui, donc elles n'ont pas pu trouver le miroir, ce qui fait qu'elles ont pris autre chose. Elles ont sans doute deviné la valeur que tu attachais à ton pavot gallois grâce à leurs dons de voyance. Mais c'est peut-être aussi à cause de la grosse inscription que tu as mise au-dessus en rouge : "Voici mon bien le plus précieux". »

Morag se porta volontaire pour aller faire l'échange.

« Je ne pense pas que ce soit tellement dangereux. Nous, les fées, sommes des créatures raisonnables, et j'expliquerai simplement qu'il y a eu dans toute cette affaire un malentendu général. Si ça ne marche pas, je dirai que tu es atteinte de kleptomanie grave et que tu suis actuellement un traitement. »

« Voilà le client le plus désagréable que j'aie jamais eu, dit une vendeuse du magasin diététique à sa collègue. On aurait dit que ça lui arrachait le porte-monnaie d'acheter un sachet de noix.

– Il t'a accusée de quoi, déjà ?

– Je ne sais pas. Un truc du genre complicité avec les fées pour empoisonner la ville.

– Encore un cinglé. T'as vu son manteau ? »

Elles haussèrent les épaules.

Dinnie se traîna jusque chez lui. La très légère satisfaction d'avoir copieusement insulté les vendeuses ne l'avait pas rendu plus heureux du tour qu'avait pris les événements de la journée.

Il jeta les noix sur une étagère et se coucha pour sa sieste quotidienne.

Morag planait vers Canal Street, légèrement anxieuse à la perspective de faire face au clan entier des fées chinoises, mais confiante dans le fait que tout se passerait bien et qu'elle reviendrait avec la fleur séchée de Kerry. C'était désespérément important que Kerry gagne le Prix Artistique du Quartier de la 4e Rue, parce que cela la rendrait immensément heureuse, et Morag avait lu dans un recueil médical d'une librairie de la 2e avenue que le moral était essentiel dans le combat contre la maladie de Crohn. Kerry malheureuse était susceptible de retomber malade, et si Kerry retombait malade, un chirurgien devrait lui enlever encore un morceau de son intestin.

Pendant ce temps, Heather parcourait la courte distance qui la séparait de Chinatown pour trouver des feuilles de chou chinois.

« Je suis vraiment extrêmement gentille », pensait-elle tout en peignant tranquillement sa chevelure blonde alors qu'un camion l'emmenait de Broadway à Canal Street. « J'aurais pu lui ramener n'importe quel type de feuilles de chou. Il n'aurait jamais vu la différence. Mais la recette disait des feuilles de chou chinois, et je suis prête à tous les efforts pour un camarade MacKintosh. »

Elle leva les yeux vers le ciel d'un bleu éclatant, et eut un mouvement de surprise. Au-dessus d'elle se trouvait Morag, entourée par d'étranges fées jaunes. Pour une fée, Heather n'était pas spécialement intuitive, mais elle n'eut toutefois aucun mal à percevoir l'hostilité des étrangères envers Morag. En regardant mieux, il lui sembla qu'on était en train de lui voler une broche brillante

Dégainant son épée et sa dague, elle s'éleva dans les airs.

« Lâchez mon amie », hurla-t-elle en plongeant dans la mêlée ennemie, donnant des coups d'épée à tour de bras.

Dinnie avait sombré tranquillement, pas dérangé par le bruit des quatre footballeurs portoricains qui tapaient en bas dans une balle de tennis.

« Soulèvement général ! Alertez les clans ! » hurla Heather, à l'immense désespoir de Dinnie, en déboulant par la fenêtre à une vitesse foudroyante, talonnée par Morag.

« On est envahi par les fées jaunes !

– Quoi ?

– Sors ton épée. Elles attaquent depuis les collines !

– Barricadez les portes ! hurlait Heather. Faites retentir les cornes de guerre !

– Tu vas la fermer, imbécile ! ordonna Dinnie. Qu'est-ce que ça veut dire de débouler comme ça en hurlant et en vociférant. Tu sais que j'ai besoin de ma sieste l'après-midi.

« On s'en fout de ta sieste. Il y a des fées jaunes avec des armes étranges qui sont en train de se masser aux frontières.

– Oh, pour l'amour de Dieu, tu n'es plus dans les Highlands.

– J'ai dû me battre pour me sortir de Canal Street. Seule une escrimeuse hors pair comme moi pouvait s'en sortir. Ensuite on a réussi à sauter sur une voiture de police mais ils nous poursuivaient toujours. Allez, Morag. » Elle se tourna vers son amie. « Dégaine ton épée. »

Heather était maintenant d'humeur franchement guerrière. Elle sautilla sur le rebord de la fenêtre et se mit à marcher de long en large.

« *Wha maur meddle wi me*, criait-elle à la fenêtre. *Touch not the cat bot a glove!* »

C'était la devise du clan des MacKintosh, assez obscure même pour des Écossais.

Elle se pencha pour repérer l'ennemi. Il n'y avait personne en vue.

« Bien, dit-elle, on dirait bien que je les ai mis en déroute. Ah ! Il faut plus que quelques fées d'une drôle de couleur pour capturer un guerrier MacKintosh. »

Elle brandit une dernière fois son épée vers le monde en général, puis revint à l'intérieur d'un petit bond.

« Bien, Morag, nous avons nos petits différends, mais il ne sera pas dit que je t'aurai laissée dans une situation critique sans intervenir. »

Morag, apparemment sonnée par les récents événements, secoua la tête.

« Heather, dit-elle, tu es une sombre idiote. »

Magenta marchait, grimaçant de satisfaction. Les dieux étaient manifestement avec elle. Et elle pouvait raisonnablement s'y attendre, consultant assidûment Zeus, Apollon et Athéna en toutes occasions, et suivant scrupuleusement leur avis.

Elle avait dû rendre la fleur de pavot à la jeune hippie la veille seulement. Secouée par cette défaite, Magenta s'était assise pour consulter un oracle, les entrailles d'un pigeon mort. Une perturbation dans le ciel lui fit lever les yeux, et elle vit une bataille entre différents démons perses.

Cyrus était peut-être mort, mais elle ne rentrerait pas bredouille au pays. La fleur de pavot à trois têtes et un petit miroir octogonal scintillant venaient de tomber du ciel en tournoyant pour atterrir sur ses genoux. Sachant reconnaître les objets de valeur lorsqu'il en voyait, Xénophon ramassa son butin et s'éloigna en hâte.

« Bon, mais comment je pouvais savoir que tu étais impliquée dans une sombre histoire de troc pour le compte de cette abrutie de bonne femme, là, cette Kerry ? protesta Heather. J'ai cru que tu t'étais fait attaquer. »

Heather était indignée. Elle venait de risquer sa vie pour

sauver une compatriote écossaise de l'ennemi et tout ce qu'elle obtenait, c'étaient des insultes.

« Maintenant, on a perdu le miroir et on a aussi perdu la fleur. Tu as tout foutu en l'air. Pourquoi est-ce qu'il faut toujours que tu te précipites partout tête baissée ? L'épée en avant ?

– Nous les MacKintosh nous sommes des guerriers, répondit Heather sèchement. Rappelle-toi, nous avons dû contenir ces saloperies de Cameron pendant plusieurs générations.

– Je croyais que c'était les MacPherson, dit Dinnie.

– Nous avions aussi une lutte de clans contre les Cameron. Une affaire désespérée, quoiqu'un peu moins grave que celle que nous avions avec ces dégueulasses de Comyn. Alors ça, c'était une lutte de clans. Des morts sanglantes de partout. »

Dinnie secoua la tête, désespéré. Morag s'en alla, dégoûtée.

« Qu'elle aille se faire voir, siffla Heather. C'est bien la dernière fois que je risque ma vie pour elle. Cela dit, il est très intéressant d'apprendre que Kerry a l'intention de gagner le Prix Artistique du Quartier de la 4$^{e}$ Rue. Voilà une information qui va nous être très utile. »

Elle revint au sujet du régime de Dinnie.

« Pour l'instant, tu devras faire sans les feuilles de chou chinois. »

« Quoi ? Tu crois que je vais avaler ces noix toutes seules, comme ça ? Tu m'avais promis des légumes verts.

– Eh bien tu peux difficilement t'attendre à me voir revenir avec un plein cabas de choux chinois alors que le marché entier était plein à craquer de fées jaunes qui me poursuivaient avec des épées et des haches, non ? Il faudra que tu t'en contentes. Et maintenant excuse-moi, j'ai bien mérité d'aller prendre un petit verre. »

# QUATORZE

« On peut sûrement le faire réparer ?

– Non, on ne peut pas le faire réparer. »

Morag était couchée sur le ventre sur un coussin, la tête reposant lourdement sur une cassette du dernier album de L7. En temps normal elle appréciait la façon qu'avaient ces femmes de hurler en maltraitant leur guitare, mais en ce moment elle était dans les profondeurs d'une insondable dépression. Sa mission de sauvetage avait été un désastre et pour couronner le tout, son violon était en morceaux.

« Ce violon a été fabriqué par Callum MacHardie, et Callum MacHardie est le meilleur luthier d'Écosse. Les MacHardie, fées comme humains, ont toujours fabriqué les meilleurs violons. Il a fallu trois années à Callum pour fabriquer celui-là et encore une année pour le vernir. Il est en érable, en pin, en ébène et en buis, et le vernis ambre qu'utilise Callum est d'une composition secrète connue de lui seul. Et maintenant il est en petits morceaux. Je ne sais même pas si Callum lui-même saurait le réparer s'il l'avait dans son atelier sous le grand Arbre Sacré. Qui pourrait le réparer ici ? »

« Il doit bien y avoir des luthiers compétents à New York.
– Et ils répareraient un violon de douze centimètres ? »

Kerry s'écroula sur le coussin aux côtés de Morag. Elle avait perdu sa fleur la plus précieuse. Elle ne pourrait jamais la remplacer. Lorsque Morag était tombée du ciel au cours du fiasco avec les fées chinoises, l'original avait de nouveau disparu, et elle avait déjà passé au peigne fin le terrain vague où elle l'avait trouvé. En vain.

Kerry joua une version inédite du "Lonely Planet Boy" des New York Dolls, mais sans Morag pour l'accompagner au violon ça ne sonnait pas pareil, et elles se retrouvèrent bientôt en train d'écouter de lugubres disques des Swans.

Il ne restait que trois semaines avant la clôture des inscriptions pour le concours artistique. Kerry, qui aurait déjà eu fort à faire pour rassembler les fleurs manquantes même sans ses récents revers de fortune, semblait battue d'avance. Cal allait certainement gagner avec sa version du *Songe d'une Nuit d'Été*, même si sa mise en scène était parfaitement nulle. Les seuls autres participants que Kerry connaissait étaient des poètes, et la mode n'était pas actuellement à la poésie.

Heather apparut inopinément à la fenêtre. Elle sentait qu'elle devait faire quelque chose comme des excuses, et, ayant bu suffisamment de whisky, venait dans ce but. Elle dit qu'elle était désolée de toute cette confusion et qu'elle se proposait de faire tout ce qui était en son pouvoir pour rectifier la situation. Ce en quoi elle était relativement sincère, bien qu'elle eût dans un coin de la tête que plus elle en saurait sur l'alphabet des fleurs de Kerry plus elle pourrait en faire profiter Dinnie. Elle faisait attention à n'en rien laisser paraître, sachant que Morag serait furieuse à l'idée d'une relation entre sa charmante amie et le beaucoup moins charmant Dinnie.

Il faisait un temps magnifique ce jour-là en Cornouailles, le genre de journée où les fées sortaient pour jouer de la musique et respirer le parfum des fleurs. Pourtant, la plupart d'entre elles étaient attelées à leurs tâches dans des ateliers, et les quelques fées qui n'y étaient pas se cachaient dans une grange pour fomenter la révolution.

« Alors, Aelric, quelle est la prochaine étape ?

– On continue le sabotage économique, dit Aelric.

– Mais on n'est pas assez nombreux pour ruiner l'économie du roi comme tu dis qu'il faut le faire. »

Aelric en convint, et décréta que la prochaine étape serait d'étendre la révolution.

« Il nous faut une révolte de paysans, bien que je ne sois pas sûr du moyen d'y arriver. D'après l'index thématique de la bibliothèque, le Président Mao a l'air d'être un expert sur le sujet, mais il a écrit énormément de livres et je n'ai pas encore bien compris toute sa stratégie. »

Ils adressèrent une prière commune à Dianna, Déesse des Fées, pour lui demander son aide, parce qu'il aurait été choquant de ne pas prier, même si, comme Aelric devait le découvrir, le Président Mao s'était fermement opposé à ce genre de pratiques.

Morag s'assit avec Heather dans l'escalier de secours accroché à la façade de Dinnie.

« T'en fais pas, la réconforta Heather. Tes cheveux sont magnifiques avec toutes ces couleurs, et les colliers que t'a donnés Kerry te vont vraiment très bien. Quand nous rentrerons en Écosse, tu pourras trouver un nouveau violon. Tu es une violoniste si talentueuse que Callum MacHardie se fera un plaisir de t'en fabriquer un flambant neuf, même s'il n'aime pas trop que tu joues les Ramones dessus. Et en attendant, tu peux te servir du mien. »

Morag reprit un peu le moral. C'était bon d'être à nouveau amie avec Heather.

« Alors, on se repose ? » lança la voix de Dinnie derrière elles.

Dinnie était renfrogné. Sans vouloir se l'avouer, il était jaloux de la relation entre Heather et Morag. Il ne souhaitait pas qu'elles renouent leurs liens d'amitié, de peur que Heather ne le laisse tout seul comme avant.

« Je croyais que tu devais me donner une leçon de violon.

– *Hold your wheesht,* répondit brusquement Heather.

– Quoi ?

– Tais-toi.

– Ah parfait, dit Dinnie. Fous-toi de moi. Je ne me souviens pas que les insultes faisaient partie de notre marché.

– Quel marché ? demanda Morag.

– Rien, rien, dit précipitamment Heather. »

Elles se mirent à parler ensemble en gaélique, ce qui frustra Dinnie encore plus. Une pensée plaisamment malicieuse lui traversa l'esprit. Il venait de trouver un moyen de se débarrasser de Morag et d'embêter Heather, à qui il en voulait terriblement de l'avoir mis au régime.

« Quand tu auras fini, Heather, tu voudras bien continuer à m'apprendre à jouer de mon beau violon MacPherson ? »

Il y eut un bref silence.

« Son beau quoi ? », dit Morag.

Heather pâlit légèrement.

« Rien, rien.

– Il a dit : mon beau violon MacPherson, prononça Morag. Et je crois que je suis en train d'avoir une de ces fameuses visions qui... »

Elle se précipita de l'autre côté de la pièce et grimpa sur le violon pour l'étudier. Heather posa sa petite main sur son front et abandonna sa tête contre la cuisinière dégueulasse. Elle savait ce qui allait se passer.

Morag poussa un cri aigu de plaisir.

« C'est le violon MacPherson ! Le véritable violon MacPherson ! Tu l'as retrouvé ! »

Elle se mit à danser en rond de joie.

« Quelle formidable coïncidence. Le trésor de mon clan, juste ici dans la 4e rue Est. Et le seul violon que je puisse préférer au mien ! Tout est bien qui finit bien, en fin de compte. Heather, aide-moi à le réduire à notre taille pour que je puisse en jouer !

– Elle ne va rien faire du tout, déclara Dinnie, d'un ton suffisant. Ce violon est à moi jusqu'à ce que je décide de le donner à Heather. C'est notre marché. Alors dégage.

– Qu'est-ce qu'il veut dire ? demanda Morag. Ce violon m'appartient de fait. Je suis une MacPherson.

– On a conclu un marché ensemble, répéta Dinnie, qui ne peut pas être rompu.

– C'est vrai ?

– Eh bien... dit Heather, qui ne pouvait ni mentir ni rompre le marché.

– Mais mon violon est cassé. J'en ai besoin.

– C'est dommage », dit Dinnie, qui s'amusait énormément.

Morag entra dans une fureur noire. Heather ne l'avait jamais vue dans un tel état. Morag proclama que le violon était sien par les liens du sang des MacPherson, et traita Heather de voleuse, de tricheuse et de menteuse.

Dinnie éructait de joie. Il avait tout à fait prévu ce qui se passerait si Morag était au courant du marché.

« Je n'y peux rien, protesta Heather. J'ai passé un marché avec un humain et une bonne fée n'est pas autorisée à rompre un marché. »

La peau diaphane de Morag était cramoisie de rage.

« Ce violon appartient à mon clan, espèce de lézard...

– S'il te plaît, Morag...

– Et tu es une enculeuse de gobelins et la honte de toute l'Écosse. »

Ç'en était trop, même pour une Heather contrite.

« Eh bien, vous n'aviez qu'à pas le perdre au départ, vous les MacPherson, bande d'ignorants analphabètes.

– Vous les MacKintosh, vous êtes tous de la merde, hurla Morag. Je crache dans le lait de ta mère ! »

Sur cette approximation d'insulte qu'elle avait entendue dans un restaurant mexicain, Morag sortit par la fenêtre comme une tornade.

Heather baissa la tête. Quel désastre. Grâce à la Déesse, Morag n'avait heureusement pas pensé à demander quelle était l'autre partie du marché. Si elle avait découvert que Heather avait l'intention de réunir Dinnie et Kerry, les choses auraient pu devenir très violentes.

« Oh là là là là, fit Dinnie. Quelle terrible dispute. J'ai vraiment manqué de tact. »

Heather lui adressa un regard féroce mais ne rétorqua pas.

« Leçon suivante. Comment tenir l'archet. Et cette fois tâche de ne pas me scier en deux ce putain de truc. »

# QUINZE

On ne voyait partout que des fées mécontentes. En se débattant dans leurs divers problèmes, Heather et Morag en avaient causés aux autres également.

« D'où vient cet argent ? » demandèrent Dinnie comme Kerry, ayant remarqué que Morag comme Heather aimaient que les placards regorgent de nourriture.

« Magie de fée basique », mentirent Heather et Morag.

Mais sur Grand Street, les fées italiennes étaient particulièrement mécontentes. Des étrangers inconnus persistaient à dévaliser les banques de leurs alliés humains.

« Ça fait quatre fois ce mois-ci, grommelaient-elles. On ne peut pas laisser nos amis italiens se faire ruiner par ces gangsters. »

À Canal Street, les fées chinoises fulminaient toujours de s'être fait voler le miroir Bhat Gwa. Cette relique sacrée avait été offerte aux fées chinoises deux mille ans auparavant par Lao Tseu le Très Haut avant qu'il ne quitte la Terre. C'était leur trésor le plus précieux, et Hwui-Yin le conservait dans sa boutique comme un symbole de l'amitié entre les hommes et les fées.

Et, sur le point de le récupérer, voilà qu'elles en avaient été privées par une autre fée inconnue qui avait brandi son épée contre elles et les avaient insultées avec un épouvantable accent barbare.

« Nous sommes une tribu pacifique. Mais nous ne pouvons tolérer cela. »

Elles se demandèrent qui était derrière l'affaire. Il pouvait s'agir des fées italiennes, qu'elles avaient connues autrefois mais avec qui tout contact avait été rompu depuis, bien qu'elles soient pratiquement voisines.

À Harlem, on était très inquiet au sujet de l'incident du bar. C'était vraiment très impoli de la part d'étrangers de venir cambrioler un bar sur leur territoire, et les violentes menaces qu'avaient proférées l'étrangère aux cheveux roux étaient très préoccupantes.

« Voici plusieurs générations qu'on a pas vu d'autres fées ici, disait-on. Et maintenant elles reviennent pour nous voler. Nous devons nous préparer au pire. »

À Central Park, Brannoc était extrêmement contrarié. Il venait juste de trouver Petal et Tulip faisant l'amour avec enthousiasme sous un buisson de roses. Rien n'interdisait à un frère et sa sœur de faire l'amour chez les fées, mais ça mettait Brannoc hors de lui. Il crevait de jalousie.

Maeve et Padraig étaient saouls et larmoyants. Ils jouaient du pipeau assis dans un arbre. Brannoc devait admettre que ces Irlandais avaient une impressionnante capacité à bien jouer malgré tout ce qu'ils avaient bu, mais il n'était pas d'humeur à apprécier.

Petal et Tulip avaient disparu. Ils étaient probablement encore en train de perfectionner leurs techniques sexuelles de fées avec toute la fougue de leur jeunesse, même si, pour ce que Brannoc avait pu en juger, ils semblaient déjà pas mal avancés pour leur âge.

Brannoc se sentait seul. Il lui traversa l'esprit que non loin de là, au nord, se trouvait toute une tribu de nouvelles fées avec qui il pouvait se lier d'amitié. S'il y retournait, il était persuadé qu'il pourrait apaiser le conflit. Il était une fée raisonnable. Il ne voyait aucune raison pour laquelle elles ne le seraient pas aussi. Il n'était pas bon de se faire des ennemis dans cet endroit étrange.

« Où vas-tu ? lui lança Padraig.

– Faire la paix avec les fées noires, répondit-il.

– Bonne chance. Ramène-nous du whisky. »

En Cornouailles aussi régnait un grand mécontentement. Les fées du pays n'avaient plus le droit de rendre grâce à la déesse Dianna. Les cérémonies qui lui étaient consacrées avaient été remplacées par des célébrations d'un nouveau dieu très fort qui aurait raison de leurs ennemis.

La lune apparut derrière les nuages. Magris prononça encore quelques mots et un arc-en-ciel de sept nuances de gris sortit du ciel.

La moitié de l'effectif des mercenaires grimpa sur l'arc-en-ciel et s'en alla dans la nuit. Magris se tourna et marmonna quelque chose aux mercenaires restants. Ils se mirent en marche dans la nuit, sur les traces d'Aelric le rebelle.

Le léger vent qui résultait toujours de la production d'un arc-en-ciel de lune fit claquer le manteau de Magris, tandis qu'il s'éloignait à son tour.

Magenta était tendue, quoique plutôt satisfaite. Elle regardait les gratte-ciel qui s'étiraient sur la 1ère avenue et son instinct guerrier lui soufflait que ce serait l'endroit idéal pour une embuscade. Joshua, qui maintenant se confondait dans son esprit avec Tissapherne, était sans doute posté au coin d'une rue. Elle but une lampée de cocktail, prit note mentalement de penser à racheter du méthyle et du cirage, et feuilleta son exemplaire de Xénophon.

L'un des passages les plus impressionnants du livre concernait les Grecs et leurs dieux. Même dans les circonstances les plus dangereuses, lorsqu'il fallait agir en urgence, ils ne faisaient rien avant d'avoir accompli les sacrifices appropriés et consulté les oracles.

Magenta chercha autour d'elle un sacrifice approprié. Un pigeon écrasé gisait dans le caniveau, vers lequel elle se précipita afin de consulter ses entrailles. Elles étaient un peu difficiles à lire, vu le nombre de voitures qui avaient roulé dessus, mais dans l'ensemble, Magenta considéra qu'elles étaient favorables.

« OK, les gars, appela-t-elle. En avant ! »

Il y avait encore d'autres fées mécontentes en Cornouailles. Dans un coin de Bodmin Moor derrière un ancien menhir, un coin aussi froid et gris que l'Atlantique au-dessus duquel glissaient les mercenaires, l'arc-en-ciel de lune disparaissait doucement dans le jour qui se levait. Quatre silhouettes silencieuses s'extirpèrent en rampant des buissons, scrutant fiévreusement le terrain.

« Où est-ce qu'il mène ? chuchota l'une d'elles, regardant les sept bandes grises.

– Qui sait ? dit une autre. Mais au bout se trouvent Heather MacKintosh et Morag MacPherson. Allons-y avant qu'il ait complètement disparu. »

Sans un mot de plus elles en entreprirent l'ascension. C'étaient quatre fées guerrières femelles du clan des MacLeod. Chacune d'entre elles était grande, solide et forte, et sérieusement armée. Elles avaient l'intention de récupérer les morceaux de leur bannière et aucune d'entre elles ne semblait du genre à plaisanter.

Un petit enfant laissa tomber une pièce sur le trottoir. Brannoc s'arrêta gentiment pour la ramasser et la lui rendre.

« Je ne le crois pas, lança une voix. Non seulement ils volent nos bars, mais en plus maintenant ils piquent l'argent des petits enfants. »

Brannoc était face à un groupe de fées noires en colère.

« Ces blancs sont encore plus mauvais qu'avant.

– Vous ne comprenez pas, protesta Brannoc.

– On m'a volé ma pièce », pleurnicha l'enfant.

Brannoc s'enfuit précipitamment, apprenant en urgence la technique, déjà bien connue de Heather et Morag, qui consistait à s'accrocher au pare-choc d'un taxi lancé à vive allure pour se sortir d'un mauvais pas.

« Qu'est-ce qui s'est passé ? » s'écrièrent Petal et Tulip alors qu'il venait s'écrouler à l'abri de leurs buissons. Brannoc refusa d'en parler, mentionnant seulement qu'apparemment les chauffeurs de taxi de New York étaient complètement dingues, fort heureusement pour lui.

## SEIZE

« J'ai vu tout un paquet de policiers, là-dehors », dit Morag, alors que Kerry avalait sa dose de stéroïdes de midi.

Kerry lui dit qu'ils étaient sûrement en route pour Tomkins Square, où se tenait aujourd'hui un festival gratuit.

« Ça m'inquiète toujours, quand il y a tant de policiers.

– Pourquoi ? s'enquit Morag. Ils sont gentils, les policiers. À Cruickshank, le policier de notre village, Constable MacBain, est un brave homme. Tous les après-midi, après avoir mangé puis bu quelques bières au pub, il vient faire une sieste derrière les buissons où nous vivons, et il laisse souvent du tabac à l'intention des fées. Tous les enfants l'aiment bien parce qu'il les emmène faire des tours sur sa bicyclette. Et il joue de la cornemuse pas mal du tout. Maintenant que j'y pense, je suis presque sûre que je l'ai entendu dire un jour qu'il avait un cousin irlandais policier en Amérique. Je suis sûre que lui aussi est un brave homme. »

Kerry dit que ça ne ressemblait à aucun policier qu'elle avait pu croiser, et que les chances qu'un membre de la Police de New York laisse du tabac à l'attention des fées étaient plutôt maigres, mais Morag ne comprit pas vraiment ce qu'elle voulait dire.

« Alors, qu'est-ce qu'on va faire aujourd'hui ?

– On va au festival à Tomkins Square. Cal joue de la guitare pour le groupe d'un copain, donc on va pouvoir l'insulter.

– Ça me paraît très bien. »

Kerry se glissa avec difficulté dans son treillis rose et vert parce qu'aujourd'hui elle aurait besoin de nombreuses poches pour les bières. Après une longue conversation détaillée avec Morag pour savoir quoi mettre dans leurs cheveux, incluant une étude détaillée du *Printemps* de Botticelli et autres travaux assimilés, elles sortirent.

À Chinatown, les fées chinoises mettaient la dernière touche aux préparatifs finals pour le Festival des Fantômes Affamés, vérifiant qu'il y avait assez à boire et à manger pour la cérémonie et pour faire des offrandes, ainsi que l'encens adéquat et le papier monnaie à brûler. Ces temps actifs étaient normalement des temps heureux, mais la communauté était cette fois tenaillée par l'angoisse à cause de la perte de leur miroir Bhat Gwa. Quel nouvel esprit terrifiant et insatisfait pouvait apparaître parmi elles, maintenant qu'elles n'avaient plus le miroir pour réfléchir le Feng Shui maléfique ?

Lu-Tang, leur sage et raisonnable doyenne, envoya des émissaires partout pour le retrouver, mais où il était passé depuis qu'il avait chuté du ciel dans Canal Street, personne ne pouvait le dire.

Une inspection poussée de l'appartement de Kerry prouva qu'il n'était plus là, bien que les fées chinoises fussent très intéressées d'apercevoir Heather s'introduisant en douce dans l'appartement pour le fouiller.

Heather avait saisi l'occasion de s'introduire dans l'appartement de Kerry pour en apprendre plus à son sujet. Plus elle en saurait sur ses goûts, plus elle aurait de facilité à transformer Dinnie en son type d'homme.

Elle se demanda où elles avaient pu passer.

« Elles ont dû partir s'amuser quelque part », murmura-t-elle, envieuse, tout en farfouillant dans l'énorme collection de cassettes de Kerry, et regrettant à nouveau de ne pas être tombée sur un ami humain qui aimait s'amuser, au lieu d'un qui passait sa journée assis à regarder des programmes douteux à la télévision.

Il fallut un peu de temps à Kerry pour persuader Morag qu'elles n'étaient pas effectivement responsables de l'émeute à Tomkins Square, et que c'était une pure coïncidence si elle avait éclaté juste après qu'elles avaient balancé une bouteille sur scène en direction du groupe de Cal.

« Je suis sûre qu'il y aurait eu du grabuge de toute façon, proclamait Kerry, comme elles tentaient d'échapper au chaos. Ça n'avait pratiquement rien à voir avec le fait qu'on avait trop bu. La police n'attendait qu'une occasion pour se lancer dans la foule à coups de matraque. »

Des victimes ensanglantées de l'émeute se traînaient près d'elles, au grand désespoir de Morag.

« Ces policiers ont vraiment la main lourde, dit-elle, frémissant à la vue des blessures. Je vais avoir deux mots à dire au Constable MacBain quand je vais rentrer en Écosse. »

Aussitôt sorties d'affaire, elles se précipitèrent dans une épicerie pour acheter de la bière.

« Pourquoi est-ce qu'on vend la bière dans des sacs bruns ici ? demanda Morag.

– Ça a à voir avec la loi.

– Oh, je croyais que ça lui donnait meilleur goût. En tout cas, mieux vaut obéir à la loi si on ne veut pas prendre un coup de matraque sur la tête. »

Magenta se hâtait sur l'autre trottoir afin d'échapper à une dangereuse mêlée avec les Perses. Morag la repéra et la prit en chasse.

« Tiens, médita Johnny Thunders, flottant tranquillement vers le bas à travers les Mondes d'Éther. J'entends des guitares qui hurlent et on dirait qu'il y a une émeute. À mon avis, c'est New York. »

Il avait raison. C'était New York.

« Bon, maintenant comment je vais faire pour retrouver ma Gibson Tiger Top de 1958 ? »

Dans la folle poursuite vers les régions montagneuses, Magenta, menée au bord de l'épuisement par le harcèlement des archers de la cavalerie perse, les motards de la police de New York et une fée écossaise, fut forcée d'abandonner une partie de son trésor de guerre. Ce qui était regrettable car, à l'instar de la plupart des mercenaires, les prises de guerre étaient sa principale motivation. Un mercenaire ne gagnait pas vraiment assez pour justifier les dangers et les rigueurs de la vie qu'il menait. Quoi qu'il en soit, elle était trop chargée et devait lâcher du lest. Elle laissa tomber la fleur de pavot à trois têtes et continua sa retraite.

Elle protégeait ses arrières. À l'avant, Chirisophus le Spartiate ouvrait le chemin. Xénophon n'avait pas la moindre confiance en Chirisophus.

descendu à Dwalb Avenue, j'étais trop timide pour parler, aimerais avoir de tes nouvelles. »

« Je m'aperçois qu'il peut être difficile de faire des rencontres, ici. »

Lorsque Dinnie échoua de nouveau à identifier aucun des groupes de la cassette, Heather et lui ressentirent une grande frustration. Dinnie avait fini par admettre que c'était une bonne idée, mais il ne parvenait pas à donner une seule bonne réponse.

« Pour moi, tout ça c'est du pareil au même. Je n'arriverai jamais à reconnaître Cop Shoot Cop des Swans. Kerry ne tombera jamais amoureuse de moi. »

Heather se pinça les lèvres. Cette histoire s'avérait plus difficile qu'elle ne l'avait imaginé.

Elle tripotait son kilt. Chez elle, en Écosse, Heather l'avait délibérément déchiré pour outrager sa mère, mais maintenant, avec tous ces voyages, il menaçait de se désintégrer complètement. Elle tira son poignard et découpa un petit bout d'un coussin de Dinnie pour en faire une pièce colorée. Peut-être qu'en cousant elle trouverait l'inspiration. Si elle avait pu lire les pensées de Morag, de l'autre côté de la rue, elle aurait été d'accord. C'était difficile de faire des rencontres dans cette ville. À ce train-là, Dinnie aurait aussi bien fait d'appeler le 970 C-H-A-T et de s'en contenter.

Cependant, pensa-t-elle, il y avait toujours la fleur. Ce pavot à trois têtes semblait être une sorte de fleur très spéciale. Elle était persuadée que lorsque Dinnie l'aurait offerte à Kerry, elle le regarderait d'un autre œil.

# DIX-SEPT

« Ton tour de taille a indéniablement diminué, annonça Heather. Tu as fait des exercices aujourd'hui ? »

Dinnie hocha la tête. Il n'avait jamais fait de gym de sa vie et il avait des courbatures.

« Bien. Bientôt tu seras vraiment digne d'être un MacKintosh, prêt à tout. Alors, maintenant, qu'est-ce que tu préfères, le Velvet Underground ou Sonic Youth ? »

Dinnie secoua la tête bêtement, une de ses nombreuses habitudes qui énervaient la fée.

« Le Velvet Underground ? Sonic Youth ? Qu'est-ce que tu nous fais, là ?

– J'ai fait une importante découverte.

– Il faut que tu partes ?

– Non, il ne faut pas que je parte. Pour honorer notre marché, je suis prête à rester ici indéfiniment. La découverte importante que j'ai faite, au cours d'un dangereux raid chez Kerry, c'est qu'elle adore la musique. Il y a ces choses, là – comment on appelle ça – des cassettes ? C'est ça ? Des cassettes. Partout. Elle est presque aussi désordonnée que toi, mais moins sale. Alors,

évidemment, je n'avais jamais entendu parler d'aucun des groupes qui jouent sur ces cassettes, mais j'ai choisi celles qu'elle écoute le plus souvent...

– Et comment tu as pu savoir ça ? dit Dinnie, une nuance de sarcasme dans la voix. Tu as demandé aux cafards, je suppose ?

– Non, je n'ai pas demandé aux cafards. J'ai demandé aux cassettes. »

Heather sortit quelque chose de sa besace.

« Et voilà. »

Dinnie regardait les cassettes d'un air las. « Compilation New York », ça s'appelait. Sonic Youth, les Ramones, les New York Dolls, Lydia Lunch, Richard Hell, les Swans, Nine Inch Nails, Television et beaucoup d'autres.

« Bon, et alors quoi ? »

Heather plissa les yeux de frustration.

« Dinnie, arrête de faire l'abruti. Si tu veux être le genre de petit copain que Kerry appréciera, il faut au moins que tu fasses semblant d'aimer les mêmes musiques qu'elle. Tu ne l'as pas vue sortir le soir pour aller à des concerts ? De toute évidence, c'est très important pour elle. »

Dinnie était effondré.

« Est-ce qu'il va y avoir une fin à ces obligations ? » aboya-t-il. Hier encore, Heather lui avait fait la leçon parce qu'il avait refusé de donner de l'argent à un mendiant, et juste après elle lui avait strictement interdit de traiter de pute la vendeuse de l'épicerie, même en douce.

« Ça n'est pas le genre de choses que Kerry aimerait entendre. Et il ne faut pas que tu marmonnes des trucs dans ta barbe sous prétexte que tu vois des Noirs à la télévision. »

Heather balaya ses protestations et inséra la cassette dans le

magnétophone de Dinnie.

« Maintenant, écoute ça et tâche de le retenir. Je sors boire un ou deux verres et, à mon retour, je t'interroge. »

Dinnie, cependant, n'avait pas fini de protester.

« À quoi ça peut bien servir que j'aime les mêmes musiques qu'elle quand de toutes façons je n'ai pratiquement aucune chance de jamais lui adresser la parole ? »

Heather se claqua les cuisses triomphalement.

« J'attendais que tu me poses cette question. Parce que j'ai déjà prévu également cet aspect des choses. Quand tu passes un marché avec une MacKintosh, c'est service garanti sur toute la ligne.

« Kerry, comme je te l'ai dit, adore les fleurs. On dirait qu'elle en fait une sorte de collection, elle les fait sécher. Et aujourd'hui, comme je faisais ma promenade quotidienne au-dessus des toits, j'ai repéré par hasard une fleur très rare qui traînait sur le trottoir. »

Elle tendit le pavot à trois têtes à Dinnie.

« Je suis sûre que lorsque tu lui auras offert ça, elle sera très favorablement disposée envers toi. »

Heather sauta sur le bouton "play" du lecteur de cassettes de Dinnie.

Dinnie eut un sursaut lorsque Lydia Lunch se mit à exploser dans toute la pièce.

« Mais je déteste ce genre de truc.

– Et alors ? Tu feras semblant. Tu ne crois quand même pas que tu peux avoir Kerry en te contentant d'être sincère ? »

L'opération guérilla d'Aelric en Cornouailles subit un revers lorsqu'Aelric tomba amoureux de la fille du roi.

Il était assis dans une grange, à méditer sur son malheur.

« Tu es sûr que tu l'aimes ? demanda Aelis, l'une de ses camarades de confiance.

– Oui. Dès l'instant où je l'ai vue dégainer son épée et se préparer à nous donner la chasse, alors que nous mettions le feu à l'Hôtel Royal de la Monnaie, je l'ai su. »

Aelis secoua la tête, compatissante. Elle savait que lorsqu'une fée avait un coup de foudre, c'était pratiquement irréversible, mais elle savait aussi que dès le départ c'était une histoire vouée à l'échec. Marion étant la belle-fille du roi, il semblait peu probable qu'elle tombe amoureuse d'Aelric, un rebelle qui passait son temps à incendier les bâtiments royaux.

Des chouettes de grange étaient nichées dans l'ombre, près d'eux.

Aelric fixa pensivement le plafond.

« Bien sûr, réfléchit-il, elle est sa belle-fille et, pour autant que je sache, il y a des chances qu'elle déteste son beau-père. C'est bien connu, les belles-filles ont la vie dure dans les familles féeriques royales. »

Aelis convint que c'était une éventualité et promit de se renseigner auprès de son contact, une femme de chambre du Palais Royal, précisément au service de la fille du roi.

Le reste de l'unité de guérilla se reposait silencieusement dans la grange en attendant le raid de la nuit.

Quant au problème de savoir comment Morag allait obtenir le violon MacPherson de Dinnie, Kerry avait une suggestion à faire.

« Offre à Dinnie quelque chose de mieux que ce que lui a proposé Heather. Il te donnera forcément le violon. »

Morag considéra la proposition. Cela semblait être une excellente idée.

« Sauf que je ne sais pas ce que ce sac à merde de MacKintosh lui a offert, se plaignit la fée, et elle cracha au sol.

– Dans ce cas il faut lui offrir ce qu'il veut le plus au monde. Et comme il a l'air d'une âme très seule, j'imagine que son plus cher désir serait une gentille petite amie. À moins qu'il soit homo, et dans ce cas il lui faudrait un gentil petit copain. »

Morag traversa la rue en voletant.

« Dinnie, demanda-t-elle, tu es homo ou hétéro ?

– Espèce de connasse ! gronda Dinnie, et il lui jeta une tasse à la figure.

– Ça veut probablement dire qu'il est hétéro, bien que bourré de préjugés, expliqua Kerry.

– Bon, alors je vais aller lui proposer une gentille petite amie, déclara Morag. Même si ça ne va pas être du gâteau de trouver quelqu'un qui veuille bien de ce gros plein de soupe. »

Heather contemplait tristement le cadavre sur le pas de la porte. Deux policiers s'en occupaient.

« Je ne comprends pas ce qu'ils ont, tous ces clochards, à venir mourir dans la 4e rue Est », dit l'un, et l'autre secoua la tête. Ça faisait le huitième en quelques semaines.

« Compose le 970 F-U-C-K pour la hotline des deux cochonnes les plus bandantes de la ville. »

Dinnie regardait la télévision.

« Je suppose que tu es devenu un expert en musique new-yorkaise ? » dit Heather, apparaissant de cette façon subite qui énervait tant Dinnie. Elle éteignit la télé et mit la cassette en marche.

« Ça, c'est qui ?

– Le Velvet Underground.

– Faux. C'est les Ramones. Et ça ?

– Band of Susans.

– Faux. C'est Suicide. Tu as échoué. Ré-écoute la cassette. Je vais dormir, mais ne t'inquiète pas, le bruit ne me dérange pas. Je commence à mieux apprécier ce drôle de whisky américain très doux, et je commence à pouvoir en boire de plus en plus.

– Tu veux dire que tu es bourrée.

– Moi ? Bourrée ? Une fée MacKintosh ? » Heather éclata de rire, et s'écroula sur le lit.

Kerry était terriblement déprimée à propos de tout. Son alphabet des fleurs, même s'il s'agrandissait, était privé de sa pièce maîtresse. Sa maladie ne s'améliorait pas du tout, ce qui la faisait boire plus, ce qui la déprimait encore plus. Et d'aller voir Cal et son groupe sur scène avait été une expérience douloureuse.

Kerry aurait bien aimé qu'il reste avec elle et qu'il tienne sa promesse de lui apprendre des solos des New York Dolls à la guitare.

« Cal me manque, dit-elle à Morag. Et même lui jeter une bouteille à la figure et gâcher tout son concert ne me l'a pas sorti de la tête.

– Trouve-toi un nouvel homme, suggéra Morag. Pendant ce temps je trouverai une femme pour Dinnie. »

Kerry lui dit que ce n'était pas si facile.

Morag regarda les petites annonces au dos du Village Voice.

« Travestis, célibataires, bi, homos, bienvenue à tous au Club Edelweiss, 29e rue Ouest. »

« Jeune homme train Brooklyn quai B, jeudi 21/6, jean clair,

« Cette clocharde est encore plus dingue que les autres, dit Morag à Kerry. Mais plus jeune et plus en forme. Il m'a fallu quatorze pâtés de maisons pour la rattraper.

– Qu'est-ce qui s'est passé ?

– Je lui ai demandé la fleur. Elle a hurlé derrière elle à une troupe imaginaire de former un carré parce qu'ils subissaient un assaut. Ensuite elle a laissé tomber le pavot.

– Tu l'as récupéré ? »

Morag secoua la tête.

« À ce moment-là, trois camions de pompiers sont arrivés. Le temps que j'arrive, la fleur avait disparu. »

Elle jeta un œil à son genou, qui était rouge.

« Quand j'ai voulu courir autour des camions de pompiers, je suis tombée et je me suis abîmé le genou. Je pense que la bière avait peut-être légèrement altéré mon sens de l'équilibre. »

Kerry rentra tristement chez elle avec Morag dans sa poche. Elle avait besoin de cette fleur et il était grand temps qu'elle arrête de faire le tour des habitants de cette ville, mais qui pouvait dire où elle se trouvait maintenant ?

# DIX-HUIT

Il pleuvait – une étrange pluie chaude que Morag ne connaissait pas. En Écosse, la pluie était froide, désagréable et grise. Cette pluie chaude d'été la dérangeait, bien qu'elle ne pût dire pourquoi.

« Kerry, je viens d'avoir une bonne idée.

– Oui ?

– À propos de Dinnie et de son violon. L'idée qu'il puisse l'échanger contre l'amour est très raisonnable. Cela dit, quelles sont les chances qu'une femme tombe amoureuse de lui ? »

Très faibles, elles étaient d'accord là-dessus.

« Donc, poursuivit Morag, je vais me trouver dans l'impossibilité de conclure un marché valable avec lui. Il n'y a qu'une chose à faire.

– Quoi ?

– Agir par ruse.

– Tu veux dire mentir ?

– Pas vraiment. Si j'étais capable de mentir aux humains je pourrais tout simplement voler le violon, mais si je faisais ça, les conséquences seraient terribles. Comme tu as déjà pu le constater, le karma d'une fée est une saloperie de merde. Moi et mon clan pourrions êtres maudits pour plusieurs générations.

« Donc je vais me contenter de transformer légèrement la vérité. Transformer légèrement la vérité est une respectable tradition chez les fées.

« Je vais gagner l'instrument et rentrer triomphalement en Écosse. Mon clan me pardonnera de jouer des riffs des Ramones sur mon violon. Les MacLeod arrêteront de me poursuivre et je serai une héroïne écossaise. Si ça se trouve, je serai peut-être même sacrée seule détentrice du premier prix de la compétition junior de violon. Les objections malfaisantes des MacKintosh seront balayées devant de si hauts faits. Oui, je suis persuadée que la meilleure solution est la ruse.

– Alors quel est ton plan ?

– Je vais faire croire à Dinnie que je peux te convaincre de devenir sa petite amie. Forcément il va tomber dedans. Tu serais une petite amie bien au-delà de ses rêves les plus fous. Quoi que lui ait offert cette tête de pioche de Heather, ce sera de la gnognotte en comparaison. Il faudra simplement que tu le fasses marcher un petit peu. Dès que j'aurai le violon, tu pourras l'envoyer se faire cuire un œuf. »

Dinnie, en plus de devoir écouter du rock, avait pour ordre de garder un œil sur la rue au cas où Kerry apparaîtrait. Il devait alors se ruer en bas des escaliers et lui offrir le pavot gallois.

« Ce sera une parfaite introduction », l'assura Heather.

Malheureusement, lorsque Kerry apparut effectivement dans la rue, se hâtant vers l'épicerie pour acheter de la bière, les nerfs de Dinnie lui firent défaut et elle était rentrée chez elle avant qu'il trouve la force d'aller l'aborder.

« Espèce de gros tas bon à rien », dit Heather, et elle le critiqua vertement, le traitant de honte absolue du clan des MacKintosh.

« Donne-moi cette fleur ! » s'écria-t-elle, voyant qu'elle devrait démarrer le processus elle-même. « Je vais la lui apporter et lui dire que c'est un cadeau de ta part. Maintenant que j'y pense, ce sera encore mieux. Toute jeune fille recevant un cadeau de la part d'une fée ne peut manquer d'être impressionnée. Elle va te tomber dans les bras. »

Sa décision prise, elle plaça le pavot dans son sac, le jeta sur son épaule et s'en fut, promettant de rapporter de l'argent pour le loyer.

En Cornouailles, Aelis avait de mauvaises nouvelles pour Aelric.

Marion, la belle-fille du roi, s'entendait apparemment incroyablement bien avec Tala, ainsi qu'avec sa mère. Il était de notoriété publique qu'ils formaient une famille heureuse.

« C'est déprimant, dit Aelric. Et Tala, ce gros monstre... Cela dit, je me souviens avoir lu dans une bibliothèque qu'Hitler était un très bon père de famille, donc ce n'est peut-être pas surprenant. Ça veut juste dire que les beaux-parents ont mauvaise réputation à tort. Qu'est-ce que je vais faire ? J'ai douze personnes derrière moi, pas assez pour faire tomber l'économie de Cornouailles, et je suis désespérément amoureux de la belle-fille du roi. »

Aelis but une gorgée à sa flasque et considéra le problème.

« Eh bien, Aelric, il faut que tu trouves un moyen de gagner son cœur. Bien sûr, le fait d'incendier les propriétés de son père sera toujours une entorse à la relation, mais peut-être que quelque chose peut se passer. Mon contact à la cour me dit qu'elle adore les fleurs, donc tu pourrais tenter quelque chose dans cette direction. Et pour recruter plus d'hommes, il faut continuer à distribuer nos tracts. »

Ce qui, tout en étant une bonne idée, posait un gros problème. Avec les gardes volants les plus efficaces de Tala qui gardaient l'espace aérien au-dessus de toutes les institutions vitales et les centres de population, les rebelles n'avaient en réalité pas pu en distribuer un seul.

La journée de Heather avait commencé avec quelques verres et une visite à West Village pour musarder dans les luxueuses galeries d'art et les magasins. Après, ça s'était sérieusement dégradé. Elle était maintenant accrochée de toutes ses forces au garde-boue arrière d'une moto qui fonçait au croisement de Delancy et Allen. Derrière elle, vingt fées italiennes étaient accrochées au toit d'une ambulance toutes sirènes dehors, à sa poursuite.

« Quelle sorte de coursier à moto tu es, toi ? hurlait-elle à l'attention du motard comme il s'arrêtait au croisement. Brûle les feux ! »

Derrière elle, l'ambulance s'était également arrêtée, mais les fées italiennes, profitant de leurs affinités privilégiées avec le vent, sautaient habilement de véhicule en véhicule. Lorsque le feu passa au vert et que la moto de Heather démarra, elles n'étaient que quatre véhicules derrière.

Heather avait cambriolé la Banque d'Italie une fois de trop. Elles l'attendaient à l'extérieur et elle avait été prise en flagrant délit avec sa besace pleine de dollars.

Remontant en trombe Allen Street et Houston, Heather commençait à désespérer. Les fées italiennes s'étaient transportées sur un camion de pompiers et gagnaient du terrain.

Au dernier moment, alors que le camion de pompiers arrivait

à sa hauteur et que ses poursuivantes s'apprêtaient à donner l'assaut, Heather, désespérée, sauta à l'aveuglette dans la 2e rue. Elle eut beaucoup de chance. Une petite voiture de sport extrêmement rapide, qui était à ce moment poursuivie par la police, crissa des pneus en dessous d'elle et elle put s'accrocher à l'antenne de sa CB. La voiture l'emmena au bout de la 2e rue jusque dans l'avenue A tandis que ses poursuivantes, prises par surprise, disparaissaient au loin sur le camion de pompiers.

La voiture de Heather fut forcée de s'arrêter sous les tirs de la police au bout de la 4e rue, et elle se laissa glisser au sol pour se dépêcher de rentrer.

Morag prenait le frais dehors et la vit arriver en trombe.

« Qu'est-ce que tu as fichu ? dit-elle. Pourquoi est-ce que la police te tire dessus ?

– C'est pas sur moi qu'ils tirent, imbécile, s'exclama Heather. Oh non ! » Les fées italiennes apparurent, confortablement installées sur une Ford dont la musique s'échappait à fond des speakers intégrés à l'arrière du châssis.

« Attrapez-la ! » hurlaient-elles.

Les deux fées écossaises s'accrochèrent à un taxi et s'enfuirent.

L'arc-en-ciel s'étirait depuis les Cornouailles jusqu'à Manhattan, et soutenait la progression des mercenaires. À leur tête se trouvait Werfeth, un féroce Red Caps issu de la frontière nord de l'Angleterre. Derrière lui marchaient trois Pechs rouquins venus d'Écosse, avec à leur côtés trois chiens Cu Sidth à la fourrure verte et aux yeux mauvais.

Le régiment comprenait encore nombre d'effrayants Red Caps de la frontière, ainsi que des Bwbachods du Pays de Galles, des Spriggans de Cornouailles et diverses autres féroces créatures. Ils avaient de l'or dans les poches, la moitié de la paye promise par Magris, et ne voyaient pas ce qui les empêcherait de gagner l'autre moitié. L'arc-en-ciel avait le pouvoir de tordre et distordre le temps et l'espace, réduisant ainsi la distance qui séparait la Grande-Bretagne de l'Amérique à guère plus qu'une journée de marche. L'Amérique était désormais en vue et ils accélérèrent le pas.

« Évidemment, si tu voles des banques sans arrêt, ce genre de choses devait t'arriver ! » chuchota Morag.

Elles se cachaient dans une sortie de secours au bas d'Orchard Street.

« Peut-être, chuchota Heather. Mais je te jure que quand elles m'insultaient depuis leur camion de pompiers elles n'arrêtaient pas de parler de DEUX fées en kilt qui les volaient sans arrêt.

– C'était quoi ça, un pétard ? murmura Morag. Je n'ai pas fait attention où ce taxi nous emmenait. Est-ce qu'on est près de Chinatown ? »

Il y eut soudain un cri au-dessus d'elles.

« Les voilà ! »

Elles levèrent les yeux et restèrent stupéfaites. Toute une armée de fées chinoises descendait l'escalier de secours, hurlant triomphalement.

À une certaine distance derrière les mercenaires, les guerrières du clan MacLeod chevauchaient l'arc-en-ciel de lune avec aisance. Elles étaient vêtues de longues tuniques de cuir et leurs kilts étaient verts rayés de jaune et de rouge.

C'étaient quatre sœurs ; elles s'appelaient Ailsa, Seonaid,

Mairi et Rhona, et elles habitaient sur la berge de Loch Dunvegan à l'ouest de l'île de Skye. Elles vivaient à portée de vue du château de Dunvegan, demeure ancestrale des MacLeod de MacLeod, les chefs de la branche humaine du clan.

Les MacLeod avaient mené un grand nombre de rudes batailles dans un lointain passé. Il y avait eu une époque où les MacLeod humains étaient en guerre continuelle contre les MacDonald d'Eigg, leurs ennemis héréditaires, et les fées MacLeod en avaient fait autant avec les fées MacDonald.

Les humains et les fées MacLeod avaient toujours été de proches alliés, depuis les temps anciens où Malcolm MacLeod, chef du clan humain, avait épousé une fée qui pouvait changer de forme. Ils avaient eu un fils avant qu'elle retourne auprès des siens, et la légendaire bannière féerique des MacLeod était un cadeau au fils. C'était un objet doté d'un pouvoir immense, et il ne fallait la dérouler qu'en cas d'extrême urgence.

Un jour, lors d'une bataille contre les MacDonald, les MacLeod étaient sur le point de subir une défaite. Leur chef déroula la verte bannière magique et aussitôt, les fées volèrent à son secours et lui firent gagner la bataille. Pour Heather et Morag, découper deux morceaux de la bannière était le pire sacrilège qu'elles puissent faire. Ce n'était pas surprenant que les MacLeod aient envoyé leurs guerrières les plus féroces à leurs trousses pour en retrouver les morceaux.

« Ça va aussi mal que lorsque les MacLeod nous ont chassées du Loch Morar vers le Loch Ness, gronda Morag.

– C'est sûr », approuva Heather, et elle frissonna à l'évocation de ce souvenir. Après une très longue course poursuite, elles avaient été à deux doigts de se faire attraper lorsqu'elles étaient tombées par chance sur un groupe de fées MacAndrew. Comme les fées MacAndrew étaient alliées avec les MacKintosh, elles avaient bien voulu protéger Heather ainsi que sa compagne, leur permettant de s'échapper.

Plus tard, cependant, elles n'avaient plus trouvé aucune protection contre les MacLeod et leurs alliés. Les clans de Heather et Morag ne pouvaient pas entrer en guerre pour elles alors qu'elles étaient si manifestement en tort.

Maintenant, elles s'étaient installées sur le toit d'un autre camion de pompiers qui se dirigeait à toute vitesse vers le nord, toutes sirènes hurlantes.

Derrière elles, les Chinoises les poursuivaient sur des voitures.

« Heureusement qu'il y a plein de feux à New York. »

Heather déclara qu'elle était absolument innocente d'avoir énervé les fées chinoises et exigeait de savoir ce que Morag leur avait fait.

« Rien. J'ai juste libéré quelques homards. Et ce n'est pas moi qui ai volé leur broche, je me suis juste trouvée là quand ça s'est passé. De toute évidence les fées de New York ne connaissent pas les bonnes manières. »

Heather hocha la tête.

« Là, tu as raison. Je veux dire, qui ça dérange qu'on prenne un peu d'argent dans une banque pour acheter à manger ? Il n'y a pas de quoi en faire un plat. Il y a des tas de dollars qui ne servent à rien dans cette banque. Ça ne va manquer à personne qu'on en prenne quelques-uns. Si tout le monde en faisait autant, il n'y aurait pas tous ces pauvres partout dans les rues. »

Apparemment elles avaient réussi à distancer leurs poursuivants.

« On les a semés. »

Le camion de pompiers s'arrêta devant un appartement en flammes. Les deux Écossaises sautèrent à terre. Un autre camion de pompier arriva en rugissant. Accrochées à tout ce qui pouvait servir de poignée... une véritable nuée de fées italiennes vêtues de blanc.

Heather et Morag prirent la fuite.

Ailsa était l'aînée des sœurs MacLeod, et leur chef. Elles descendaient de Gara, la fée originale qui avait épousé le chef humain, et toutes quatre étaient des guerrières endurcies. Elles avaient les pommettes hautes, de grands yeux sombres et leurs cheveux noirs étaient coupés courts et en bataille. Leurs larges sabres étaient affûtés et battaient contre leur dos, tandis que les dagues acérées qu'elles portaient lacées contre le mollet avaient armé avant elles plusieurs générations de guerriers.

« Lorsque nous trouverons la MacPherson et la MacKintosh, devons-nous les tuer ? demanda Mairi.

– Au besoin, répliqua Ailsa. Toutefois j'ai apporté avec moi un sortilège d'endormissement. Nous essaierons d'abord cela. Sommes-nous encore loin, Mairi ? »

Mairi avait le don de double vue.

« Plus très loin. Je sens la présence assez proche d'un pays très étrange. »

« On est où ? »

Heather haussa les épaules. Ni elle ni Morag ne s'étaient jamais aventurées si loin au nord.

« Ça y est, on les a définitivement semées ?

– Je pense.

– Comment est-ce qu'on va retrouver la 4e rue Est ? »

Le taxi fonça jusqu'en haut de la 106ᵉ rue Est avant de tourner à gauche. Heather et Morag descendirent dans la 5ᵉ avenue et regardèrent autour d'elles.

« Ça a été un long voyage. Et on est toujours dans la ville. Quel endroit gigantesque.

– Regarde. La campagne ! »

Devant elles, Central Park était vert et attirant.

« Au moins on pourra se reposer un moment. »

Elles pénétrèrent dans le parc.

« On a trouvé les voleuses ! hurla le leader d'un groupe de fées noires en chasse. Tous après elles ! »

Les mercenaires arrivaient au-dessus de Manhattan. Werfeth arrêta la compagnie et ils contemplèrent la terre étrangère. La nuit tombait, mais les lumières de la ville brillaient plus que tout ce qu'ils avaient pu voir auparavant. Les rangs serrés des immeubles humains étaient dissuasifs, mais l'arc-en-ciel de lune se posait dans ce qui semblait être une vaste clairière.

« OK, les gars, dit Werfeth. On descend. »

Ils entamèrent leur descente vers la terre étrangère.

« Je n'ai absolument jamais rien fait pour offenser les fées noires, dit Morag, perchée sur le porte-bagages d'un VTT. Je n'avais même jamais vu de fée noire avant.

– Moi non plus, dit Heather. Manifestement, elles sont paranoïaques à propos des étrangers.

La bicyclette roulait en direction de la partie nord du parc.

« Heureusement pour nous que ce cycliste a de bonnes jambes bien solides. »

Heather et Morag passèrent de la bicyclette à une charrette à cheval qui transportait des touristes, et de là atteignirent Broadway par l'intermédiaire d'un jogger qui chantait en conduisant son monocycle.

« Par là », hurla Morag, sautant sur une voiture qui allait vers le sud.

La voiture les emmena tranquillement vers Broadway.

« Je pense qu'on a finalement semé tout le monde. »

Elles commençaient à se détendre un peu. Elles se rapprochaient d'Union Square, bien loin des fées noires.

Une limousine s'étira en les doublant. Sur le toit, au grand dam de Heather et Morag, se trouvaient quatre créatures tout droit sorties de leurs cauchemars. Brandissant leurs épées et se préparant à débarquer de voiture, c'étaient les redoutables sœurs MacLeod.

# DIX-NEUF

Kerry était allongée au sol, travaillant à sa bande dessinée. C'était l'une des nombreuses entreprises artistiques qu'elle poursuivait pour son propre amusement. Cette bande dessinée lui posait des problèmes. Inspirée de l'histoire de Heather et Morag, elle était censée parler de fées, mais comme Kerry n'aimait raconter que des histoires de fées, ou de gens, extrêmement gentils avec tout le monde, ça manquait sérieusement d'action. Morag sautilla péniblement à l'intérieur.

« Morag ? Qu'est-ce qui ne va pas ? »

La fée s'écroula sur un coussin jaune. Elle avait tellement mal partout qu'elle ne pouvait plus bouger.

Kerry fit de son mieux pour préparer une bonne tasse de thé. Morag adorait le thé mais Kerry, comme tout le monde à New York, le faisait lamentablement mal.

Morag raconta à Heather les terribles événements de la journée : les Italiennes, les Chinoises, les Noires à Central Park, et finalement les MacLeod, toutes les fées qui l'avaient poursuivie.

« Comment tu as fait pour t'en sortir ?

– On a sauté de la voiture et commencé à courir quand soudain une personne nous a repérées et nous a cachées dans son sac à provisions. Quelque temps plus tard, lorsque nous avons pointé notre nez à l'extérieur, les MacLeod n'étaient plus en vue. Assez bizarrement, notre sauveteur n'était autre que l'étrange bonne femme qui avait notre pavot gallois.

« Elle nous a dit de ne pas nous inquiéter parce qu'elle nous avait sauvées des griffes des membres de la tribu des Carduches, ou un truc comme ça, et de nous souvenir que Xénophon était le meilleur chef d'armée, au cas où il faudrait voter entre elle et Chirisophus le Spartiate. Je ne suis pas très sûre de ce que ça voulait dire. »

Morag baissa légèrement la tête.

« Malheureusement elle a remis la main sur le pavot.

– Ah bon ? Mais elle l'a pris où ?

– Elle l'a pris à Heather. Heather te l'apportait de la part de Dinnie.

– Et Dinnie l'avait eu comment ? »

Morag haussa les épaules.

« Enfin bref, cette andouille de petite tarte l'a sorti de sa besace et s'est mise à l'agiter dans l'air. La clocharde a dit que ce n'était pas convenable pour de véritables peltastes d'avoir la charge de biens si précieux et proclama qu'il lui appartenait au nom du droit des vainqueurs. »

Kerry était effondrée.

« Elle en fait, du chemin, cette fleur.

– Enfin, dit Kerry, en tout cas tu t'es échappée.

– Oui, en quelque sorte. Sauf qu'au moment où on arrivait à la 4$^{e}$ rue, j'ai fait remarquer à Heather que si certaines fées italiennes étaient comme moi, c'est-à-dire douée d'un sixième sens, elles pouvaient très bien être en train de nous attendre. Et elles étaient en train de nous attendre. Elles ont repris l'argent. C'est vraiment une journée épouvantable. J'ai mal partout. J'ai complètement détruit mon bandeau indien. Est-ce qu'on a du whisky ? »

Morag sirota son verre.

« Ça m'a fait plaisir de revoir Heather, en tout cas. Jusqu'à ce qu'on s'engueule.

– "Tullochgorum", encore ? »

Morag secoua la tête.

« Pas au début. Elle m'a accusée de lui mettre exprès mes pieds dans la figure, dans le sac de la clocharde. Quelle crétine. J'essayais juste de m'installer confortablement. Ensuite elle a dit que ce n'était pas étonnant que les MacPherson ne parviennent pas à jouer correctement un sthraspey s'ils devaient s'occuper de leurs pieds si grands. N'importe quoi. Après on s'est engueulées au sujet de "Tullochgorum". Ensuite il y a eu l'incident du pavot et j'ai menacé de la tuer pour avoir perdu ta fleur. Non vraiment, quelle journée pourrie. »

Magenta marchait tranquillement. Elle était très satisfaite des événements de la journée. Elle avait sauvé ses troupes d'une sérieuse attaque et mendié suffisamment d'argent pour recharger sa bouteille de cocktail. Encore mieux, elle avait regagné son trésor de guerre. Le pavot gallois était devenu cher à son cœur, aussi cher que les fragments de guitare qu'elle transportait dans son sac, et elle se battrait jusqu'à la mort pour les garder.

Kerry se hâta vers l'épicerie pour aller acheter du whisky à Morag. À l'intérieur, elle rencontra Dinnie.

« Salut Kerry, dit Dinnie, rassemblant tout son courage. J'avais une très belle fleur pour toi jusqu'à ce que cette stupide fée, Heather, la perde quelque part.

– Ne te mêle pas de mon alphabet des fleurs ! » cria Kerry, et elle lui envoya un solide direct dans la figure.

# VINGT

Kerry et Morag ramassèrent une brassée de marguerites dans un massif de Houston Street.

Elles en avaient trouvé assez pour la collection et pour en mettre dans leurs cheveux. Morag en déposa également sur le cadavre du clochard qui gisait, mort, sur la 4ᵉ rue.

« Ça fait combien, neuf ? »

À l'intérieur, Kerry étudia son livre des fleurs.

« *Bellois perennis*, dit-elle. L'une des plus faciles de mon alphabet des fleurs.

– Mmm, dit Morag, s'étudiant dans le miroir. Je suis presque convaincue que les marguerites sont l'ornement idéal.

– Possible, approuva Kerry. Mais c'est difficile à dire pour l'instant. La première fois que j'ai posé une couronne de tulipes sur ma tête, j'ai cru que je ne pourrais plus jamais être malheureuse, mais je m'en suis vite lassée. Les tulipes n'ont rien de profond. »

Soudain en colère, elle ramassa sa guitare et la brancha sur son petit ampli.

« Comment je vais remplacer mon pavot perdu ? Il ne reste que deux semaines ! »

Elle joua "Babylon" n'importe comment. Morag fixait son violon cassé d'un air lugubre et souhaita pouvoir être d'une aide quelconque.

Johnny Thunders, sous sa forme céleste, flottait autour du Queens, où il était né, avant d'aller visiter quelques vieilles planques de l'East Village, réfléchissant au sujet de sa guitare perdue. Il avait la certitude que s'il ne la trouvait pas, il ne serait jamais en paix. De plus, s'il devait répondre à des questions gênantes de la part de l'un des nombreux saints du Paradis au sujet de son comportement passé sur Terre, il espérait pouvoir se tirer d'affaire en jouant quelque chose. C'est ainsi qu'il avait toujours fait auparavant.

Comme il descendait la 4ᵉ rue Est, un air vaguement familier lui parvint aux oreilles.

« Oh la vache, pensa Johnny. C'est bon de savoir que les gens jouent toujours mes trucs, mais ça, c'est un véritable massacre de "Babylon". »

Dinnie passa la tête par sa fenêtre. Les quatre jeunes portoricains tapaient toujours la balle au coin de la rue. Naturellement, Dinnie était contre. Il considérait tous les jeux comme stupides et le foot comme particulièrement stupide. Ce n'était même pas un jeu américain.

À l'école, les jeux avaient été un cauchemar pour le gros Dinnie. Son père le poussait à jouer au basket. Dinnie aurait bien aimé que le basket soit rendu illégal, et son père avec par la même occasion.

Il donnait des coups de pied contre les murs. Heather aurait dû lui donner une leçon de violon, mais le célèbre violon

MacPherson restait silencieux sur le lit. Elle n'était pas réapparue depuis sa visite au bar du milieu de la matinée. Elle était sans doute tombée saoule dans un caniveau.

On entendait monter d'en dessous le même texte répété sans arrêt toute la matinée. Aujourd'hui avait lieu une nouvelle audition, et les acteurs s'agglutinaient dehors et dedans, répétant sans cesse les mêmes choses inintelligibles. La haine de Dinnie pour la communauté des théâtreux atteignait des sommets.

L'âme en peine, il se demanda brièvement s'il devait nettoyer la cuisinière, et transféra plutôt son attention vers la télévision.

« Cette magnifique chaîne en or quatorze carats peut être à vous pour seulement soixante-trois dollars ! »

Le bijou en question tournait sur un présentoir.

Dinnie détestait particulièrement le télé-achat. Il détestait entendre les gens téléphoner pour dire combien ils étaient contents de leur nouvelle chaîne en or.

« Et vous la vendez si peu cher ! Vous m'avez rendu heureux pour le restant de l'année ! »

Dinnie changea de chaîne.

« Eh toi le joli garçon, là, tu n'as jamais rêvé d'être habillé comme une jolie petite pute ? Appelle 970 V-A-S-Y, où tous tes fantasmes deviennent réalité. »

L'homme de la publicité portait un corset blanc. C'était un joli corset. Il lui allait bien. Dinnie désapprouvait.

La chaleur s'engouffrait à l'intérieur de sa chambre. Aujourd'hui, la chaleur et l'humidité étaient pratiquement insupportables. Il souhaita avoir les moyens de s'offrir l'air conditionné. Il souhaita pouvoir s'offrir n'importe quoi. Il aurait également bien aimé que Kerry ne lui envoie pas son poing dans la figure. Dinnie manquait peut-être d'expérience, mais il savait que ce n'était pas un bon début pour une relation. Cela n'avait pas entamé son amour pour elle.

Morag entra par la fenêtre, bien jolie silhouette de cinquante centimètres couverte de vêtements hippies multicolores et des marguerites plein ses cheveux teints de toutes les couleurs.

« Kerry, j'ai potentiellement une très bonne nouvelle.

– Oui ?

– Oui. Le fantôme de Johnny Thunders, le guitariste virtuose des New York Dolls, était juste devant ta fenêtre quand tu jouais "Babylon". Il se rend bien compte que c'est difficile pour toi de jouer toutes les notes, et trouve scandaleux que ton ex-petit ami ait promis de te les apprendre et soit revenu sur sa parole. Donc Johnny a proposé de t'aider à jouer correctement.

« En plus, il va essayer de trouver un endroit où je pourrais faire réparer mon violon. Il est bien sûr au courant de toutes ces choses, ayant été pauvre autrefois lui aussi, avec seulement des instruments à moitié cassés.

« Ce Johnny Thunders est magnifique comme type, enfin comme fantôme. Il m'a raconté des histoires très rigolotes au sujet d'un endroit qui s'appelle le Queens où il est né et m'a montré ses tatouages. En échange, je vais l'aider à retrouver sa Gibson Tiger Top 1958, qui apparemment était une guitare incroyable. Elle s'appelle Tiger Top parce qu'elle a des rayures. »

Kerry éclata de rire.

« Mais c'est vrai, protesta la fée. Tu ne peux pas le voir parce que c'est un esprit, mais moi je peux. Il est très beau. Maintenant je comprends pourquoi il avait tant de succès auprès des femmes. »

Kerry rit de plus belle. Elle ne croyait pas Morag mais c'était une bonne histoire.

Elle glissa quelques marguerites de plus dans ses cheveux, vérifiant l'arrangement dans son poster du *Printemps*. Elle aimait le contraste entre le blanc et le jaune des marguerites et ses cheveux bleus. Pour faire plaisir à Morag et faire avancer son plan, elle allait se rendre chez Dinnie et s'excuser de l'avoir frappé.

Dinnie porta la main à la nuque. Heather était en train de lui faire une jolie queue de cheval.

« Une queue de cheval ? Tu es devenue complètement dingue ? Et pourquoi est-ce que je devrais porter une queue de cheval ?

– Parce que Kerry aime les types qui ont des coiffures originales, expliqua la fée. Le dernier homme qu'elle a aimé était Cal. Cal porte une queue de cheval. Je suis sûre que si tu te laisses pousser les cheveux, tu auras une très jolie queue de cheval. Je te la teindrai en vert. »

Dinnie faillit s'étouffer. La pensée que lui, Dinnie MacKintosh, aille se pavaner dans les rues avec une queue de cheval verte était si bizarre qu'il avait même du mal à se la représenter.

« Stupide fée. Ce n'est pas parce qu'elle aimait un connard avec une queue de cheval qu'elle va tomber amoureuse de n'importe qui d'autre avec une queue de cheval, figure-toi.

– Eh bien non, je suppose que non. Mais ça peut aider. Je vais te dire, il est indispensable d'avoir une coiffure originale. C'est le type de garçons qu'elle aime. Comme moi et Morag, d'ailleurs, sur ce point précis... »

Dinnie, voyant qu'elle ne plaisantait pas du tout, se renfrogna.

« Ça va prendre des années pour les faire pousser.

– Mais non. » Heather avait un petit air mutin. « Parce qu'il se trouve que faire pousser les cheveux est une chose que nous, les fées, nous avons le droit de faire par magie. Tu vas avoir une magnifique queue de cheval en un rien de temps. »

Elle voleta derrière lui et lui toucha les cheveux.

« Est-ce que tu oublies que cette femme m'a mis son poing dans la figure hier ?

– Comportement typique d'une femme amoureuse », dit Heather, et elle sortit pour prendre son petit verre matinal de onze heures.

À Bodmin Moor, Aelric et sa bande exécutaient un raid très dangereux, consistant à incendier la principale usine de vêtements de Tala, celle qui fabriquait des vêtements destinés à l'export pour les fées européennes.

« Voilà qui va fichtrement ébranler sa balance du commerce extérieur », médita Aelric, lançant sa torche à l'intérieur du bâtiment.

Mais lorsqu'Aelis tenta de lâcher ses tracts de propagande, elle fut prise en chasse par les redoutables soldats volants qui montaient la garde aérienne. Aelis, la sœur de Magris, était très habile de ses mains, et avait fabriqué la presse à imprimer, la toute première au royaume des fées d'Angleterre. Les tracts de propagande étaient apparus comme une opération majeure et il était très frustrant qu'ils ne puissent pas être distribués.

Ensuite ils faillirent se retrouver piégés par les mercenaires envoyés à leur recherche dans la ville. Ils ne durent leur salut qu'aux mains d'Aelis, qui fit éclater par magie un violent orage pour couvrir leur retraite.

Après cela il y eut des murmures contre Aelric, et on chuchotait dans les rangs qu'il n'avait pas assez bien préparé le raid, distrait par son amour pour Marion.

On chuchotait même qu'il perdait son temps à aller cueillir des fleurs rares pour lui en faire cadeau.

Dinnie prit son violon. Il savait maintenant jouer correctement sept morceaux écossais de fées. Il allait sortir jouer dans la rue. Il allait montrer à Heather qu'elle n'était pas la seule dans cette maison à pouvoir rapporter de l'argent.

En bas des escaliers il fut agressé par les voix des acteurs.

« Restez, douce Helena, entendez mes excuses

Mon amour, mon âme, ma vie, honnête Helena ! »

Avant que Dinnie n'ait le temps de proférer une ou deux insultes, Cal apparut portant une couronne dorée et tenant à la main un exemplaire du *Songe d'une Nuit d'Été*. Dinnie ignora son salut.

« Tu vas encore jouer dans la rue ? » dit Cal, un œil sur le violon.

Dinnie savait que Cal se moquait de lui.

Je vais lui montrer, pensa Dinnie, et il sortit son violon.

« Oui, répondit Dinnie. Je me suis perfectionné avec un célèbre professeur. Ecoute ça. »

Il plongea dans ce qu'il pensait être une formidable interprétation de "The Miller of Drone". Malheureusement, sous le regard de Cal, ses doigts ne voulaient pas fonctionner correctement. Ils étaient comme des saucisses, trop gros et maladroits pour tenir une corde. Il s'arrêta douloureusement à la quatrième mesure.

« Il faudra que tu me présentes ton prof, dit Cal.

– Musique, oh musique, tel le charme du sommeil », fit la voix d'une actrice depuis la pièce voisine.

« Ta gueule, grosse pouffe ! » hurla Dinnie, supposant qu'on se moquait de lui, alors qu'en fait c'était une réplique de la pièce. Humilié par sa performance devant Cal, il se lança à l'aveuglette dans la rue.

Mais dès la porte, il buta contre une personne, tous deux tombèrent et dévalèrent les escaliers à plat ventre.

Dinnie, enragé au-delà du supportable, ramassa son violon et se prépara à se battre contre qui que ce fût.

« Sale pute, regarde où tu marches », hurla-t-il.

Il s'arrêta. Il reconnaissait ce gilet brodé.

Kerry, choquée et mal en point, se remettait difficilement sur ses pieds, ayant pris la plus grosse part du choc de la collision.

Dinnie faillit s'évanouir. Il venait de balancer l'élue de son cœur dans le caniveau.

« Je suppose qu'il m'en voulait toujours de l'avoir frappé », dit Kerry à Morag, vérifiant que son sac de colostomie n'avait pas souffert du choc et était toujours bien en place.

Elle se sentit mal après cet accident et dormit tout le reste de la journée.

Morag étudia son sommeil avec attention. À son avis, la maladie de Kerry était en train d'empirer. Morag n'avait guère de dons pour soigner, à part les quelques trucs basiques que possédaient toutes les fées, mais elle était certaine que l'aura de santé de Kerry était en train de diminuer, et se demanda s'il ne fallait pas s'attendre à une nouvelle attaque sérieuse.

## VINGT ET UN

Il était minuit à Central Park et les fées, allongées, fumaient la pipe et buvaient du whisky. Brannoc était assis près de Tulip, il lui apprenait "The Liverpool Hornpipe", qu'il avait appris autrefois d'une fée du Nord qui jouait de la cornemuse. Petal jouait de son mieux le morceau. Ainsi que Tulip d'ailleurs, quoique la leçon de Brannoc ne s'adressât pas à lui.

« C'est pas mal du tout, ce morceau », dit Maeve derrière son arbre, et elle le joua plaisamment sur son pipeau. Elle avait complètement oublié sa dispute avec Brannoc, mais pas lui.

Padraig reprit l'air sur son pipeau. Lui et Maeve avaient l'oreille rapide et pouvaient jouer n'importe quel morceau après l'avoir entendu une seule fois. Petal et Tulip étaient plus lents, mais apprenaient quand même relativement vite, et bientôt le joyeux son de "The Liverpool Hornpipe" emplit l'espace. Lorsqu'ils eurent joué le morceau un certain nombre de fois, Maeve entama sur sa cornemuse un autre morceau qu'ils connaissaient tous, "The Boys of Bluehill", et les animaux nocturnes, dans la clairière, vaquèrent à leurs occupations en dansant.

« Tiens, qu'est-ce que c'est que ça ? » dit Spiro, les yeux au ciel. Une courbe de sept teintes de gris descendait du ciel vers le sol.

« Vous avez déjà vu ça ?

– Bien sûr, dit Brannoc. C'est un arc-en-ciel de lune. Ça vient de la pluie, la nuit.

– Eh bien alors, qu'est-ce que ça fait ici ? Il n'a pas plu. »

Brannoc haussa les épaules.

« Oh non, s'écria Tulip, qui avait les yeux perçants. Ils descendent le long de l'arc-en-ciel ! »

Du ciel arrivaient vingt-et-un mercenaires de Cornouailles, marchant en formation.

Invisibles pour les humains, sauf pour quelques vieilles femmes sages, les fées noires vivaient dans un petit parc de la 114$^{e}$ rue. Le parc était à l'abandon, totalement délaissé par les autorités municipales, mais il était bien connu pour son calme et il était très rare que des incidents s'y produisent.

Les fées tenaient conseil après avoir appris qu'il venait d'y avoir une nouvelle incursion dans leur territoire, probablement dans des intentions hostiles.

« Les deux avaient des épées. On les a poursuivies mais elles se sont échappées sur un vélo. »

La nouvelle déclencha une discussion orageuse. Certains pensaient qu'il fallait descendre en ville donner une bonne leçon aux fées italiennes. D'autres pensaient qu'il fallait passer outre dans l'intérêt de la paix.

Leur sage prit note des résultats du conseil et considéra le problème. Elle s'appelait Okaley, et c'était une descendante directe des fées qui prospéraient dans le puissant empire africain du Ghana, il y a bien longtemps, au IV$^{e}$ siècle.

Un groupe d'écolières traversaient bruyamment le parc, toutes vêtues d'un uniforme bleu. Elles sentirent l'aura des fées et se mirent à rire en passant.

« Ces joyeuses écolières seraient sans doute bien trop sensées pour partir en guerre, dit la sage. Nous devons prendre exemple sur elles. Cependant je ne pense pas qu'il faille ignorer totalement l'événement. Je vais conduire une délégation en ville pour rendre visites aux Italiennes...

– Mais il se pourrait aussi que ce soient des agents chinois.

– ... ou aux Chinoises. Et nous résoudrons le problème de façon raisonnable.

Ainsi fut-il décidé, et elles se préparèrent à partir. Pour la communauté des fées ghanéennes, c'était un événement majeur.

« C'est qui ? » chuchota Padraig, se blottissant dans les bras de son amoureuse Maeve.

« Des mercenaires anglais », répondit Tulip tout bas, qui reconnaissait plusieurs visages dans la bande de Cornouailles. « Payés par le roi Tala. »

Les cinq fées regardaient, en alerte, les mercenaires glisser le long de l'arc-en-ciel. Le sort jeté par Magris était si puissant qu'atterrissant à plus de cent yards de là, les mercenaires avaient déjà repéré les fugitifs.

« Bien, dit Maeve, se redressant et sortant son épée. Je vais leur apprendre à venir me pourchasser jusqu'au-delà de l'océan.

– T'es pas dingue ? protesta Tulip. Ils vont nous découper en petits morceaux. Il faut s'enfuir.

– Une fée O'Brien ne fuit devant rien du tout, dit la joueuse irlandaise de cornemuse. Et particulièrement Maeve O'Brien, meilleure lame de Galway.

Tulip éclata en sanglots. Elle était loin d'être la meilleure lame de Cornouailles et elle ne voulait pas du tout être découpée en morceaux.

Brannoc était plutôt décidé à se battre, car puisque sa passion futile pour Tulip était manifestement sans issue, autant mourir au combat. La vue de Tulip en pleurs lui fit changer d'avis.

« On n'est pas assez nombreux, dit-il. Courez. »

Padraig était d'accord, au vif mécontentement de Maeve.

« Aucune fée O'Brien n'a jamais reculé devant le danger. Padraig, j'ai honte de toi. »

Le temps perdu dans ce léger désaccord avait pratiquement déjà ôté aux fées toute possibilité de fuite. Les chiens Cu Sidth avaient été lâchés et s'élançaient vers eux. Maeve s'avança et en tua deux de deux coups d'épée. Le troisième, désorienté, battit en retraite.

Tiens donc, pensa Brannoc. Elle se débrouille vraiment bien à l'épée.

Ils s'enfuirent dans les bosquets, courant, sautillant, grimpant et voletant vers le sud aussi loin dans le parc qu'ils purent, puis, épuisés, durent faire une halte près de la sortie de la 59e rue Est. Là ils s'écroulèrent au sol, incapables d'aller plus loin.

À quelque distance derrière les mercenaires de l'arc-en-ciel se trouvaient les sœurs MacLeod. Lorsque les guerrières avaient amorcé leur descente vers le sol, elles s'étaient détachées de l'arc-en-ciel et s'étaient laissées retomber au sol en planant doucement, invisibles pour le reste du monde.

Elles s'étaient rendu compte de ce qui se passait là en dessous, et avaient vu Maeve tuer les deux chiens, mais s'étaient précipitées de l'autre côté du parc, où elles avaient aperçu quelque chose de beaucoup plus intéressant pour elles – Heather et Morag, espéraient-elles, occupées à fuir en vélo devant une bande de fées noires énervées.

Les MacLeod, lancées à leur suite, les avaient pratiquement rattrapées. Sans l'intervention de la dame bizarre au sac à provisions, elles auraient réussi. Elles étaient maintenant assises dans Union Square, s'acclimatant à cette étrange nouvelle ville, et se préparant à continuer la chasse.

À Central Park, les mercenaires, préparés à affronter seulement un petit nombre de fugitifs, furent surpris de se retrouver totalement encerclés par une large tribu de fées noires.

Pas assez nombreux, et de loin, pour se battre, ils furent faits prisonniers par leurs ennemis qui n'étaient pas moins surpris, ne comprenant vraiment pas qui pouvaient être ces étrangers.

# VINGT-DEUX

La journée devenait rapidement chaude et humide. Morag, réveillée comme d'habitude des heures avant Kerry, se prit la tête dans les mains et se demanda si elle pouvait raisonnablement prélever quelques milliers de dollars dans une banque pour offrir l'air conditionné à Kerry.

Ayant beaucoup trop chaud pour rester à traîner dans l'appartement, elle sortit voir ce qu'elle pouvait bien trouver. Elle trouva Heather à l'épicerie du coin, les yeux fixés sur une bouteille de whisky, pas très sûre de savoir comment l'ouvrir.

« Tu es en train de devenir alcoolique, dit Morag.

– Les MacKintosh ne deviennent jamais alcooliques, répliqua Heather, sèchement. Occupe-toi de tes oignons. D'ailleurs je suis sûre que tu es ici pour la même raison que moi.

– Pas du tout. Je suis venue chercher des bagels.

– C'est quoi des bagels ?

– Des espèces de petits pains. Parfois pour le petit-déjeuner j'en croque de petits morceaux, et les gens pensent qu'ils sont abîmés alors ils les donnent aux clochards dehors. Tu as remarqué le nombre de gens qui vivent dans la rue, ici ?

– Évidemment, je passe la moitié de mon temps à essayer de leur trouver de la nourriture et des pièces. Tu as remarqué qu'ils viennent tous mourir dans la 4e rue ? »

Oui, Morag avait remarqué. Au moins dix depuis qu'elles étaient arrivées.

« Qu'est-ce qu'on va faire pour les MacLeod ? »

C'était effrayant de se trouver dans la même ville que les sœurs. Elles étaient sûres de se faire attraper.

Le moment était venu de se concerter et d'établir un plan d'action commun. Donc, naturellement, elles commencèrent à se disputer pour savoir à qui incombait la faute de cette situation. Morag mordilla de petits morceaux dans les bagels et quitta les lieux avec un air de dédain.

Heather ne savait pas trop quoi faire de sa peau. Ce n'était pas prudent de traîner dans les rues avec tant d'ennemis partout, mais ça n'était pas plus prudent de rester dans l'appartement de Dinnie. Il était devenu extrêmement violent depuis qu'Heather s'était pointée sans prévenir alors qu'il se masturbait devant la télé.

« Dégage de là, sale petite espionne ! avait-il hurlé.

– Je ne suis pas une espionne. J'éprouve la curiosité naturelle d'une bonne fée dans un environnement inconnu. »

Dinnie ne se calma pas, et se lança dans une attaque sauvage à la pompe à bicyclette. Heather se projeta à tire d'aile à l'autre bout de la pièce.

« Tu risques de provoquer une tragédie, tu sais. Une fée énervée est une chose très dangereuse.

– Je vais te fiche cette pompe à vélo dans le cul.

– Tu es en train de casser le marché.

– C'est ta tête que je vais casser. »

Heather regrettait amèrement d'avoir rassemblé suffisamment de dollars pour acheter une nouvelle bicyclette à Dinnie. Elle décida qu'il valait mieux ne pas rentrer tout de suite, et se rendit dans un bar pour regarder le base-ball. À l'intérieur, elle eut la bonne surprise de découvrir que les Yankees avaient deux points d'avance à la fin de la septième manche, et que le prochain joueur à faire son entrée était leur meilleur batteur gaucher.

Morag et Kerry avaient rendu visite à des amis de Kerry, qui, tous, allaient mal. Kerry leur avait parlé chaleureusement pendant que Morag avait quant à elle utilisé ses pouvoirs magiques pour les soulager.

Elles passèrent voir un ami qui avait une rage de dents et Morag le guérit en touchant sa mâchoire, ce qui était plutôt approprié, vu qu'il n'avait pas d'argent pour aller chez le dentiste. Elles rendirent visite à un ami qui s'était démis le dos en transportant un ampli et ne pouvait plus bouger de son lit. Morag lui massa gentiment l'échine, provoquant une guérison miraculeuse, ce qui était tout-à-fait bienvenu parce qu'il n'avait pas d'argent pour aller chez le médecin.

Elles passèrent chez une jeune femme qui était perpétuellement nerveuse et agoraphobe depuis qu'elle avait été agressée dans la rue, et Morag joua de douces musiques des Highlands qui apaisèrent son subconscient, ce qui était un grand soulagement car elle n'avait pas d'argent pour aller voir un psy.

Après cela, Kerry se sentit anormalement fatiguée et rentra se coucher alors que Morag continuait à traîner sur les toits.

À la sortie de secours, Morag eut soudain l'intuition que quelque chose allait mal. Elle se rua en haut des escaliers pour trouver Kerry malade sur le dessus de lit. Elle n'arrêtait pas de vomir et avait déjà beaucoup de fièvre. Morag savait que cela dépassait la portée de ses pouvoirs de guérison et appela une ambulance.

Kerry fut transportée à l'hôpital où l'on diagnostiqua un abcès aux intestins dû à la maladie de Crohn. L'abcès lui avait empoisonné le sang et risquait d'être mortel si l'on n'intervenait pas d'urgence. Les chirurgiens rouvrirent la cicatrice de quarante centimètres qu'elle avait dans l'estomac et firent l'ablation d'une nouvelle partie de son appareil digestif.

Assise à côté d'elle à l'hôpital, Morag était triste. Elle détestait voir Kerry ainsi, pâle comme la mort, une perfusion dans le bras et un tube sortant de l'estomac afin de drainer le poison.

Elle se dit que c'était une bonne chose que Kerry ait une si bonne mutuelle ; ce qui pouvait arriver aux malades atteints de la maladie de Crohn qui n'avaient pas de mutuelle, Morag ne pouvait l'imaginer.

## VINGT-TROIS

Des oiseaux amis racontèrent aux fées chinoises les problèmes qui se répandaient dans la ville : des fées étrangères s'étaient mises en guerre à New York.

Lu-Tang, leur sage, une vénérable fée dont les ailes blanches et jaunes flottaient agréablement sur sa tunique de soie bleue, était inquiète. Ni elle ni la communauté ne savaient comment traiter ces problèmes.

« Mais c'est une raison supplémentaire pour que nous retrouvions le miroir. »

Avec les graves événements qui se déroulaient, il était vraiment fâcheux d'avoir perdu le miroir Bhat Gwa.

Le miroir en question était à présent soigneusement caché dans le sac de Magenta, et celle-ci marchait sur les collines de la 4e avenue, toujours vigilante quant à la présence éventuelle de Joshua et de ses hordes de Perses, et aussi des Arméniens, terrible tribu locale.

Les membres de tribus féroces étaient légion à New York, et Magenta était continuellement persécutée. Les pires d'entre eux avaient des chemises bleues et des pistolets et ils ne lui laissaient aucun répit.

Joshua se trouvait quelques rues derrière, toujours à sa recherche. Il demandait à tous les clochards qu'il rencontrait s'ils ne l'avaient pas vue. Certains lui donnaient une gorgée de leur bouteille, compatissant à la terrible dégradation de sa santé, maintenant qu'il ne pouvait plus compter sur son cocktail Fitzroy.

Pendant ce temps, les mercenaires de Cornouailles traversaient l'Atlantique en sens inverse, direction l'Angleterre, ayant échoué dans leur mission. La tribu ghanéenne était trop pacifique pour vouloir faire des prisonniers et fut heureuse de simplement les renvoyer chez eux. Elles présumèrent qu'elles avaient maintenant débarrassé leur ville de ses éléments hostiles, et se félicitèrent d'avoir eu maille à partir avec des fées étrangères plutôt qu'avec leurs homologues new yorkaises.

Malheureusement, le chien Cu Sidth qui avait échappé à la lame de Maeve n'avait pas été capturé, et trottait maintenant dans Central Park, suivant à la trace les fées écossaises. Autour de la 16ᵉ rue, le chien tomba sur deux jeunes fées italiennes qui s'étaient échappées du gang pour s'embrasser tranquillement. Rendu fou par la ville, le chien se jeta sur elles, les dévora avant que les secours puissent arriver, et prit la fuite.

Les Italiennes étaient furieuses. Elles supposaient que leurs ennemis de l'ombre avaient lancé le chien à leurs trousses. Sentant que le chien était venu du nord, la tribu se rassembla et se prépara au départ.

Morag faisait de son mieux pour réconforter Kerry, l'aidant à manger sa soupe et lui parlant gaiement. Elle lui racontait les contes de l'histoire d'Écosse et les légendes des grandes fées du passé. Elle lui racontait ce qui se passait dans la rue au-dehors, et lui lisait les journaux – mais les journaux ne parlant que de problèmes au Moyen-Orient ou d'attentats dans les cliniques d'avortement au Texas, elle ne remportait pas un franc succès.

« Voilà une bonne nouvelle, continuait Morag, parcourant le journal ; Delta Airlines propose des réductions si tu veux parcourir l'Amérique avec un ami. »

Morag reposa le journal.

« Parlons de cul, dit-elle. Je sais que tu aimes parler de cul.

– C'est vrai, dit Kerry. Bon, tu commences. »

Morag dit qu'elle avait vu une chose étrange chez Dinnie.

« Il y avait cette pub à la télévision où une femme se faisait pisser dessus. Il fallait téléphoner à un numéro spécial – 970 P-I-S-S, je crois – pour en entendre plus. »

Kerry dit qu'elle espérait que la petite fée n'était pas trop choquée par une telle chose.

« Non non, ça va », dit Morag, ne voulant pas que Kerry croit qu'elle était à la traîne pour quoi que ce soit. « Chez les fées, le fétichisme de l'urine n'est pas inconnu. Je crois que c'est même assez répandu chez les MacKintosh.

« Mais j'ai vu dans un magasin un livre dont le sens exact m'échappe. Ça s'appelait *Lesbiennes Fétichistes du Pied – le Film*. Ça parle de quoi exactement ? »

Kerry lui expliqua, faisant rire Morag. Elle dit que les hommes en Écosse n'étaient pas assez bêtes pour lire de telles choses, et Kerry dit que c'était sans doute parce qu'ils n'en avaient pas l'occasion.

« Où est-ce que tu as vu ce livre ?

– Je suis allée faire un tour dans un sex-shop. Je n'ai pas du tout aimé les livres sur le sexe, mais j'ai été très intéressée de savoir que les humains pratiquaient la fellation. »

Elle pensait qu'ils étaient trop maladroits et risquaient de se faire mal avec leurs grandes dents.

« Je suppose que les fées sont de bonnes suceuses ?

– Bien sûr. Je suis moi-même une experte célèbre.

– Morag, tu es une petite mine d'or de talents. »

Kerry s'extirpa du lit.

« Plus que neuf jours, dit-elle. Il faut que je retrouve mon pavot. Où est-il ?

– C'est Magenta qui l'a, elle parcourt les rues en tentant d'échapper à l'armée perse. Tu n'es pas en assez bonne santé pour aller la chercher. »

« Je vais les découper en rondelles pour la peine », gronda Ailsa, l'aînée des sœurs MacLeod. Elle jeta un regard sinistre au paysage urbain empreint d'hostilité qui l'entourait. Elles avaient échoué sur un arbre à Washington Square et ça ne leur plaisait pas du tout.

« C'est un cauchemar, cet endroit, dit Seonaid.

– Comment allons-nous rentrer chez nous ?

– Où elles sont, la MacKintosh et la MacPherson ? »

Ailsa secoua la tête. Elle n'en savait rien. Ayant passé la majeure partie de leur vie sur l'île de Skye, elles avaient encore moins l'habitude des villes que Heather et Morag. La confusion de l'endroit interférait avec le don de double vue de Mairi et elle ne pouvait pas encore localiser leur proie. Lorsqu'elles avaient traversé l'arc-en-ciel, elles ne s'étaient pas préparées à trouver un tel endroit. Maintenant, elles étaient fatiguées et elles avaient faim. Leurs kilts MacLeod étaient tachés de boue et déchirés à cause de la course poursuite dans le parc et les rues.

Ailsa, qui comme ses sœurs était une très belle fée au visage fier sous des cheveux d'un noir de jais, dégaina son épée et se laissa glisser en bas de l'arbre.

« Nous avons besoin de nourriture et de boisson. Suivez-moi. »

Seonaid, Mairi et Rhona la suivirent. Elles étaient tendues, mais n'avaient pas peur. Mairi renifla l'air.

« Cette femme qui a aidé Heather et Morag est tout près. Je le sens. » Elle renifla l'air à nouveau. « Et cet homme de l'autre côté de la rue est à sa poursuite. »

Les MacLeod traversèrent la rue en volant et se laissèrent planer tranquillement derrière Joshua.

Aelric ramassait des tulipes, quelques marguerites et un bouquet de thym sauvage.

« Très joli », dit Aelis, sachant que les fleurs étaient destinées à la belle-fille du roi. « Je suis sûre qu'elle va les adorer. Cela dit, est-ce que tu ne devrais pas être en train de potasser à la bibliothèque, pour trouver comment entreprendre le stade suivant de la révolution paysanne ? »

« Elle est fermée entre midi et deux. »

« Très bien, dit Aelris. Mais j'imagine que le Président Mao trouvait encore quelque chose d'utile à faire entre midi et deux. Viens m'aider à imprimer les tracts. »

Aujourd'hui, Aelric n'avait pas le cœur à la révolution, bien que l'effectif de son groupe soit monté à vingt. Il passait tout son temps à penser à Marion, et à lui faire passer des messages secrets via ses contacts à la cour.

# VINGT-QUATRE

La queue de cheval de Dinnie avait poussé extraordinairement vite, à son grand désespoir. Quand Heather débarqua un jour avec un tube de teinture bleue pour les cheveux, il s'enferma dans la salle de bains.

« Fiche le camp, lui cria-t-il à travers la porte. J'ai assez souffert comme ça aujourd'hui.

– Comment ça ?

– J'ai appris par cœur tous les titres des deux premiers albums de Slayer.

– Je les trouve plutôt bien », dit Heather, et elle entreprit d'horripiler Dinnie et de lui faire du chantage pour qu'il la laisse entrer.

« Voilà, fit-elle par la suite. Géniale, cette couleur. »

Dinnie était horrifié.

« C'est atroce. Tu ne m'as jamais parlé de queue de cheval bleue quand on a passé notre accord.

– J'ai dit que je prendrais toutes les mesures nécessaires. Ce n'est pas ma faute si tu as choisi de tomber amoureux d'une fille qui aime les vêtements voyants, les trucs psychédéliques et les cheveux teints. Si tu étais tombé amoureux d'une jeune femme cadre, je t'aurais habillé en costume trois pièces. Les choses étant ce qu'elles sont, allons voir l'effet que tu fais au monde. »

Ils descendirent ensemble l'escalier. Si Cal apparaissait pour se moquer de lui, Dinnie s'était juré de lui briser le crâne, sans doute avec l'aide de Heather.

Ils marchèrent vers le magasin diététique. Heather ne tint aucun compte du sempiternel couplet de Dinnie sur les horreurs de l'alfalfa et des steaks de soja, et se concentra sur l'étude des jolies femmes que Dinnie croisait. Ne venait-elle pas de voir une lueur d'intérêt dans les yeux de ces deux jeunes punks qui venaient de passer ? Possible.

Bien qu'encore trop gros, il avait pratiquement perdu son double menton. Il se tenait mieux, et, bien rasé, il avait l'air plus jeune. Elle lui avait interdit de porter ses vieux pantalons marrons, et, malgré son volumineux manteau de la même couleur, qui n'avait toujours pas été remplacé par quelque chose de plus convenable, il était sans aucun doute devenu plus séduisant. Heather était contente. Au moins cette partie-là de son plan avait-elle réussi.

« Une petite pièce, Monsieur ? leur demanda un clochard.

– Va te faire voir », marmonna Dinnie.

Heather toussa.

Dinnie lâcha quelques pièces dans sa coupelle.

« Tu ne te sens pas mieux ? » demanda Heather, à qui Dinnie grogna une réponse inintelligible.

En Cornouailles, il faisait humide et très froid, mais dans les ateliers les fées étaient bien couvertes. Bien que ces dernières aient perdu la liberté, les nouvelles machines à filer avaient grandement amélioré la productivité et il y avait plus de tissu pour faire des manteaux et des couvertures.

Le roi Tala tenait conseil avec Magris et ses barons pour parler du commerce. Les fées françaises en Bretagne, de l'autre côté de la Manche, souhaitaient importer le tissu de Tala et avaient passé une grosse commande. Malheureusement, Aelric ayant détruit la fabrique de tissu, on ne pouvait faire face à cette commande. La discussion fut interrompue par la nouvelle du retour des mercenaires d'Amérique.

Tala était furieux de leur échec. Il laissa tomber la discussion sur les taux de change et demanda avec insistance qu'un nouveau plan soit mis sur pied pour ramener les fugitifs.

C'était frustrant pour Magris, qui avait hâte de présenter au roi son plan d'urbanisation du royaume des fées, prochaine étape logique du développement de leur société.

Tala n'allait pas écouter cela maintenant et ordonna à Magris d'établir immédiatement une stratégie d'invasion générale de New York. S'il le fallait, il enverrait l'armée anglaise au complet de l'autre côté de l'Atlantique.

« Regarde ce tract de propagande ! tonna-t-il. Il proclame que Petal et Tulip sont les souverains légitimes du royaume des fées ! Que va-t-il se passer s'ils parviennent effectivement à distribuer ces tracts ? Tant que ces deux-là seront vivants, le rebelle Aelric aura toujours la possibilité de semer le trouble. »

La vendeuse du magasin diététique farfouillait pour rendre la monnaie à Dinnie. Il ouvrit la bouche pour se plaindre, mais, devant l'air menaçant de Heather, il se contenta de sourire et attendit patiemment.

« Tu l'as reconnu ? demanda la vendeuse à sa collègue

lorsque Dinnie fut parti. Il me rappelle quelqu'un, mais je n'arrive pas à trouver qui.

– Beau mec, en tout cas. Et chouette queue de cheval. »

Comme ils revenaient en marchant le long de la 1ère avenue, Heather annonça que ce n'était peut-être pas une si mauvaise chose que Dinnie ait jeté Kerry au bas des escaliers. Après tout, c'était un excellent prétexte pour engager la conversation.

« Tu peux t'excuser d'avoir été un gros tas maladroit puis dévier subtilement la conversation vers les deux premiers albums de Slayer. Et en même temps, sois sûr qu'elle ait bien l'occasion de voir ta nouvelle coupe de cheveux branchée. Tu lui feras d'emblée une excellente impression. »

Dinnie pensa que ce plan était un peu simpliste et commença à se demander si la fée avait réellement, de toute sa vie, réussi à mettre deux personnes ensemble. Oui, sans doute deux idiots du village à Cruickshank.

Comme ils tournaient dans la 4e rue, ils virent Kerry et Morag qui sortaient de l'épicerie.

« Voici ta chance », chuchota Heather.

Ils se croisèrent sur le trottoir.

« Bonjour Kerry, dit Dinnie. Je suis vraiment désolé de t'avoir fait tomber dans les escaliers. C'était un accident.

– Ce n'est pas grave. Je suis désolée de t'avoir envoyé un coup de poing dans la figure. »

Il y eut un bref silence.

« Je viens d'écouter les deux premiers albums de Slayer. Vachement bien comme truc. »

Kerry eut un sourire encourageant. Malheureusement, Dinnie laissa un blanc. Il ne trouvait rien à dire ensuite. Le sourire de Kerry acheva de le désarçonner, parce que c'était un sourire adorable.

Ils se faisaient face dans un silence gênant.

« Bon, super, dit finalement Kerry. Moi aussi je les trouve bien.

– C'est vrai, dit Dinnie, c'est des albums super.

– Oui, acquiesça Kerry.

– Bon, je dois y aller, dit Dinnie, et il s'éloigna rapidement.

– Pourquoi tu t'es enfui ? protesta Heather, de retour à l'intérieur.

– Je me sentais idiot. Je ne savais pas quoi dire. Je suais comme un veau. »

Heather gronda Dinnie par la force de l'habitude, mais en fait elle ne trouvait pas très grave qu'il n'ait pas mené une longue conversation. Elles savaient que les futurs amants trouvaient leur compagnie mutuelle un peu pesante au début. Kerry préférerait sans doute un homme un peu timide à un prétentieux. La chose importante était d'avoir entamé les choses.

Elle réconforta Dinnie en lui assurant que c'était un bon début.

« Mon plan marche à merveille. J'ai la distincte impression qu'elle t'aime bien. »

Heather avait hâte de remplir sa part du marché et de gagner le violon.

En face, Kerry était un peu secouée après sa première promenade depuis sa sortie de l'hôpital. Elle prenait le thé avec Morag.

« Je suis désolée de ne pas avoir pu faire plus d'efforts avec Dinnie, dit-elle, mais je me sentais assez faible. En plus, ce n'est pas très facile de lui parler.

– Tout va bien, Kerry, tu as été parfaite. Si je dois convaincre Dinnie que tu es tombée amoureuse de lui, il ne faut pas se montrer trop chaleureuse au départ. Ça éveillerait ses soupçons.

Il doit savoir par expérience que les femmes ne tombent pas directement amoureuses de lui. Continue de lui sourire et on va l'avoir facilement. J'ai vraiment hâte de remplir ma part du marché et de récupérer le violon. »

Les sœurs MacLeod s'étaient assises dans le caddie de Joshua alors qu'il poursuivait Magenta le long de la 23ᵉ Ouest vers la 6ᵉ avenue.

« Grouille, siffla Ailsa. Tu la rattrapes. »

Joshua augmenta le pas. Il ne comprenait pas bien pourquoi quatre fées écossaises étaient venues à son aide pour poursuivre Magenta, mais comme elles distribuaient largement le whisky et étaient pleines d'astuce pour trouver à manger, elles étaient les bienvenues pour faire la route avec lui.

## VINGT-CINQ

Morag aussi était sortie à la recherche de Magenta, mais dans cette grande ville elle ne parvenait pas à la trouver.

Elle était assise, découragée, regardant des écureuils à Madison Square.

« Salut, la fée. »

C'était Johnny Thunders.

Morag réprima une envie de glousser. Elle trouvait Johnny Thunders inhabituellement beau et regrettait qu'il soit quatre fois plus grand qu'elle, et que de surcroît ce soit un fantôme.

« Tu as l'air triste. »

Morag expliqua les récentes péripéties. Johnny compatissait.

« Moi-même je traverse une sale période. Je ne trouve aucune trace de ma guitare. Il suffirait que je passe devant l'immeuble où elle se cache et je le saurais, mais elle a disparu. Cela dit, je peux t'aider. Je me souviens qu'à Chinatown il y avait un luthier qui savait réparer n'importe quoi. Hwui-Yin. À le voir, tu ne croirais pas qu'il sache ce que c'est qu'une guitare électrique, mais un jour il a réparé une de mes guitares préférées qui était complètement bousillée après un concert des New York Dolls au Mercer Art Centre.

Morag secoua la tête. Ce nom lui disait quelque chose.

« Je ne peux pas aller là-bas sans me faire lyncher par les fées chinoises.

– N'importe quoi. Hwui-Yin était un très bon ami à moi. Je ferai en sorte que ça se passe bien. Grimpe sur mon épaule et on va y planer. »

Avec l'aide des MacLeod, Joshua fut en mesure de coincer habilement Magenta dans la 14e Ouest.

« OK, Magenta. Rends-la moi.

– Jamais, Tissapherne.

– Arrête de déconner et rends-la moi. »

Pendant ce temps, les sœurs MacLeod plongeaient dans le sac à provisions de Magenta, espérant y trouver Heather et Morag, mais elles en ressortirent frustrées.

« Elles sont où ?

– Un noble d'Athènes ne donne pas ses associés, répliqua vertement Magenta.

– Ah ouais ? persifla Joshua. Il se serait gêné, Xénophon. Pour un Athénien, il aimait drôlement les Spartiates.

– Alors ça, c'est totalement à côté de la plaque. Il a été éduqué dans les normes de la très haute ligne de conduite qu'on peut attendre d'un Athénien. »

Ennuyées par tout ça, les sœurs MacLeod s'apprêtaient à mettre les voiles.

« Hé, dit Joshua. Qu'est-ce que vous faites ? »

Xénophon, général réputé pour son habileté militaire, saisit sa chance de salut. Pendant que Tissapherne parlait à ses alliés, elle se rua vers un taxi, ouvrit la porte en trombe et disparut à toute vitesse.

« Bon, alors, où sont Heather et Morag ? » murmura Seonaid comme elles flottaient vers le sixième étage d'un escalier de secours télescopique.

Aucune d'entre elles ne le savait. Elles devaient reprendre leur chasse à nouveau.

« C'est quoi, Rhona ?

– Une fleur, répliqua la benjamine, qui n'était pas toujours aussi sérieuse que ses sœurs. Je l'ai trouvée dans le sac de la vieille bonne femme. Je sens que cet objet a un pouvoir. »

Elle contempla le pavot à trois têtes d'un air heureux, la plus jolie chose qu'elle ait vue depuis son arrivée à New York.

Heather était de mauvaise humeur. Elle venait de voir Morag rentrer de ce qui semblait être une beuverie avec les fées chinoises.

« Je ne comprends pas, se plaignit-elle à Dinnie. Chez nous, en Écosse, elle était si calme. Maintenant, non seulement elle se la joue en ville avec Kerry, mais en plus elle va faire la fête avec les Chinoises. Comment elle a fait ? La semaine dernière encore elles essayaient de nous zigouiller. Comment se fait-il qu'elle passe son temps à s'amuser alors que moi je suis toujours coincée ici avec toi ?

– C'est sans doute à cause de ses manières agréables, dit Dinnie. Sans doute qu'elle traite bien ses amis au lieu de les forcer à manger des légumes et à écouter d'interminables cassettes de Sonic Youth. »

Heather n'était pas contente du tout. Elle n'avait pas aimé la façon dont certaines de ces fées chinoises regardaient Morag.

« Salut, Kerry », bredouilla Morag, et elle s'écroula par terre, raide bourrée.

« Devine quoi. Mon violon est en réparation chez un type très habile de Chinatown. C'est un ami de Johnny Thunders. C'est aussi un ami des fées, je leur ai tout expliqué et maintenant elles m'aiment bien. J'ai quatre rendez-vous avec des mecs la semaine prochaine.

« En plus, je t'ai rapporté une fleur de Polygonum Multiflorum dont je me suis brillamment souvenue qu'elle figure dans ton alphabet des fleurs. Elle pousse en Chine, mais les fées chinoises en avaient plein. Et ce n'est pas tout – elle se souleva sur un coude –, Johnny Thunders m'a joué le solo de guitare de "Bad Girls". Lentement. Maintenant je l'ai bien en tête et je pourrai te l'apprendre dès que j'aurai dessaoulé. C'est un guitariste génial. Tu n'aurais pas vu une Gibson Tiger Top de 1958 quelque part ? Non ? »

Morag se coucha sur ses ailes pliées n'importe comment et tomba dans le coma.

« J'en ai marre d'être bloquée toute seule ici, déclara Heather. Je sors me faire des amis.

– Ah ouais ? Qui ça ?

– Les Italiens. »

Dinnie rit.

« Tu m'as dit qu'ils te cherchaient pour avoir volé leur banque.

– Je vais rectifier la situation. »

Heather s'assit devant son miroir, cracha dessus pour en enlever la poussière, et sortit un minuscule peigne d'ivoire de sa besace. Elle se mit à travailler sa coiffure, peignant ses cheveux jusqu'à ce qu'ils tombent en une cascade lisse et dorée, presque jusqu'à la taille.

« Qu'est-ce que tu vas faire? Te traîner dans la boue et faire des excuses ?

– Non, répondit Heather. Une fée MacKintosh n'a pas besoin de se traîner dans la boue et de faire des excuses pour mettre fin à un petit malentendu. Je vais trouver ce qui est cher au cœur des Italiens, ensuite j'irai les draguer.

– Les draguer ?

– Exactement. Ça marche à tous les coups. »

## VINGT-SIX

À Central Park, Petal et Tulip prenaient une leçon d'escrime avec Maeve.

« Marche. Fente. Marche. Fente. »

Les jeunes fées anglaises marchaient et se fendaient.

Brannoc et Padraig partageaient une pipe sous un arbre. Leur nouveau coin au sud de Central Park à côté du pont était plus bruyant que le précédent, mais ils commençaient à s'habituer à voir des humains tout autour.

« Ce n'est pas la peine de passer ta journée à être triste à cause de Petal, dit Padraig. Tu lui as avoué que tu étais amoureux d'elle ? »

Brannoc ne le lui avait pas avoué. Il n'avait pas non plus l'intention de le faire.

« Tu ne peux tout de même pas passer le restant de tes jours caché dans un arbre à jouer des airs tristes sur ta flûte. »

Brannoc ne voyait pas pourquoi. Il était coincé dans un pays étranger à aimer une fée qui passait la moitié de son temps à faire l'amour avec son frère. Que restait-il à faire ? Il jeta un œil à la leçon d'escrime, sentant vaguement qu'il aurait pu apprendre tout aussi bien à Petal, mais que d'une certaine façon personne ne le lui avait demandé.

Du plat de l'épée, Maeve frappa sur la tête de Tulip qui venait de parer une attaque de façon particulièrement minable.

« Très mauvais, cria-t-elle. C'est sans espoir. Si j'avais paré comme ça lorsque trois Firbolgs m'ont attaquée à Connacht, ils n'auraient pas su s'il fallait me couper la tête ou s'écrouler par terre de rire.

– Pourquoi ils t'avaient attaquée ? » haleta Tulip, tentant de reprendre son souffle.

Maeve haussa les épaules. « Les Firblogs sont des créatures imprévisibles.

– Surtout quand tu triches aux dés, envoya Padraig.

– Oui, se marra Maeve. Surtout quand tu triches aux dés. Mais ils avaient triché d'abord. Et c'était une sacrée bataille, même si ce n'était qu'une bataille pour un jeu de dés. Je les ai combattus à coups d'épée, de couteau, de tours de magie et de bâton dans trois comtés avant qu'ils n'abandonnent et ne prennent la fuite. J'avais les mains si abîmées, douloureuses et ensanglantées qu'il m'a fallu des semaines avant de pouvoir à nouveau jouer de la musique.

« C'est comme ça que j'ai connu Padraig, en fait, alors qu'il m'a raconté après que ça faisait des mois qu'il essayait d'attirer mon attention mais n'arrivait jamais à couvrir le son de ma cornemuse. »

La leçon d'escrime prit fin et Maeve rejoignit Padraig pour jouer de la musique. Petal et Tulip s'enfoncèrent dans les fourrés. Brannoc se sentit laissé pour compte, comme d'habitude, et s'envola errer tout seul. Les ailes blanches de Petal étaient particulièrement sexy quand elle se battait, mais ça n'avait fait qu'aggraver sa tristesse.

Cela dit, il n'était pas aussi déprimé que les fées en Cornouailles, de l'autre côté de l'océan. Elles se faisaient toutes enrôler de force dans l'armée. Tala constituait une gigantesque armée de fées pour franchir l'Atlantique, vaincre toutes les fées étrangères qu'elles rencontreraient, et capturer ses enfants.

La misère se répandait. Des Red Caps avec des chiens faisaient la police sur le royaume invisible et toute résistance était rapidement anéantie.

Magris avait toujours mis un point d'honneur à ne pas rendre le travail des fées en atelier obligatoire. Cela demeurait théoriquement vrai, mais comme il était interdit de quitter les Cornouailles et que toute la terre était désormais entre les mains de promoteurs immobiliers, il n'y avait aucun moyen de cultiver ou de récolter de la nourriture, et la seule alternative était de travailler à l'atelier ou de mourir de faim.

Maintenant, alors que l'armée se rassemblait, les métiers à tisser cessèrent leur activité et il y eut une halte dans la production.

Brannoc, voletant vers le nord du parc, aurait été conscient que les choses allaient mal en Angleterre s'il avait essayé d'y réfléchir, mais son esprit était trop occupé par Petal pour remarquer quoi que ce soit d'autre. Il avait ce désir furieux d'envelopper ses ailes autour d'elle et de l'emmener au sommet d'un arbre isolé. Pourtant, il ne ferait jamais ça. Il était trop bien élevé. Et puis... Petal y trouverait fort à redire.

Il s'installa, inconsolable, sur un arbre et vit, juste en dessous de lui, quatre fées noires assoupies dans l'herbe. La première impulsion de Brannoc fut de prendre la fuite.

Non, se dit-il. Je ne vais pas m'enfuir. C'est stupide que nous soyons ennemis. Je vais aller leur parler.

Maeve et Padraig, comme il était d'usage chez les fées, dormirent une grande partie de la journée pour se réveiller au coucher du soleil et jouer de la musique.

Ils se réveillèrent, s'embrassèrent, et se versèrent un petit whisky pour bien démarrer la nuit. Petal et Tulip émergèrent d'un buisson et se joignirent à eux.

« Où est Brannoc ? »

Personne ne le savait.

Une clocharde poussait furtivement son caddie à travers les buissons, regardant précautionneusement de chaque côté. Les fées s'y intéressèrent. Elles l'avaient déjà vue plusieurs fois, et chaque fois qu'elle passait, un homme tout aussi étrange arrivait juste derrière.

Une silhouette qui ressemblait à une fée battit des ailes dans les branches au-dessus, plana quelques instants, puis s'abattit au sol.

« Brannoc ! Qu'est-ce qui s'est passé ? »

Brannoc se leva faiblement sur ses coudes.

« J'ai rencontré les fées noires, articula-t-il.

– Elles t'ont blessé gravement ?

– Non, fit Brannoc. On est devenus amis. Mais elles ont un alcool terriblement puissant. »

Il s'écroula au sol et commença à ronfler.

Une légère brise soufflait sur le parc.

# VINGT-SEPT

Dinnie enfila maladroitement sa veste en cuir des Puces et se regarda dans la glace avec un air de dégoût. La veste, sujet d'une nouvelle dispute entre lui et Heather, avait été choisie tout spécialement pour lui par la fée dans le stock de fripes situé face au bureau de poste de Canal Street.

Là-bas, Heather avait été très intéressée de voir que, sur les murs du bureau de Poste, il y avait des affiches du FBI décrivant des criminels recherchés.

« Ça alors, pensait-elle, contemplant les faciès endurcis qui la fixaient. Ce pays est dans un sale état. Ce qu'il faudrait, c'est Constable MacBrain, le gardien de la paix à Cruisckshank. Il te les retrouverait en moins de deux, et leur enverrait une bonne tarte sur la caboche.

– Brillante solution », dit Dinnie, sarcastique.

Dinnie ne voulait pas de veste en cuir, mais Heather s'était montrée intraitable. La patience de la fée était encore plus limitée qu'à l'accoutumée, et elle tenait une sérieuse gueule de bois de sa virée avec ses amies les Italiennes. Elle avait vomi toute la matinée, soutenant à Dinnie que c'était uniquement parce qu'elle n'avait pas l'habitude de manger des pâtes. Ils se disputèrent brièvement, achetèrent la veste et rentrèrent.

Ce soir, Dinnie allait à son premier rendez-vous avec Kerry. Ça n'avait pas été difficile à arranger, bien que Dinnie ait été dans un état de nervosité aiguë qui avait tourné à la panique totale lorsque Heather avait mis en place le plan. Elle l'avait conduit à l'épicerie alors que Kerry s'y trouvait, et chuchoté à l'oreille que soit il lui demandait de sortir avec lui ce soir, soit elle se tirait immédiatement avec le violon.

« Et je peux voler jusqu'à ta chambre plus vite que tu ne pourras jamais monter les escaliers. »

À la surprise de Dinnie, avant même qu'il eût fini de bégayer ce qui devait être l'invitation la plus grossière et la moins convaincue de toute l'histoire de l'humanité, Kerry accepta joyeusement.

Ils devaient se retrouver à dix heures le soir-même pour aller écouter de la musique dans un club. Dinnie était extrêmement content, et très anxieux.

De l'autre côté de la rue, Morag aussi était contente.

« Merci Kerry, dit-elle. Je considère que tu viens de me faire une grande faveur. Tu es sûre que ça ne t'embête pas trop de sortir avec lui ? »

Kerry secoua la tête.

« Non non, Morag, ça va. Il y aura plein d'amis à moi au club, je ne m'ennuierai pas.

– Ça ne va pas trop te déranger d'arriver dans un endroit branché avec cette grosse limace à la traîne derrière toi ? Je ne voudrais pas entamer ta crédibilité.

– Non, ça va, promit Kerry. De toute façon, il n'est pas trop moche ces derniers temps. On dirait qu'il a pas mal maigri.

– Et il s'est laissé pousser une chouette queue de cheval. »

Pendant que Kerry serait sortie avec Dinnie, Morag devait aller rechercher son violon chez Hwui-Yin. Ensuite elle avait l'intention d'aller montrer aux fées chinoises ce que pouvait faire une violoniste écossaise.

Le palais du roi Tala était constitué d'arbres plantés de façon à former des pièces et des cours. Endroit autrefois plaisant et ouvert, il était aujourd'hui sombre et lourdement gardé.

Aelric dépassa silencieusement les gardes en rampant. Il était enveloppé d'une substance qui rendait son aura presque imperceptible pour les autres fées et son odeur indétectable pour le flair des chiens.

Il grimpa avec souplesse sur un chêne solide, d'où il savait qu'on pouvait voir la chambre de Marion, et scruta à travers la fenêtre couverte de verdure.

Marion avait de longs cheveux noirs couverts de rubans bleu ciel. Cela formait comme une cape qui lui tombait sur les cuisses. Elle était en train de chanter un air salvateur à une fleur coupée. Aelric adressa une brève prière à la Déesse et bondit à l'intérieur.

Heather passa la première moitié de la soirée à exulter à l'idée de la parfaite réussite de son plan, qui lui vaudrait d'avoir bientôt en mains le violon MacPherson, et la deuxième moitié à flipper parce que Dinnie allait certainement tout flanquer par terre.

C'était très bien de lui obtenir un rendez-vous avec Kerry, mais ensuite c'était à lui de jouer, et il n'était pas homme à inspirer confiance. Elle frissonna à l'idée des horreurs que Dinnie pourrait trouver à faire au cours d'un rendez-vous avec Kerry. Il pouvait se saouler, et quand il était saoul il avait tendance à baver de la bière en buvant. Ce qui n'était pas une vision agréable. Il pouvait soudain perdre le contrôle de son appétit, et être submergé par le besoin soudain d'aller immédiatement acheter et engloutir un sac familial de cacahuètes et des cookies à la pistache. Il l'avait déjà fait auparavant, et ce n'était pas une vision agréable non plus.

Il pouvait faire pire. Il pouvait insulter les amis de Kerry. Il pouvait jurer contre un clochard dans la rue. Il pouvait cracher sur le groupe en hurlant, même si Kerry les aimait bien. Il pouvait se montrer trop radin pour partager un taxi pour rentrer. Kerry n'aimerait aucune des ces choses.

Pire que tout, il pouvait tenter de se jeter sur elle. Heather le lui avait formellement interdit au moment où il s'en allait, mais elle demeurait malgré tout très inquiète à ce sujet.

« Si tu agresses cette jeune femme le premier jour, c'est la fin de tout, lui avait-elle dit alors qu'il partait. Ne la touche pas. Elle va détester ça. Amuse-toi. »

Bon. Il n'y avait pas grand-chose à faire à part attendre. Elle se rendit au bar du coin pour boire une bière et regarder le base-ball.

À la lumière de quelques verres, les choses n'avaient pas l'air si terribles. Elle savait que Dinnie ne serait pas parfait, mais ses erreurs étaient essentielles à son plan. Elle était consciente qu'un Dinnie parfait serait ennuyeux, ce qui serait presque aussi mauvais que s'il se comportait horriblement mal. Heather comptait sur les récentes modifications comportementales qu'elle avait obtenues chez Dinnie pour suffire à le rendre attirant, sans que son côté dur ait entièrement disparu.

« Ce qui est un plan d'une satanée subtilité, quand on y pense bien », se dit-elle, tout en applaudissant un superbe point marqué par les Yankees. « Et bien digne de succès. »

« Oui », approuvèrent les nombreuses fées chinoises qui entouraient Morag, en lui servant verre sur verre. « Le projet de ton amie de gagner le Prix Artistique du Quartier de la 4e Rue Est semble digne de succès. Bien sûr que nous allons vous apporter notre aide. Apporte-nous juste la liste des fleurs qu'il vous reste à obtenir, et nous vous les trouverons. Et nous allons tenter de repérer cette femme, Magenta, qui se prend pour Xénophon, et voir si nous pouvons récupérer le pavot. »

Attirées par cette visiteuse haute en couleur venue de l'autre côté de l'océan, elles faisaient tout pour lui faire plaisir.

« Vous êtes très gentilles, dit Morag en descendant quelques bières chinoises supplémentaires. Et pendant que vous y êtes, vous pourriez essayer de voir si vous ne tombez pas sur une Gibson Tiger Top de 1958 portant l'inscription "Johnny Thunders" au dos ?

– On la cherche déjà, dirent les Chinoises. Lorsque le fantôme de Johnny Thunders t'a amenée ici, il nous a demandé de l'aider, et nous allons le faire. Nous sommes fans de lui depuis son album "Chinese Rocks", bien que nous sachions que Dee Dee Ramone prétende en être l'auteur. »

Aelric rejoignit sa bande de rebelles, maintenant au nombre de trente, juste à temps pour le raid du soir. La moitié d'entre eux devait faire une opération bidon contre une grange à blé pour distraire le groupe de mercenaires qui étaient à leur recherche, pendant que l'autre moitié mènerait l'attaque véritable contre la nouvelle usine d'armes de Magris, qui produisait des épées, des boucliers et des lances à un rythme effrayant.

« Alors, dit Aelis, bouclant son armure, comment allait la belle-fille du roi ?

– À merveille. Je lui ai dit que je l'aimais.

– Qu'est-ce qu'elle a dit ?

– Elle a dit que j'étais un rebelle répugnant, qui dévastait le royaume de son père, et qu'on devrait me couper la tête. Ensuite elle a sorti son couteau et elle m'a attaqué en criant pour alerter la garde. C'est une jeune fée pleine de ressources. »

Les deux groupes se séparèrent pour le départ.

« Alors c'est la fin de votre histoire d'amour ? »

Aelric eut l'air peiné.

« Bien sûr que non ! Une fée passionnée comme moi ne se laisse pas décourager par une chose aussi minime qu'une attaque au couteau. Il faudra juste que je trouve un moyen de gagner son cœur. Sa très grande collection de fleurs séchées par exemple. Je n'ai qu'à la lui voler et refuser de la lui rendre jusqu'à ce qu'elle tombe amoureuse de moi. »

Aelis secoua la tête.

« Aelric, ça c'est vraiment nul. Tu es un bon chef révolutionnaire, mais tu n'es pas doué en amour. Ce qu'il faut faire, c'est adoucir son cœur en apparaissant avec une nouvelle pièce spectaculaire pour sa collection. »

Heather avait dit à Dinnie qu'en tout état de cause, il serait en droit de supposer que Kerry était amoureuse de lui lorsqu'elle l'aurait pris sans prévenir dans ses bras pour l'embrasser passionnément. Cela lui semblait un bon repère et Dinnie, à défaut de mieux, était tombé d'accord.

Elle l'entendit clopiner dans les escaliers. La terreur lui saisit la poitrine. Il avait sans doute fait une chose abominable et Kerry ne voulait plus jamais le revoir.

« Alors ?, demanda-t-elle.

– C'était bien, dit Dinnie. » Il était manifestement content de lui.

« Bien ?

– Oui, bien. »

Ils avaient passé une excellente soirée à boire avec les amis de Kerry, puis avaient été écouter un groupe dans un petit club de l'avenue C. Comme c'étaient des amis de Kerry, il avait feint d'aimer le groupe, et tous les deux s'étaient très bien entendus tout au long de la soirée.

« Pas d'engueulade ?

– Non.

– Pas de signe de dégoût de sa part ?

– Non.

– Une quelconque possibilité de désir sexuel entre vous ?

– Oui, je pense. Et j'ai obtenu un nouveau rendez-vous. »

Heather lui tapa chaleureusement sur l'épaule. Dinnie était également ravi. En enlevant sa veste en cuir, il fit remarquer que pour une veste en cuir, c'était plutôt une belle veste en cuir ; et que Kerry lui avait fait des compliments sur sa queue de cheval. Pour la toute première fois, il remercia Heather, puis se glissa au lit pour rêver béatement à son prochain rendez-vous.

« Ça a été, dit Kerry à Morag. Pas de problème, vraiment. Dinnie a été plutôt agréable. Je ne pense pas que le groupe lui ait tellement plu, mais il a été très poli. Il m'a même fait rire de temps en temps. Je l'aime bien. »

## VINGT-HUIT

Magenta s'était assise pour se reposer à Stuyvesant Square. Ce n'était pas la première fois qu'elle aurait souhaité avoir plus d'archers dans son armée. Ces démons ailés qui volaient pour les Perses étaient une épouvantable menace.

Une famille nombreuse s'était rassemblée sur les bancs en face d'elle, et ses membres étaient plongés dans une discussion animée.

Un homme mince d'environ cinquante ans, à l'écart de la discussion, tentait d'encourager l'un de ses neveux à boxer. Il tirait sans arrêt sur sa manche pour attirer son attention, puis faisait mine de lui adresser des coups et se mettait en garde, mais le neveu, pas du tout intéressé, se détournait de son oncle qui ne se décourageait pas pour autant. Finalement, l'enfant alla se réfugier auprès de sa mère. L'esprit ailleurs, celle-ci cracha sur un mouchoir et lui frotta le visage. L'oncle, manifestement écœuré, se mit à chercher autour de lui quelqu'un d'autre à embêter.

Magenta eut un vague souvenir de ses parents tentant de lui faire faire des choses contre son gré, puis fouilla dans son caddie. Les stocks baissaient. Elle n'avait plus d'argent pour recharger son cocktail Fitzroy, et au cours des derniers affrontements elle avait perdu le précieux pavot à trois têtes. Cela lui causait un intense souci. En Grèce, cette fleur rare aurait pu se vendre un prix astronomique, et lui permettre d'allouer une prime décente à ses mercenaires. Le mécontentement commençait à gronder dans les rangs du fait qu'ils n'étaient pas payés.

Et maintenant l'armée était pratiquement à sec. Tout ce qu'il y avait dans son caddie, c'était la recette du cocktail Fitzroy, un stock de vieux journaux, le miroir Bhat Gwa et les deux morceaux de guitare qu'elle avait ramassés après l'émeute du festival de Tomkins Square.

À une semaine de la première devant le jury, la mise en scène du *Songe d'une Nuit d'Été* de Cal avançait plutôt bien. Les quatre amoureux se promenaient dans les bois imaginaires, perdus dans la confusion de leurs histoires sentimentales. Puck dansait de-ci de-là, cherchant l'embrouille, pendant qu'Oberon et Titania, le Roi et la Reine des Fées, se disputaient vigoureusement le jeune Indien.

Cal était particulièrement satisfait de l'actrice qui jouait Titania. La jeune Texane, habituellement serveuse dans un restaurant, était radieuse et charismatique dans son costume, et pour Cal elle était la parfaite incarnation de la Reine des Fées.

Heather considérait cette actrice, ainsi que tous les autres humains balourds qui jouaient les autres rôles, comme une véritable insulte.

Les fées chinoises, qui s'étaient bien imprégnées de l'ambiance de leur festival – c'est-à-dire qu'elles étaient complètement bourrées – reçurent de réconfortantes nouvelles de leurs éclaireurs.

« Nous avons retrouvé la vieille Magenta. Enfin, vieille, façon de parler, c'est plutôt une jeune femme musclée, mais qui semble vieille tant elle est sale. Nous avons voulu examiner le contenu de son sac mais nous avons eu un problème, parce qu'à force de fréquenter les fées elle est devenue capable de nous voir.

« Cela dit, avant qu'elle nous lance des cailloux, nous avons aperçu notre miroir scintiller dans son sac. Elle a dû le trouver en même temps que le pavot. De plus, dans son sac, il y a deux morceaux de guitare. »

Morag essuya la bière de ses lèvres.

« Y a-t-il une chance que cette guitare...

– Qui sait ? De toute évidence, cette femme possède une énorme importance cosmique. Sa façon d'attirer à elle tous ces objets vitaux fait manifestement partie d'un plan supérieur. »

Morag se leva et dégaina son épée.

« Bon, allons les chercher. »

Les fées chinoises furent un peu choquées par cette attitude. Elles firent remarquer qu'elles étaient de bonnes fées, et ne pouvaient pas décider tout à trac de se mettre à aller voler les humains juste parce que ça les arrangeait. On fustigea Morag. Sa mémoire l'avait trahie. Elle s'était laissé gagner par le stress de la grande ville.

« Il va falloir qu'on passe un marché pour les récupérer. »

# VINGT-NEUF

Morag avait rendez-vous avec trois Chinois, Heather avec quatre Italiens et Dinnie avec Kerry, pour faire du shopping.

« Du shopping ? avait-il dit, assez faiblement, lorsqu'elle était apparue à la porte.

– Tu n'aimes pas le shopping ?

– J'adore, avait dit Dinnie, mentant de façon si convaincante que même Heather avait eu un mouvement spontané d'approbation.

– OK. Allons-y. »

Ils se rendirent d'abord au magasin de vêtements psychédéliques de Ludlow Street. Morag avait adoré l'endroit, et, en sortant, lui avait demandé si elle voudrait bien lui fabriquer un sac à franges, un gilet multicolore, des lunettes de soleil roses et rouges, des collants écossais, et un bandeau avec le drapeau sudiste dessus. Kerry avait dit qu'elle ferait de son mieux, et elle avait tenu parole. C'était d'un intérêt beaucoup moins vital pour Dinnie, mais il feignait très noblement le contraire.

Pendant ce temps, Morag était dehors avec les Chinoises, à la recherche de Magenta.

Ils rirent de bon cœur à ses histoires sur l'Écosse et compatirent au fait qu'elle ait dû s'enfuir. Ils savaient ce que c'était d'être fugitifs ; chez eux, en Chine, leurs familles avait connu de terribles souffrances, et les humains qu'ils avaient rejoints pour traverser l'océan fuyaient une terrible oppression.

« Cela dit, fit Shau-Ju, je ne comprends pas pourquoi tu n'as pas tout simplement rendu sur-le-champ les morceaux de bannière aux sœurs MacLeod. Elles ne se seraient sûrement pas lancées à ta poursuite.

Morag haussa les épaules, et répondit que les MacLeod n'étaient pas aussi raisonnables que ça.

Heather, maintenant à peu près rassurée sur le fait que Dinnie ne commettrait pas d'impair avec Kerry, se préparait à passer du bon temps avec les Italiens. Ses quatre amants potentiels lui montrèrent les rues bondées de Little Italy, ses restaurants aux trottoirs remplis de tables, et les rues plus calmes un peu plus au nord, où, pour une raison inconnue, se trouvaient de nombreux magasins d'armes.

Heather jeta un œil à travers les grilles en fer des fenêtres et frissonna.

« Si les MacLeod se mettent à inventer des trucs comme ça, je suis cuite.

– Pourquoi est-ce que tu n'as pas tout simplement rendu les morceaux de bannière ? » demanda Cesare, mais Heather ne put lui donner aucune réponse convaincante, sinon que les MacLeod étaient parfaitement déraisonnables et leur auraient donné la chasse de toutes façons.

Kerry emmena Dinnie dans tous ses magasins de vêtements préférés de l'East Village. Ensuite, sur le chemin du retour, ils firent un crochet par le magasin diététique.

« C'est vraiment un beau mec, dit la vendeuse après leur départ.

– On dirait qu'il s'est trouvé une chouette nana, maintenant. »

Les vendeuses en étaient légèrement déçues.

« T'as pas une pièce ? » demanda un mendiant en bas de la rue.

Dinnie lui donna plus d'un dollar en petites pièces, et s'excusa de ne rien avoir de plus sur lui.

« Non, dit Morag, je vous promets que nous ne sommes pas du tout la cavalerie perse. Ni d'hostiles membres de la tribu des Carduches. Nous ne sommes pas non plus des ennemis venus du comté de Drilae, ni une armée de guerriers Macrone. Nous ne sommes rien de tout cela. Nous sommes des fées chinoises et écossaises.

– Ah, ah, ah ! dit Magenta. Ne soyez pas ridicules. »

« C'est génial d'avoir ces fées avec nous, non ? dit Kerry.

– Bien sûr que c'est formidable, dit Dinnie, estimant qu'au point où il en était il pouvait bien se permettre un mensonge de plus.

– Mais quel dommage pour Heather et Morag qu'elles aient dû s'enfuir d'Écosse. »

Dinnie haussa les épaules. Il n'avait jamais compris pourquoi elles n'avaient pas tout simplement rendu les morceaux de bannière, et il fit part de sa réflexion à Kerry.

« Eh bien, dit Kerry, à mon avis ces morceaux de bannière ont une trop grande valeur sentimentale pour elles. Elles ne peuvent pas s'en séparer.

– Une valeur sentimentale ? »

« On n'a pas réussi à conclure un marché, indiqua Morag à Kerry, plus tard dans la soirée. Magenta a systématiquement refusé d'abandonner la guitare, dont nous supposons que c'est la Gibson Tiger Top de 1958 de Johnny Thunders. Quoiqu'il en soit, après une très dure négociation, pendant laquelle elle n'a pas cessé de me traiter d'agent de Tissapherne et de menacer de lancer les hoplites après moi quelles qu'en soient les conséquences, elle a finalement accepté d'échanger le miroir Bhat Gwa contre une boîte de cirage, une bouteille de substances méthylées et un sachet d'herbes et épices assorties.

– Et le pavot ?

– Elle l'a perdu. »

La nouvelle ne surprit pas Kerry.

Heather roula dans la chambre de Dinnie, spectaculairement bourrée. Elle avait dû s'y reprendre à quatre fois pour escalader l'escalier de secours et après cela, il lui avait fallu encore pas mal de temps pour enjamber la fenêtre.

Dinnie était devant la télévision. Elle se pencha lourdement sur lui et lui tapa joyeusement sur l'épaule.

« Eh, Dinnie, vieux frère, prononça-t-elle un peu trop fort. Sûr que ces Italiens savent comment s'occuper d'une fille. Et toi, comment ça s'est passé avec Kerry ? »

Dinnie eut l'air de se rétrécir dans son fauteuil et ne répondit pas.

« Alors ?

– Elle est partie en coup de vent, furieuse. Je pense qu'elle ne veut plus jamais me voir », finit-il par lâcher.

Heather était affligée.

« Mais vous vous entendiez si bien. Qu'est-ce qui a foiré ? »

Heather mit du temps à lui faire cracher le morceau. Apparemment, Kerry avait dit à Dinnie qu'elle pensait que la raison pour laquelle Morag et Heather refusaient de se séparer des fragments de bannière était qu'elle s'en étaient servies de couvertures la première fois qu'elles avaient fait l'amour.

Le romantisme de l'histoire avait embué les yeux de Kerry. Malheureusement, Dinnie avait renversé la tête, et s'était esclaffé bruyamment avant de dire qu'il s'était toujours douté que c'était une paire de grosses lesbos bouffeuses de tarte aux poils, et que pas étonnant qu'elles se soient fait virer d'Écosse, et qu'elles finiraient sans doute par se faire virer des USA aussi.

« Après quoi, Kerry n'avait pas l'air contente. »

Heather insulta Dinnie pour avoir insulté la sensibilité de Kerry de la pire manière possible, et cela dura très longtemps.

« Cette fois, tu as vraiment tout foutu en l'air. Bonne nuit. »

# TRENTE

Heather se réveilla avec une gueule de bois monstrueuse. Elle essaya de se lever mais ne réussit qu'à se mettre à quatre pattes.

« Oh ma tête, on dirait une énorme balle de tennis », bafouilla-t-elle, et elle rampa lentement sur la moquette vers la salle de bains, ses ailes pendouillant lamentablement autour d'elle. Elle se jura de ne plus jamais boire autre chose que du whisky à l'avenir, et de ne plus jamais toucher une goutte de vin.

Dinnie fut réveillé par une série de grognements et de gargouillis.

« Bonjour Dinnie, dit Heather, rampant pour revenir dans la chambre. Je viens de vomir dans ta douche.

– J'espère que tu as nettoyé.

– J'étais trop faible pour atteindre le robinet. Ne t'inquiète pas, pour les humains le vomi de fée sent la rose. Fais-moi du café. »

La fée était d'humeur disgracieuse, en partie à cause de sa gueule de bois et en partie à cause du fait que sa chevelure était dans un état terrible.

« L'air est dégueulasse, ici. Ça me rend moche.

– Ça irait mieux si tu ne rampais pas dans les caniveaux », commenta Dinnie.

Heather lui répliqua sèchement de la fermer.

« Si je dois trouver un moyen pour que tu regagnes l'affection de Kerry, je vais avoir besoin de toute ma concentration. Et laisse-moi te dire que c'est un problème épineux, suffisamment pour mettre en difficulté même un esprit aussi affûté que le mien. Non seulement tu as insulté l'amie de Kerry, Morag, mais tu as aussi insulté toutes ses autres amies qui peuvent être lesbiennes en les traitant de grosses lesbos bouffeuses de tarte aux poils. De plus, tu t'es moqué de son sentimentalisme et elle va détester ça. Pire encore, tu as laissé transparaître ta vraie personnalité, et aucune femme au monde ne voudrait prendre le risque que cela se reproduise une deuxième fois.

« Ça va demander une longue réflexion. En d'autres termes, ferme-la pour toute la matinée et fous-moi la paix. »

Aelis et Aelric se tenaient épaule contre épaule, aux prises avec des mercenaires de Tala. Aelric maîtrisait la technique sophistiquée du combat à l'épée double et était capable de damer le pion à des mercenaires expérimentés, tout comme Aelis, mais les rebelles étaient dominés par le nombre et soumis à rude épreuve. S'étant fait surprendre en train de voler du bétail, ils tentaient maintenant de rejoindre la sécurité relative du château de Tintagel.

Aelric infligea une profonde estafilade à son adversaire, le forçant à battre en retraite.

« Je refuse de mourir sans avoir reçu un baiser de Marion, gémit-il, à bout de souffle.

– Pour l'amour de la Déesse, se plaignit Aelis, lâche-nous

trente secondes avec cette petite bimbo, et concentre-toi sur le combat pendant que j'invoque le brouillard. »

Aelric et les autres entourèrent Aelis pour la protéger pendant qu'elle faisait apparaître par magie une brume suffisamment épaisse pour faciliter leur fuite.

Les choses étaient considérablement plus paisibles à Central Park, maintenant que Brannoc s'était réconcilié avec les fées ghanéennes. Il avait réussi à expliquer qui ils étaient et d'où ils venaient, et avait présenté des excuses pour tous les malentendus possibles du passé.

Les Ghanéennes acceptèrent ces explications et excuses en gracieuses personnes qu'elles étaient, et désormais les trois fées anglaises et les deux irlandaises étaient les bienvenues pour aller et venir comme bon leur semblait. Maeve, Padraig, Tulip et Petal se rendaient maintenant très fréquemment à Harlem. Brannoc aussi, mais sa destination favorite était sous un buisson avec son amie Ocarco, une fée à la peau noire, aux ailes noires, et aux yeux noirs, un merveilleux cadeau pour un pauvre étranger en détresse.

Tout le monde était heureux à part Okailey, femme sage de la tribu. Elle n'aimait pas ce qu'elle reniflait dans l'air. Elle flairait d'étranges odeurs venant de quelque part. Une légère brise soufflait de l'ouest, ce qui la troublait. Bien qu'ils se soient facilement débarrassés des mercenaires, elle ne pensait pas que c'était la fin de leurs soucis.

Elle informa les fées de ses prémonitions et leur demanda de lui raconter tout ce qu'elles savaient au sujet de Tala, roi de Cornouailles.

« Vous pensez vraiment qu'il pourrait nous envahir ? »

Personne n'en était sûr, mais ça ne semblait pas impossible.

Son sorcier, ou technicien comme on l'appelait maintenant, pouvait envoyer autant d'arcs-en-ciel de lune qu'il voulait au-dessus de l'océan, assez pour toute une armée.

Les fées ghanéennes étaient cent cinquante. C'était insuffisant pour contenir une telle invasion.

« Et les Italiennes et les Chinoises ? »

Okailey admit qu'elle ne savait pas combien elles étaient, mais elle doutait qu'aucune des deux tribus ne soit plus nombreuse que la leur. La vie dans les parcs de la ville ne semblait guère encourager la démographie. Il n'y avait pas assez de place pour que leur nombre s'accroisse.

« Je ne vois pas comment nous pourrions rassembler autant d'hommes que Tala en a d'après toi mobilisés. »

Ils considérèrent la perspective d'une armée entière de fées anglaises débarquant à Central Park. C'était une pensée très triste.

« Bien, de toute façon, il nous faut décider quoi faire au cas où cela arriverait. Peut-être devrons-nous nous résoudre à fuir. Mais je pense qu'il serait sage de demander l'avis des autres fées de New York. Normalement nous n'avons aucun contact entre nous, mais ma décision est prise, je vais me rendre sur leur territoire pour leur parler.

– C'est étrange, dit Padraig, que des fées soient venues ici avec des humains du Ghana, de Chine, d'Italie, mais aucune d'Irlande. Je sais que beaucoup d'Irlandais sont venus à New York. Je me demande pourquoi aucune fée irlandaise ne les a accompagnés ?

– Peut-être qu'elles ne se sont pas laissées convaincre de quitter les merveilleux bois et forêts bien verts ? suggéra Maeve.

– Peut-être qu'elles étaient trop saoules pour prendre le bateau, suggéra Brannoc.

– Et qu'est-ce que tu veux dire par là ? » demanda Maeve,

d'humeur guerrière. Okailey arrêta la dispute avant qu'elle n'éclate. Son aura était à la fois puissante et apaisante, et il était très difficile de se mettre en colère devant elle.

Elle s'en alla faire les préparatifs de son voyage au sud, vers Little Italy et Chinatown. Maeve, qui n'avait pas apprécié la remarque de Brannoc, annonça qu'elle partait à la recherche de fées irlandaises.

« S'il y a d'autres O'Brien dans les parages, il n'y a plus aucun souci à se faire face à une armée des Cornouailles. »

Heather occupa le restant de sa journée à maugréer contre Dinnie et à réfléchir à un moyen de regagner l'affection de Kerry. Lorsque Dinnie joua du violon, elle se moqua sans ménagement de sa technique lamentable, disant que Morgan avait raison, qu'il était le déshonneur du clan des MacKintosh, et que cet air ressemblait autant à "De'il Amang the Tailors" qu'elle-même à un bol de porridge.

Lorsque Dinnie écouta sa cassette des Bad Brains, elle lui dit que s'il ne les aimait pas, c'était parce que leur musique passait largement au-dessus du pois chiche qui lui servait de cerveau, et qu'il ferait aussi bien de se remettre à travailler son violon.

L'un dans l'autre, c'était une journée tendue. Heather alluma la télé pour regarder le baseball, et l'éteint aussitôt de frustration, ayant vu le manager des Yankees aggraver son cas en s'en prenant à l'arbitre. Elle grogna distinctement qu'il n'y avait pas moyen de trouver la moindre goutte d'un whisky pur malt à peu près décent et accusa plus ou moins Dinnie d'être personnellement responsable de l'invention du Jack Daniels.

Elle remit le match de base-ball, juste à temps pour voir marquer les Red Socks.

« Oh, et puis j'en ai ras-le-bol. C'est une journée pourrie. Et je ne vois vraiment pas ce que tu pourrais faire pour te rattraper. Tu es un crétin, Dinnie, et tu as définitivement gâché toutes tes chances de gagner le cœur de Kerry. »

Dinnie s'affala dans son fauteuil, trop déprimé pour avoir le cœur de répondre à la bordée d'insultes de Heather.

On frappa à la porte.

« Salut Dinnie, dit Kerry, des fleurs dans les cheveux, arborant un grand sourire. Tu veux sortir avec moi ce soir ? »

Après son départ, Heather en resta stupéfaite. Était-il possible que Dinnie soit devenu si séduisant que Kerry ne soit même pas rebutée par la bassesse de son comportement ?

« Ha, ha, pauvre nouille d'elfe, ricana Dinnie. Au temps pour tous tes plans et tes inquiétudes. Elle n'est pas du tout vexée, elle a pratiquement défoncé ma porte pour obtenir un nouveau rendez-vous.

« Eh oui mon pote, sourit Dinnie, face au miroir. Cette fille sait reconnaître un bon coup quand elle le croise. »

Dans l'appartement d'en face, Morag se frayait un chemin par la fenêtre, portant un sac de bonbons et une magnifique fleur de Forsythia jaune.

« Je ne t'en aurais vraiment pas voulu si tu avais décidé de ne jamais le revoir, dit-elle joyeusement, tendant ses cadeaux à Kerry.

– Ce n'est rien, répliqua Kerry. J'ai promis de t'aider à récupérer le violon, oui ou non ? »

Kerry était fatiguée et se sentait faible, aussi Morag se chargea-t-elle de presser la fleur de Forsythia pour l'insérer dans l'alphabet. L'alphabet des fleurs, ainsi étalé sur le sol, entouré des objets préférés de Kerry, était maintenant si beau qu'il ne pourrait que gagner le concours, pour peu qu'il soit complet.

# TRENTE ET UN

Cesare, Luigi, Pierro et Benito étaient assis avec Heather dans leur bar préféré, perchés au-dessus de la télé. Il n'y avait pas tant de place que ça pour six fées sur un gros poste de télévision, mais les Italiens étaient heureux de se serrer contre Heather, même si chacun d'entre eux aurait souhaité être le seul. Comme chacun des prétendants de Heather rivalisait avec les autres de gentillesse à son égard, il était finalement impossible de trouver un moment en tête-à-tête avec elle.

Ils buvaient du whisky, qu'ils n'aimaient pas tellement d'ailleurs, mais Heather leur avait assuré qu'à force de persévérance ils y prendraient goût. Et quand elle s'excusa que le bar n'ait pas de très bon pur malt écossais, ils promirent de s'en occuper le lendemain, étant donné que leur famille de fées était très amie avec la famille des fournisseurs du bar.

« Où avait-il lieu, leur rendez-vous ? » demanda Mario, un beau mâle bronzé qui aimait montrer ses bras musclés. « Dans une galerie de West Village, ensuite Kerry voulait faire du shopping. Ils iront manger dans un restaurant qui leur plaira, puis à un concert au squatt de la 13e rue.

– Chouette programme. »

Heather hocha la tête. Elle attendait beaucoup de cette journée. Elle ne serait pas du tout surprise qu'à la fin de la soirée Kerry jette ses bras autour de Dinnie et lui déclare son amour, ou au moins qu'elle l'embrasse passionnément.

Elle raconta à ses amis que cela avait constitué un tour de force plutôt considérable.

« Évidemment c'est un MacKintosh, ce qui est un bon début, mais même ainsi, vous auriez vu la limace que c'était quand je l'ai pris en mains, vous n'auriez jamais cru qu'on puisse le rendre séduisant. Mais qu'une fée écossaise accepte une mission, et c'est comme si elle l'avait déjà accomplie. »

Elle continua à se vanter joyeusement comme cela pendant un moment, et ses prétendants l'écoutaient avec un grand intérêt, comme il sied à des prétendants.

Parallèlement, au même moment, dans un autre bar d'une rue adjacente à la 4e rue, un peu plus au sud, Morag était assise avec quatre Chinoises, buvant, riant, et impatiente de voir le dénouement de la journée.

« Dès que cet idiot de MacKintosh va croire que Kerry est tombée amoureuse de lui, le violon MacPherson sera à moi et bien à moi. »

Elles burent gaiement pour fêter ça, et les fées chinoises dirent à Morag qu'en plus d'être très belle elle était extrêmement intelligente, comme il sied à des prétendantes.

Les sœurs MacLeod flairaient l'air en descendant la 17e rue. Même là, malgré tous les gaz d'échappement, il leur apparaissait clairement à toutes les quatre qu'une étrange brise soufflait de l'ouest. Le don de double vue de Mairi reprenait de l'acuité comme elle s'habituait à la ville, mais elle ne pouvait toujours pas lire clairement ses visions.

Elle les conduisait cependant dans une direction déterminée. Elle avait la très nette impression qu'au bout de cette rue, quelque chose d'intéressant les attendait.

Les quatre guerrières aux cheveux de jais parvinrent à Union Square.

Elles eurent une grimace face au grondement terrible qui venait de l'autre bout du square, où un groupe d'hommes semblait vouloir attaquer le sol, le frappant avec d'étranges machines.

Un énorme camion de meubles crapahutait le long de Broadway, gagnant centimètre par centimètre son chemin sur les travaux de la voierie. Assises sur le toit, se trouvaient vingt fées noires.

« Alors là, voilà qui est intéressant. »

« Oui, approuva Kerry, assise à côté de Dinnie dans le taxi. La teinture à cheveux peut faire de terribles dégâts. Une fois, je me suis teint les cheveux en orange vif par accident et rien à faire pour l'enlever. Finalement j'ai décidé de pisser sur mes cheveux au moins une fois par jour et au bout d'un mois ça a commencé à s'estomper. C'est très puissant, l'acide urique ; tu peux t'évader de prison avec. »

Kerry était légèrement saoule. La journée avait été très agréable. Confiante, elle avait traîné Dinnie, un peu hésitant, pour visiter pas mal de galeries d'art très chères, puis acheté un collier jaune en plastique à un type qui vendait des fripes dans une valise sur la place Saint-Marc, essayé sans grand succès d'avaler un repas végétarien dans un restaurant chinois, et adoré l'énorme son électrique du concert.

Dinnie avait plus ou moins réussi à saisir l'esprit des choses, et avait dansé sur la musique sans se rendre ridicule. C'était, pensait-il, la plus belle journée de sa vie.

Le chauffeur de taxi, un type silencieux et morose qui n'insultait pas les autres conducteurs mais se contentait de leur lancer des regards de tueur à travers le pare-brise, les arrêta sur la 4e rue et poussa un grognement de satisfaction en réponse au pourboire laissé par Dinnie.

« Bon, Dinnie, j'ai passé une excellente journée. Je vais aller me coucher maintenant, je suis saoule et j'ai sommeil. Passe demain. »

Kerry saisit la tête de Dinnie, l'amena vers elle, et l'embrassa plutôt passionnément, pendant assez longtemps. Elle s'éloigna, laissant Dinnie sonné sur le trottoir.

En haut de la rue, perchés sur l'enseigne du bar, Heather et les Italiens se réjouissaient.

« Et voilà, dit Heather, déboulant sur l'épaule de Dinnie. Un baiser passionné, et elle veut te revoir demain. Le violon est à moi.

– Prends-le, dit Dinnie », les yeux encore embués par le baiser. Heather et ses amis s'en furent et escaladèrent l'escalier de secours.

Un peu plus loin au-dessus de la rue, Morag et les Chinoises sautèrent de joie. Morag glissa de son point d'observation et vint se poser sur l'épaule de Dinnie.

Elle l'informa qu'elle avait tenu sa promesse, et que désormais le violon lui appartenait.

« Très bien », articula Dinnie, et Morag et ses amis commencèrent à grimper les marches de l'escalier du théâtre.

Johnny Thunders s'était assis sur le toit de l'immeuble du théâtre, pour réfléchir au sens de la vie. En toute logique, les choses allaient très bien. Après tout, il n'avait plus de problème de drogue, il pouvait toujours rentrer au Paradis... Mais ses amies les fées chinoises lui avaient dit que sa Gibson Tiger Top était entre les mains d'une vieille clocharde particulièrement dingue, et cela avait tout gâché. Il ressentit la même insatisfaction qui l'avait saisi, une fois, au sujet des mix terribles qu'il semblait s'acharner à obtenir dans ses disques. Aussi bien les albums des New York Dolls que ceux des Heartbreakers étaient célèbres pour leur son dégueulasse. Aucun n'était à la hauteur des chansons superbes et de la prodigieuse technique de guitare qu'ils auraient dû mettre en valeur.

De l'autre côté de la rue habitait Kerry, il le savait. Il aurait peut-être la possibilité de lui apprendre deux ou trois trucs, même si, du fait qu'il était maintenant devenu un esprit et habitait dans une dimension différente, ce serait sûrement difficile.

Okailey leva les yeux vers les panneaux de la rue.

« 4e rue. On va bientôt arriver en territoire italien. Grâce à la Déesse, je ne descendrai plus jamais Broadway sur un toit de camion de meubles.

– Okailey, dit l'un de ses compagnons comme ils étaient arrêtés au feu rouge.

– Oui ?

– Il y a des fées qui braillent de l'autre côté de la rue. »

Okailey et ses compagnons, très étonnés, se mirent à observer.

« Il est à moi », hurlait Morag, et elle s'accrochait au violon.

« Espèce de grosse pute de MacPherson, il est à moi ! » hurlait à son tour Heather. Elle s'accrochait à l'autre partie du violon, qui, comme ni l'une ni l'autre n'avaient eu le temps de le réduire à la taille des fées, était de toute façon beaucoup trop lourd pour elles.

« J'ai rempli mon contrat !

– Comment ça tu as rempli ton contrat ? Tu n'avais pas de contrat !

– Si, gronda Morag. J'ai rendu Kerry amoureuse de Dinnie.

– Quoi ? »

Heather, prenant conscience de l'arrangement passé entre son compagnon humain et cette pétasse de MacPherson, était indignée.

« Tu n'es qu'une vile traîtresse, une fois de plus tu es venue te mêler de mes affaires. Comment tu as pu fourrer ton nez là-dedans et passer un marché avec Dinnie ? Et de toute façon, ça n'a aucune importance parce que je l'avais fait avant toi, et c'est moi qui ai fait tomber Kerry amoureuse de Dinnie.

– Quoi ? » Morag était encore plus indignée d'apprendre que Heather avait osé échanger le violon contre le bien-être émotionnel de sa chère amie Kerry.

« Comment oses-tu mettre ma jolie Kerry dans les bras de ce gros connard de Dinnie ? C'est monstrueux. Mais ça n'a aucune importance de toute façon, puisque c'est arrivé grâce à moi. »

À ce stade, Morag fut tentée d'annoncer que Kerry faisait juste semblant, mais se ravisa sagement.

« Il est à moi !

– Il est à moi ! »

C'était une dispute sans issue. Quel que soit le marché qui tienne, chacune d'entre elles était convaincue de son succès. Sous le regard de leurs amies fées, les deux fées écossaises s'insultaient et se hurlaient dessus. Ayant bu toute la journée, elles étaient toutes deux dans un grave état de nerfs. Finalement

Heather, incapable de se contrôler, gifla son amie. Morag lâcha immédiatement le violon, et se mit à se battre à mains nues avec son adversaire. Elles s'agrippaient l'une à l'autre et roulèrent du trottoir dans le caniveau.

Les Italiens étaient inquiets. Lorsque Morag envoya un sérieux direct en pleine poitrine à Heather, Mario sentit qu'il devait faire quelque chose, et entreprit de plaquer Morag aux jambes. Les Chinoises trouvaient que ça n'était pas juste. Alors que Heather parvenait à serrer les mains autour du cou de Morag, elles se précipitèrent au secours de leur amie. En un rien de temps éclata une bagarre générale.

Ainsi démarra le premier combat de rues des fées de New York.

Aelis fit apparaître son nuage de brume et les rebelles battirent en retraite, en formation ordonnée, à travers l'espace magique des profondeurs du château de Tintagel. Une fois à l'abri, une furieuse dispute éclata.

« Comment ont-ils pu nous piéger ? » demandèrent les hommes d'Aelric. « Tu es allé personnellement en reconnaissance et tu nous as assuré qu'on ne risquait rien. À quoi cela sert-il d'aller brûler les ateliers de Tala et de voler son bétail si nous devons tous nous faire tuer ? »

On eut du mal à obtenir d'Aelric une explication valable. La vraie raison était qu'au lieu de partir en reconnaissance, il s'était en fait mis en quête d'un pavot à trois têtes à offrir à Marion. Son espion à la Cour lui avait dit qu'elle avait besoin de cette fleur pour compléter son alphabet, et serait tellement heureuse du cadeau qu'elle tomberait instantanément dans ses bras.

Les excuses qu'il bredouilla pour justifier l'échec de la mission ne furent pas bien reçues, surtout par les fées qui avaient failli se faire tuer dans un nouvel effort vain pour lâcher du ciel des tracts de propagande.

Parmi n'importe quel groupe de fées, il s'en trouvera toujours quelques-unes avec au moins un vague pouvoir télépathique, et dans la terrible bataille les appels au secours portaient si loin qu'en un rien de temps, des renforts arrivèrent en trombe de Little Italy et Chinatown, pour se jeter dans la mêlée.

« Je ne peux pas le croire », dit Okailey, arpentant royalement la 4e rue. « On ne se comporte pas comme ça chez les fées. »

Elle parvint à se glisser aux côtés de Heather, toujours engagée dans un close-combat avec Morag.

« Arrêtez immédiatement. »

Malheureusement Heather supposa que cette main sur son épaule était celle d'un ennemi et elle frappa sauvagement à l'aveuglette. Les compagnons d'Okailey étaient sidérés. Ils n'avaient jamais imaginé auparavant qu'on puisse un jour envoyer un coup de poing dans la figure de leur vénérable sage.

Finalement, Dinnie revint chez lui à pas lents. Son association constante avec Heather lui avait donné le pouvoir de voir les fées, mais il était tellement dans les nuages quand il traversa la rue qu'il ne remarqua pas les tribus en guerre à ses pieds et autour de sa tête. Les Chinoises, les Italiennes et les Ghanéennes se battaient sur terre et dans l'air, voletant avec épées et bâtons du trottoir à l'escalier de secours et au lampadaire, poussant des cris de guerre et appelant les renforts.

Au-dessus, Ailsa MacLeod observait sans comprendre.

« Tu nous as amenées voir quelque chose d'intéressant, Mairi, mais qu'est-ce que c'est ?

– Je ne sais pas ce qui se passe, mais en tout cas la

MacPherson et la MacKintosh sont en plein milieu, dit Rhona, pointant le doigt.

– Et elles sont en mauvaise posture, dit Seonaid, sortant son poignard de son petit étui sur sa jambe. »

Ceci posait à Ailsa un problème de conscience. Elle ne voulait pas qu'elles soient tuées avant d'avoir pu leur rendre les morceaux de bannière.

« De plus, elles sont tout de même écossaises », ajouta Mairi, lisant dans ses pensées.

Il ne leur fallut que quelques secondes de réflexion. Les fées MacLeod ne pouvaient décemment pas laisser des compatriotes écossaises se faire détruire par des étrangers, bien que chez les humains certains clans aient déjà fait bien pire.

Les quatre sœurs prirent les armes et se jetèrent dans la mêlée furieuse.

Kerry se réveilla, s'étirant paresseusement, et remarqua Morag recroquevillée à côté d'elle dans le lit. Cela n'avait rien d'anormal, sauf qu'aujourd'hui Morag était couverte de plaies et de bleus et que ses cheveux étaient poisseux de sang.

Morag se réveilla, gémit, et fondit en larmes.

« Raconte-moi », dit Kerry gentiment, en transportant la fée vers l'évier pour nettoyer ses blessures.

Morag, très malheureuse, raconta tout à Kerry. Celle-ci fut très surprise. Elle avait beaucoup de mal à croire que sa douce amie se soit engagée dans une véritable guerre des gangs à grande échelle, et avait de terribles visions de la police des fées arrivant avec des gaz lacrymogènes et des boucliers anti-émeute pour remettre de l'ordre.

« C'était horrible, dit Morag. Ça se battait de partout, et avec

Heather on essayait de se tuer l'une l'autre, et toutes ces fées étrangères qui arrivaient en hurlant et... »

Elle éclata en sanglots.

« ... et les MacLeod. En plein milieu de tout ça, Ailsa MacLeod qui brandissait son sabre vers moi comme la sauvage qu'elle est, en hurlant que dès qu'elle m'aurait sauvée des étrangers, elle se chargerait personnellement de me découper en petits morceaux. »

Cependant, l'arrivée des sœurs MacLeod avait été bénéfique à Heather et Morag. Bien armées, endurcies au combat et disciplinées, elles avaient pu ouvrir une brèche par laquelle les Écossaises avaient réussi à partir se réfugier de l'autre côté de la rue, où elles s'étaient cachées dans une poubelle. Glacées de terreur par le chaos, Heather et Morag avaient cessé de se battre et avaient pris soin de rester cachées.

Morag sourcilla pendant que Kerry nettoyait une blessure sur son crâne.

« Et ensuite, que s'est-il passé ?

– La bataille a duré longtemps. Ensuite, le bruit a diminué peu à peu. Finalement, nous avons risqué un œil et il n'y avait plus personne aux alentours. Heather m'a insultée et moi je l'ai insultée à mon tour mais le cœur n'y était plus. On est rentrées chacune chez soi.

– Et les MacLeod ? »

Morag haussa les épaules. Elles avaient disparu. Elle ne savait pas pourquoi elles les avaient laissées. Mais le pire, c'était le violon MacPherson. Il était maintenant en miettes dans le caniveau, écrabouillé par une voiture.

« Je viens de détruire la relique la plus précieuse de mon clan, l'une des plus grandes œuvres d'art d'Écosse. »

Morag était absolument inconsolable, et de loin la fée la plus malheureuse de New York – mis à part Heather de l'autre côté de la rue, qui ne se sentait pas mieux.

Lorsque Kerry eut fini de nettoyer et de panser Morag, elle la mit au lit puis s'occupa de changer son sac de colostomie pour aujourd'hui. Et elle pensa à sa journée avec Dinnie, qui avait été étonnamment agréable.

Johnny Thunders avait été très surpris de voir des fées se battre sur la 4^e^ rue Est. Ça lui rappelait une baston lors d'un concert en Suède, où il était tellement bourré qu'il était tombé de la scène et n'avait pas pu jouer.

La rue était calme, à présent. Il regarda dans sa main la fleur qu'Ailsa avait lâchée durant la bataille. Une fleur superbe, pensa-t-il.

## TRENTE-DEUX

Kerry était allongée sur des coussins, fatiguée, se sentant mal. Aujourd'hui elle avait très mal du côté de l'estomac, ce qui était toujours un symptôme inquiétant. Néanmoins elle réfléchissait aux problèmes de Morag.

« Je pense vraiment que vous devriez rendre les morceaux de bannière aux MacLeod. Ça ferait un problème de moins.

– On ne peut pas ». Morag secoua la tête.

« Je sais ce que tu ressens, dit Kerry. Mais est-ce que tu ne pousses pas le sentimentalisme un peu trop loin ? Après tout, il vous restera les souvenirs. »

Morag eut l'air intrigué et demanda de quoi parlait Kerry. Kerry dit qu'elle avait deviné les raisons pour lesquelles elles ne voulaient pas se séparer de leurs couvertures.

Morag éclata de rire.

« Ce n'est pas pour ça qu'on peut pas rendre les morceaux. La raison pour laquelle on ne peut pas les rendre, c'est qu'on s'est mouchées dedans. C'était une sale nuit très froide et on avait toutes les deux le nez qui coulait.

– Vous vous êtes mouchées dedans ?

– C'est ça. Et si les MacLeod s'aperçoivent un jour qu'on s'est servi de leur vénérable et révérée bannière magique comme mouchoirs, il va y avoir un avis de guerre générale et ce sera un carnage parmi la population des fées d'Écosse. Le clan MacLeod dans son entier traverserait les eaux depuis Skye et marcherait sur les MacPherson et les MacKintosh avant qu'on ait le temps de dire ouf.

– Vraiment ?

– Vraiment. Je t'ai déjà expliqué qu'il était interdit de découper des morceaux de la bannière. Eh bien, ce n'est absolument rien comparé au fait de se moucher dedans. On ne peut imaginer d'insulte plus mortelle. Jean MacLeod, la reine du clan, appellerait immédiatement les MacLeod de Glenelg, les MacLeod de Harris, les MacLeod de Dunvegan, les MacLeod de Lewis, les MacLeod de Waternish et les MacLeod d'Assynt, pour prendre la route à travers les collines.

– Apparemment, les MacLeod sont nombreux.

– Les MacLeod sont horriblement nombreux. Et ils amèneraient leurs alliés, les Lewis, les MacLewis, les MacCrimmon, les Beaton, les Bethune, les MacCaig, les MacCaskill, les MacClure, les MacLure, les MacCorkindale, les MacCorquodale, les MacCuag, les Tolmie, les MacHarold, les MacRaild, les Malcomson, et probablement pas mal d'autres encore. Les alliés des MacLeod aussi sont horriblement nombreux.

« L'attaque contre les MacPherson et les MacKintosh soulèverait la totalité de la confédération du clan Chattan, en supposant qu'ils arrêtent quelque temps de se battre entre eux pour le pouvoir, et puis les Davidson, les MacGillivray, les Farquhar et les Adamson viendraient à notre secours et ce serait une guerre terrible. Et si une guerre aussi terrible devait éclater juste parce que Heather et moi nous sommes mouchées, alors nos vies ne vaudraient pas très cher. »

Kerry réfléchit à cela.

« Et pourquoi ne pas les laver, comme ça elles n'en sauraient jamais rien ?

– On a essayé. C'est impossible. Les taches ne veulent pas partir. Un seul regard sur le tissu et Mairi MacLeod, celle qui est douée de double vue, saura instantanément. »

Heather était assise tristement en bas de l'escalier de secours. Elle fixait le trottoir, désespérée, incapable d'imaginer comment les choses pourraient être pires.

Dinnie, un MacKintosh comme elle, l'avait trahie, contractant un marché secret avec une MacPherson. Honteuse pour son clan, elle frissonna.

Le violon MacPherson était détruit. D'abord la bannière MacLeod, et maintenant le violon MacPherson. Grâce à la Déesse, l'épée MacKintosh se trouvait toujours en Écosse, sinon elle l'aurait sans doute cassée aussi. C'était comme si toutes les reliques écossaises venaient s'écraser en miettes entre ses mains.

Ni elle ni Morag ne pourraient plus jamais rentrer chez elles, et comme elles étaient devenues ennemies jurées, chacune se retrouvait seule au monde.

Et puis il y avait les MacLeod. Où étaient-elles passées ? De toute façon, ça ne changeait rien. Il n'y avait aucune issue. Une fois que Mairi MacLeod avait repéré votre trace, il n'y avait plus aucun espoir de s'en sortir.

Heather s'en fichait. Elle passa le doigt par un trou de son kilt, qui s'était rouvert malgré sa tentative de le boucher avec le petit bout de tissu prélevé sur un coussin de Dinnie. Pour une fée, Heather était une très mauvaise ravaudeuse.

Derrière elle, Titania disait son texte.

« Espèce de répugnante imbécile ! explosa-t-elle, se matérialisant soudain. Ça ne parle pas comme ça, une fée ! »

Titania fut prise de panique et s'enfuit du théâtre.

« Bon, Kerry, je viens de parler à Johnny Thunders sur le toit, et il y a une bonne et une mauvaise nouvelle. »

Kerry leva les yeux des perles qu'elle était en train d'enfiler.

« La bonne nouvelle, c'est qu'il m'a appris la partition entière de "Vietnamese Baby", que je vais maintenant pouvoir t'apprendre, si tant est que les MacLeod me laissent vivre assez longtemps. La mauvaise nouvelle, c'est qu'il a trouvé le pavot après la bagarre et qu'il l'a donné aux fées chinoises, pour qu'elles l'échangent à Magenta contre sa guitare. Il nous a encore filé entre les doigts. »

Kerry gémit.

Morag se gratta la tête, le crâne légèrement irrité par l'abus de teinture à cheveux.

« Lorsque les Chinoises lui ont rapporté la guitare, en fait ce n'était pas sa vieille Gibson. C'était juste une copie japonaise. Il est vraiment embêté. »

Kerry aussi. La façon qu'avait cette Magenta de mettre la main sans arrêt sur sa fleur de grand prix la mettait hors d'elle à un point...

Morag trouva Heather assise dans les escaliers, encore hilare de la fuite de Titania.

« Donne-moi ton morceau de bannière.

– Quoi ?

– Donne-moi ton morceau de bannière et ne discute pas. »

Heather haussa les épaules, déballa son violon et donna le tissu vert à Morag. Morag revint en volant chez Kerry. Elle réapparut quelque temps après aux côtés de Heather, mais avant qu'elle puisse parler, Ailsa, Seonaid, Mairi et Rhona MacLeod – pleines de plaies et de bleus, mais toujours rayonnantes de santé – atterrirent gracieusement à côté d'elles.

« Parlons », dit Ailsa, dégainant son épée.

Heather et Morag se rapprochèrent, résignées.

Les MacLeod avaient été distraites durant le combat par l'arrivée du chien Cu Sidth, qui, attiré par les fées, avait dévalé la 4e rue et attaqué Rhona. Elles ne s'étaient pas plus tôt débarrassées du chien en l'abattant qu'elles s'étaient retrouvées encerclées par des tribus inconnues. Heureusement, Okailey avait alors réussi à faire cesser le combat.

« Les tribus de New York vivent leur vie chacune de leur côté, dit Ailsa. Mais elles sont hostiles et suspicieuses entre elles. Tout ça à cause de vous deux, à ce que je comprends. Vous êtes douées pour créer des problèmes à la Terre entière.

– Comment le violon MacPherson a-t-il pu atterrir à New York ? Mairi l'a reconnu avant qu'il soit cassé », dit Rhona.

Heather et Morag durent admettre qu'elles n'en savaient rien. Et personne ne savait non plus où étaient passés les morceaux.

Seonaid tripotait son poignard.

« Où sont les morceaux que vous avez découpés dans notre bannière ? »

Quatre Portoricains apparurent au coin de la rue avec leur balle de tennis, s'entraînant à faire des têtes sans la faire tomber. Ils occupaient tout le trottoir, ce qui forçait les passants à marcher sur la chaussée. Parmi les passants se trouvait un homme qui promenait une belette en laisse. Les MacLeod en furent ahuries, mais pas Heather et Morag qui avaient déjà vu ça.

Heather était brisée. Elle savait ce qui allait se passer lorsqu'elles allaient rendre les morceaux de bannière. Il suffirait à Mairi d'un seul regard pour savoir qu'ils avaient servi de mouchoirs. La mort suivrait peu après, ainsi qu'un soulèvement des clans au pays.

« Eh bien, dit vivement Morag, nous avons les morceaux bien en sécurité ici avec nous. Nous sommes absolument désolées de les avoir découpés dans votre bannière – c'était un accident et nous n'avions pas conscience de ce que nous faisions. Venez avec nous et nous vous les rendrons. »

Elle ouvrit le chemin vers l'autre côté de la rue.

« Tu n'es pas dingue ? chuchota Heather. Tu sais ce qui va nous arriver, maintenant.

– Fais-moi confiance, chuchota Morag.

– Bonjour, dit joyeusement Kerry lorsqu'elles apparurent. Vous devez être les MacLeod, j'ai entendu parler de vous. Vous êtes encore plus gracieuses et adorables que dans les descriptions de Morag et Heather. Voulez-vous un peu de thé ?

– Non.

– Vous êtes sûres? Morag m'a appris comment faire une bonne tasse de thé écossais.

– La bannière.

– Très bien. »

Kerry ouvrit un tiroir et en sortit deux morceaux de tissu propre, qu'elle tendit à Ailsa.

« Comme vous pouvez le voir, dit Kerry, Heather et Morag en ont pris grand soin. »

Mairi les renifla. Elle les déclara intacts.

« Et peut-être pourrons-nous les recoudre sur la bannière sans que ça se voie.

– Nous aurions bien voulu vous les rendre avant, dit Morag, mais vous ne nous avez jamais laissé une chance de nous expliquer.

– J'ai toujours bien envie de vous découper en morceaux.

– D'accord, dit Morag. Mais avant de le faire, réfléchis bien à cela. Je constate que ta besace a été coupée et déchirée pendant la bataille. Et, grâce à l'une de ces visions qui m'ont rendue très célèbre, je vois que toute ta magie de fée était contenue dans ta besace, c'est-à-dire tes formules d'endormissement, ainsi que tes moyens pour retourner au pays. Est-ce que je me trompe ? »

Ailsa admit que non. Sa formule pour faire apparaître par magie un arc-en-ciel de lune qui les ramènerait en Écosse avait disparu, évanouie dans les vents de Lower East Side.

« Mais nous, nous en avons une, mentit Morag. Le passé est le passé, oublions-le, et nous pourrons toutes rentrer ensemble au pays. »

« Je connais un riche marchand qui habite dans cette région, dit Magenta à ses hommes. Nous allons traiter avec lui. »

Ses forces avaient maintenant franchi les dangereuses montagnes du nord de la Perse et atteignaient la côte. La côte était occupée en partie par les Grecs, ce qui était un progrès, bien que même des compatriotes grecs ne soient pas forcément ravis de voir débarquer une armée de mercenaires hors-la-loi, endurcis au combat, pour camper à l'extérieur de leurs murs.

Ce qu'il leur fallait maintenant, c'étaient des bateaux pour faciliter la dernière partie du voyage. Xénophon allait négocier une partie de son trésor de guerre avec le marchand.

Dans sa boutique de Canal Street, Hwui-Yin n'était pas mécontent de voir Magenta. Par le passé, ils avaient souvent eu d'intéressantes conversations ensemble, lorsque la femme aux cheveux gris venait lui vendre quelque chose.

« Comment pouvez-vous la payer pour de tels détritus ? » demanda le vendeur lorsqu'elle sortit, et Hwui-Yin expliqua qu'il ne pouvait avoir que de la sympathie pour une clocharde possédant une si grande connaissance de la Grèce antique.

« Et puis, si elle veut me vendre des débris de violon d'enfant pour s'acheter du cirage, pourquoi pas ? Au moins j'ai eu une bonne explication de ce qui a poussé les Athéniens à exécuter Socrate. »

Kerry, en bonne maîtresse de maison, insista pour que les MacLeod acceptent un thé, des gâteaux d'avoine et du miel. Après les difficultés qu'elles avaient traversées, elles ne pouvaient pas refuser un peu de réconfort.

« Comment tu as fait ça ? chuchota Heather.

– C'est Kerry qui a tout fait, répondit Morag tout bas. Avec la technologie moderne de lavage. Elle a juste fait tourner les bouts de tissu dans sa machine pendant un petit moment et ils sont ressortis impeccables. Apparemment le lavage est plus avancé ici qu'à Cruickshank. Ils ont des poudres spéciales pour laver les tissus les plus délicats à basse température et les rendre complètement propres. Et aussi cette chose qui s'appelle de l'assouplissant, qui rend le linge doux, frais et comme neuf. »

Heather était épatée.

« Il y a tout de même un tas de choses bien, à New York », dit-elle, immensément soulagée.

# TRENTE-TROIS

La catastrophe menaçait de toutes parts. Les Italiennes, les Chinoises et les Ghanéennes avaient battu en retraite dans leurs territoires respectifs, mais toutes restaient vigilantes devant l'éventualité d'une guerre. Les forces du roi Tala étaient prêtes à envahir New York, alors que les forces spéciales de ses mercenaires venaient d'encercler Aelric au château de Tintagel.

Dinnie, privé des larcins de Heather à la banque, s'attendait à être expulsé d'un jour à l'autre ; et Heather, indignée de la trahison de son marché avec Morag, ne lèverait pas le petit doigt pour l'aider. Les fées MacLeod étaient pacifiées pour l'instant, mais parlaient toujours de ramener Heather et Morag à Skye, pour les faire juger pour vol. D'ici là, elles ne les lâcheraient pas du regard.

« Et le violon MacPherson est en miettes, grognait Heather, d'humeur lugubre, buvant un verre avec Morag au bar du coin. Elles avaient établi entre elles deux une trêve morose. Quant à savoir à qui le violon aurait dû revenir s'il était demeuré entier, seule la Déesse le savait. Si Kerry était réellement tombée amoureuse de Dinnie, Heather aurait gagné ; si elle faisait seulement semblant, c'était Morag. Kerry elle-même se montrait réticente.

Morag avait seulement demandé à Kerry de faire semblant, mais maintenant la fée n'était plus sûre de rien. Elle soupçonnait Kerry d'avoir apprécié plus que de raison leur dernier rendez-vous.

Si Kerry était réellement tombée amoureuse de Dinnie, elle n'en laissait rien paraître, mais Morag se demandait si ce n'était pas juste pour la ménager. Après tout, si Kerry aimait réellement Dinnie, le violon revenait de droit à Heather.

Par le vote du peuple, Aelric fut démis de son poste de leader rebelle, accusé de passer trop de temps à rêver à la belle-fille du roi.

« Un peu moins de rêverie et un peu plus de préparation, et nous ne serions pas piégés au château de Tintagel. »

Leur situation était critique. À l'intérieur des ruines du château, les rebelles n'avaient que de très faibles provisions et la faim commençait à gagner. Au-dehors, les quarante-deux mercenaires, maintenant réunis, patrouillaient dans le périmètre et s'avançaient dangereusement, seulement maintenus au-dehors par la formule de mystification, à effet très bref, d'Aelis. Si par malchance un mercenaire parvenait à mettre un pied dans le château, il se mettait soudain à perdre son chemin, se retrouvant, confus et embrumé, à son point de départ. Mais les mercenaires étant également des fées, ils connaissaient ce genre de sort et savaient qu'Aelis ne pouvait en prolonger l'effet trop longtemps, particulièrement si elle ne mangeait rien.

Werfeth envoya un message au roi pour le prévenir que la fin de la rébellion était proche.

Heather et Morag étaient assises au-dessus de l'enseigne d'un magasin d'armes, se fixant mutuellement d'un air louche. Heather s'écria haut et fort que ce n'était pas de sa faute.

« Si, c'est de ta faute, rétorqua Morag. Toi et ta manie de draguer tout ce qui ressemble de près ou de loin à une fée, tant qu'elles ne sont pas déclarées officiellement mortes. »

Elles avaient rencontré Magenta à l'extérieur du bar. Celle-ci reconnut avoir reçu le pavot de la part de Johnny Thunders via les fées chinoises, mais proclama qu'après l'avoir sorti pour l'admirer dans Spring Street, elle avait été approchée par un soldat romain ailé, qui lui avait proposé de lui échanger la fleur, parce qu'il savait que c'était le cadeau parfait pour une Calédonienne blonde dont il était amoureux. Il avait payé un bon prix à Magenta, puis était reparti.

« En d'autres termes, souffla Morag à Heather, c'est une Italienne qui a maintenant le pavot, comme moyen de se glisser sous ton kilt. Sincèrement, la somme de problèmes que nous ont posés tes histoires de cul depuis des années, c'est hallucinant.

– Tu peux parler, toi avec tes Chinoises, rétorqua Heather.

– Ce sont toutes des fées de très bonne éducation, qui ont bon goût, renifla Morag, et qui ne voleraient jamais une fleur vitale à une jeune femme juste pour coucher avec une visiteuse écossaise de passage qui mérite le respect. »

Heather renifla vers elle en retour. « Bon, bref. Tout ce que j'ai à faire c'est d'attendre l'arrivée de Cesare ou de Luigi pour me donner la fleur. Ensuite on pourra la rendre à Kerry. »

Brannoc apprit avec horreur la nouvelle de l'incident de la 4e rue, particulièrement la partie où Heather balançait à Okailey un direct dans les dents. Apparemment, ça n'aurait pas vraiment dérangé Okailey, sauf qu'elle était constamment entraînée par le flot des combattants et qu'elle ne pouvait pas rendre le coup.

« Bien, c'est la fin de nos problèmes », annonça Maeve, voletant jusqu'à eux.

– Tu as trouvé des fées irlandaises ? », demanda avidement Padraig.

– Non, admit Maeve. Aucune. Je ne sais pas pourquoi, mais on dirait qu'il n'y a pas de fées irlandaises sur cette île.

– Je pense que la communauté irlandaise doit se trouver à Brooklyn ou dans le Bronx, suggéra Ocarco.

– Possible. Je n'ai pas eu le temps d'aller en mission à l'étranger. Bref, ça ne fait rien. J'ai écrit à mon clan pour leur demander de nous rejoindre de ce côté-ci de l'océan. »

Brannoc eut l'air perplexe.

« Tu as fait ça ? »

Un jeune couple qui voulait être tranquille causa une intense perturbation dans la clairière, débarquant avec deux bières et une pizza aux anchois, et forçant les fées à battre en retraite dans les buissons.

« Je leur ai écrit. Je viens de poster la lettre, et ils devraient arriver dans quelques jours. »

Brannoc riait tellement que ses ailes en étaient secouées.

« C'est la chose la plus stupide que j'aie jamais entendue. Comment est-ce que ta lettre va leur parvenir ? Tu ne peux pas envoyer de lettres aux fées par le système postal des humains. »

Maeve était indignée.

« Peut-être pas en Angleterre, mais en Irlande, si. Les Irlandais ont beaucoup de respect pour leurs fées. Je l'ai libellée à l'adresse des fées O'Brien, sud de Grian Mach, Brugh na Boinne. Tu verras que ça arrivera sans problème. »

Écœuré par cette nouvelle preuve de l'imbécillité de Maeve, Brannoc partit faire l'amour avec Ocarco au sommet d'un arbre, pour changer un peu des buissons.

Il savait par un écureuil qui le tenait d'un moineau qui le tenait d'une mouette qui le tenait d'un albatros que les troupes des Cornouailles étaient pratiquement prêtes à se mettre en marche, et à part faire l'amour pendant qu'il en était encore temps, il ne voyait rien d'autre à faire.

« Est-ce que les troupes anglaises vont s'en prendre à nous ? demanda Aba, à Harlem, ou bien est-ce qu'ils nous laisseront tranquilles s'ils capturent Petal et Tulip ?

– Je doute qu'ils nous laissent tranquilles, dit Okailey. Une fois que ces impérialistes entrent quelque part, aucune chance qu'ils en repartent. »

Cesare arriva de son vol élégant pour se poser sur l'enseigne du magasin d'armes.

« Heather, j'ai un cadeau pour toi. »

Il lui tendit un flacon de whisky et une poche remplie de champignons magiques.

« Où est le pavot ?

– Le pavot ? Je l'ai échangé à un Chinois contre tout ça. Il le voulait pour une fille qu'il avait rencontrée. J'ai pensé que ça te plairait mieux. »

Heather poussa une petite plainte et se couvrit les yeux de ses ailes. Morag fit tomber Cesare de l'enseigne et rentra chez elle le cœur en berne.

Dinnie était passablement écœuré. Il était obligé de quitter son appartement et Heather refusait tout net de l'aider, disant qu'elle ne se procurerait jamais de l'argent pour un traître à son clan.

Avec neuf dollars pour toute fortune, Dinnie fit la seule chose possible, il sortit acheter de la bière.

« Les choses ne vont pas si mal, Kerry. Je m'attends à tout instant à ce qu'un Chinois m'apporte le pavot. À mon avis il est irrésistiblement attiré par moi et fera n'importe quoi pour me faire plaisir. »

Kerry était très heureuse de cette nouvelle, mais de rien d'autre. Le concours devait avoir lieu dans quelques jours seulement et elle ne se sentait pas le courage de poursuivre. Elle avait mal à l'intérieur et une diarrhée s'écoulait dans son sac de colostomie.

Morag avait eu envie de lui demander ses sentiments au sujet de Dinnie, mais voyant le mauvais état de santé de Kerry, elle passa outre.

Morag avait eu une conversation très frustrante sur le sujet avec les MacLeod.

« Quelle que soit celle de vous qui a gagné le violon, vous n'êtes pas les meilleures violonistes d'Écosse, avait déclaré Ailsa. Tout le monde sait que la meilleure jeune violoniste d'Écosse est la petite Maggie MacGowan. Si elle n'avait pas eu la varicelle, elle aurait gagné la compétition junior haut la main.

– La petite Maggie MacGowan ? » Morag était indignée de la suggestion. « Cette petite peste, qui dit du mal de tout le monde et qui lèche les bottes de son professeur de violon !

– Néanmoins, c'est elle la meilleure violoniste. »

Ça prouvait juste la petitesse du cerveau des MacLeod. Non mais sans blague, la petite Maggie MacGowan !

Kerry, malgré son déplorable état de santé, choisit un nouveau gilet rebrodé de miroirs et s'apprêta à sortir, disant qu'elle avait besoin de prendre l'air.

Morag, bien connue pour ses dons de prémonition, la suivit silencieusement.

## TRENTE-QUATRE

Aelis rencontra Aelric, pensif, au bas d'une tour en ruines. Il était parti en mission de reconnaissance pour trouver d'éventuelles possibilités d'évasion.

« Alors ? »

Aelric secoua la tête.

« Aucun signe de fleur de pavot à trois têtes nulle part. »

Aelis froissa ses ailes de frustration.

« Tu étais censé chercher comment nous échapper. Mon envoûtement va durer encore une heure maximum.

– Ah oui, dit Aelric. Une issue. J'avais oublié. Laisse-moi réfléchir un instant. »

Heather et Morag étaient assises sur la clôture d'un petit parc de la 14e rue, commentant la mauvaise tournure que prenaient les événements. C'était une occupation très en vogue actuellement chez les fées.

Quatre jeunes prostituées étaient alignées le long du trottoir.

« Vingt dollars seulement, disaient-elles aux hommes qui passaient. Je resterai longtemps. Seulement vingt dollars. »

Le business ne semblait pas bien marcher et les prostituées traînaient mollement le long de la clôture.

À tout point de vue, l'histoire entre Kerry et Dinnie avait tourné au désastre. Morag, suivant Kerry de l'autre côté de la rue, avait trouvé Dinnie allongé nu sur le sol avec la vendeuse du magasin diététique. Kerry n'avait pas été contente et elle était maintenant couchée sur des coussins à jouer de la guitare, malheureuse.

Dinnie protesta, assurant à Heather, indignée, que tout cela était une énorme erreur et qu'il aimait Kerry, mais la fée, après quelques insultes relatives à sa probable performance sexuelle et la vision désastreuse qu'il pouvait offrir sous la douche, avait simplement fait ses bagages et était partie.

« Je n'ai pas passé tout ce temps à te rendre séduisant aux yeux de Kerry pour que tu ailles baiser la première personne qui te manifeste un tant soit peu d'intérêt. »

Une fée chinoise du nom de Shau-Ju était apparue plus tard, apportant un cadeau pour Morag.

« Enfin, respira Morag, donnant un coup de coude à Kerry, voilà le pavot ! »

Shau-Ju sortit de son sac un flacon de whisky et des champignons magiques. En réponse aux questions de Morag, qui était pour le moins mécontente, il protesta vivement : il n'était pas coupable de ne plus avoir le pavot. Quatre fées italiennes, avec Cesare à leur tête, le lui avaient volé en venant ici. Chez eux, les pairs de Shau-Ju étaient déjà en train de s'armer de leurs épées.

« On vient de déclencher une nouvelle guerre, marmonna Morag.

– Une de plus, une de moins, ça ne changera rien, dit Heather.

– Parfait, dit Kerry, en colère. Amusez-vous bien avec vos petites idioties, toutes les deux, et surtout ne faites pas attention à moi. »

Heather et Morag pensaient que ce n'était tout de même pas leur faute si elles étaient tellement irrésistibles que les autres fées commettaient des crimes pour leur faire des cadeaux, mais elles n'en dirent rien à Kerry.

Plus tard dans la soirée, Mairi, qui à leur avis avait beaucoup trop de prémonitions pour être parfaitement saine d'esprit, avait prophétisé qu'à tout moment maintenant il fallait s'attendre à voir débarquer sur New York une énorme et cruelle armée des Cornouailles.

« Ils cherchent Petal et Tulip, je suppose, dit Heather, surveillant les prostituées.

– Je me demande ce qui leur est arrivé ? On n'a vu aucune trace d'eux depuis que tu nous as fait perdre tout le monde. »

Petal et Tulip se promenaient dans la 14e rue sur une Buick 1938.

« On vous a retrouvées ! » s'exclamèrent-ils, voletant vers la clôture.

Johnny Thunders était à deux doigts d'abandonner. Il avait passé New York au peigne fin et il n'y avait aucune trace de Gibson Tiger Top 1958. Et pourtant… il était constamment attiré par une force étrange vers la 4e rue Est. Cet endroit avait quelque chose de particulier, quelque chose de vaguement familier. En se concentrant, il pouvait pratiquement sentir la présence de sa guitare.

« Tu es sûr que c'est la bonne musique pour la cour de Thésée, roi d'Athènes ? » demanda un acteur dans le théâtre.

Cal baissa les yeux sur sa guitare.

« Évidemment, répondit-il. Pourquoi pas ? »

Il balaya les objections. À trois jours de la première du *Songe d'une Nuit d'Été* et avec sa Titania toujours en état de choc, il n'était pas d'humeur à écouter des jérémiades sur la musique de son spectacle.

Tulip avait encore des difficultés à s'habituer à l'apparence de Morag. Il n'avait rien vu de semblable depuis le dernier festival de Glastonbury en Angleterre, et même les hippies jeunes ou vieux qu'il avait pu y apercevoir n'étaient pas encore aussi voyants. Heather, après une journée passée chez Kerry, n'était pas loin derrière, et maintenant, quand elle bougeait, les clochettes au bas de son kilt sonnaient joyeusement.

Les explications qui fusaient entre eux quatre étaient assez confuses, mais quand ils finirent par s'y retrouver à peu près, Petal et Tulip exposèrent que face à l'invasion prochaine de New York par l'armée anglaise qui s'apprêtait à traverser l'Atlantique, les fées de New York devaient oublier leurs différends et s'unir dans une défense commune.

« Sans cela, il n'y a aucun espoir. Nous sommes au courant de la bagarre dans votre rue. Brannoc, Ocarco et Okailey sont furieux. Mais même ainsi, nous allons voir les Italiens et les Chinois et tenter de réparer les choses.

– Ça risque d'être difficile, dirent Heather et Morag à l'unisson. Surtout essayez d'éviter toute implication dans une relation personnelle. »

Aelis ne pouvait maintenir plus longtemps son sort de mystification. Le château de Tintagel s'ouvrit tout grand à l'invasion. À l'extérieur, les chiens des mercenaires le sentirent et se mirent à hurler. Les vingt-cinq rebelles se réfugièrent misérablement sous le château, dans la caverne que les hommes appelaient la Cave de Merlin. Ils étaient affamés et en loques.

« Ç'en est fini de la révolution paysanne. »

Aelric releva la tête.

« Ça y est. Je me souviens. Un truc que j'ai lu à la bibliothèque sur le Président Mao. Une fois, il s'est sauvé grâce à une très longue nage.

– Et alors ?

– Alors on va nager pour sortir d'ici, déclara Aelric, recouvrant une partie de ses esprits d'autrefois. Trouvez une rivière. Ou à défaut, un puits. »

Les deux fées écossaises emmenèrent Petal et Tulip à l'appartement de Kerry. Lorsqu'ils expliquèrent leur mission, Ailsa se montra sceptique.

« Comment allez-vous réconcilier les tribus en guerre ? »

Petal et Tulip ne savaient pas vraiment, mais affirmèrent avoir un talent de diplomates, car leur père était roi.

« Vous pouvez toujours essayer de vous montrer mignons et charmants, suggéra Heather. Pour moi ça marche à tous les coups.

– Vous pourriez demander de l'aide en Écosse ? » demanda Tulip, racontant l'histoire de Maeve et de sa lettre. Ni Heather ni Morag ne pensaient que ça pouvait marcher dans ce cas-là.

« Le postier du village à Cruikshank est affreusement désagréable ces derniers temps. Tout le monde l'engueule parce que le prix des timbres a augmenté. Je ne lui ferais pas confiance pour aller remettre une lettre aux fées.

– Pas de problème, déclara Ailsa. Vous avez le pouvoir de créer un arc-en-ciel de lune pour rentrer au pays, n'est-ce pas ? Alors nous irons chercher de l'aide. »

Heather et Morag firent une sortie précipitée, prétextant

qu'elles avaient le devoir de présenter Petal et Tulip aux Chinois et aux Italiens, et aussi d'aller voir si elles trouvaient la fleur de Kerry.

« Tu nous as encore fourrées dans un joli pétrin avec tes fadaises et tes mensonges », se plaignit Heather, plainte qui dégénéra bien sûr en terrible dispute, pour déterminer quel clan avait le plus probablement acheté le jury pour le concours de violon junior, des MacPherson ou des MacKintosh, et les deux fées auraient facilement pu en venir aux mains.

« Tu étais censée nous présenter aux Chinoises et aux Italiennes. »

Un bruit épouvantable leur parvint d'en face.

« Ha, ha, ricana Morag. Dinnie a ressorti son vieux violon. Voilà du pur jeu MacKintosh pour toi.

– Rien à voir avec moi, répliqua Heather, cinglante. Je ne pense même pas qu'il soit un MacKintosh du tout. »

À l'étage, Dinnie avait exhumé le vieux violon dont il jouait à l'école, et tentait de se rappeler les morceaux qu'il avait appris.

Je vais lui montrer, à cette salope de fée inculte, se disait-il. Je vais gagner l'argent de mon loyer en jouant dans la rue. Il ne sera pas dit que Dinnie MacKintosh se sera laissé expulser sans combattre.

« Quelle incroyable reprise du business, dit l'une des jeunes prostituées à son amie, dans la 14^e^ rue. Je n'avais encore jamais vu autant de clients motivés. »

Elle et son amie faisaient toutes deux un chiffre époustouflant, et ce depuis que les fées s'étaient perchées sur elles, car rien de tel que l'aura d'une fée pour répandre le désir sexuel.

# TRENTE-CINQ

La nuit tombait sur Central Park, Padraig et Maeve commençaient juste à s'échauffer au violon et à la cornemuse, jouant tranquillement "The Queen of Fairies", un air que le célèbre harpiste aveugle O'Carolan avait appris des fées irlandaises. Ils enchaînèrent quelques morceaux assez sobres de cornemuse et des gigues souples avant d'attaquer une version furieuse de "McMahon's Reel" et "Trim the Velvet".

Alors que Maeve faisait une courte pause pour accorder sa cornemuse, Padraig joua sa version habituelle de "Banish Misfortune".

« Alors, de quelle infortune pourrais-tu bien souffrir, ici, en pleine aventure palpitante dans un nouveau comté ? » lança une voix loin au-dessus d'eux.

Depuis les nuages descendait un arc-en-ciel de lune en sept teintes de vert. À cheval dessus, avançant gaiement, se trouvaient deux cent fées.

« Tiens, voilà les O'Brien, et d'autres, dit la fée femelle à leur tête, mettant pied à terre. Nous avons reçu votre lettre. Dans quel pétrin es-tu allée te fourrer, Maeve O'Brien ? »

« C'est merveilleux d'être des créatures aussi raisonnables que nous autres, les fées, dit Morag à Kerry. Encore l'autre jour, trois tribus se battaient et guerroyaient dans la rue et aujourd'hui, grâce à quelques mots honnêtes de Petal et Tulip, tout est rentré dans l'ordre. La paix est revenue partout.

– Mis à part le fait, fit remarquer Kerry, qu'une gigantesque armée surentraînée arrive droit sur vous des Cornouailles.

– Oui, mis à part ça. Bien que je sois persuadée que certains d'entre eux sont également raisonnables. Ils sont seulement sous la férule d'un roi méchant.

– Un peu comme aux États-Unis.

– Et maintenant que les rues sont sûres, je vais voir Cesare. Je reviens avec ta fleur dans un rien de temps. »

Kerry était fatiguée. Dans l'intimité de ses toilettes, elle avait découvert qu'elle perdait du sang par l'anus. Cela arrivait toujours quand elle en faisait trop et réveillait la maladie dans ses intestins. C'était un signal fréquent et inquiétant qui lui rappelait le fait qu'elle était malade, et qui la déprimait à chaque fois, même si cela arrivait souvent. Avec la pression du Prix Artistique du Quartier de la 4e Rue Est qui approchait, Kerry se sentait mal de plus en plus fréquemment. Elle se coucha pour dormir, laissant les MacLeod et Heather se quereller.

« Mairi me dit qu'en fait, vous n'avez absolument pas le pouvoir de lancer un arc-en-ciel de lune entre ici et l'Écosse.

– Et comment elle sait ça ? demanda Heather.

– Elle a eu une vision. »

Heather soupira. Le puissant don de double vue de Mairi était un gros handicap. Il était pratiquement impossible de la tromper en quoi que ce soit.

« Et ce mensonge est une nouvelle insulte de votre part

envers les MacLeod, continua Ailsa, fusillant Heather de ses yeux noirs. Je vais cependant passer outre pour le moment, parce que des problèmes autrement plus sérieux se posent. Nous pensons que le roi de Cornouailles est en train de menacer gravement le royaume d'Écosse des fées. S'il parvient à conquérir ce pays, rien ne l'arrêtera plus. Mairi a eu la vision d'une armée passant la frontière et se dirigeant droit sur les Highlands. Cela, nous ne pouvons le permettre. »

Ailsa pencha sa chevelure hérissée vers sa sœur.

« Mairi a envoyé un message en Écosse pour demander de l'aide.

– Comment ?

– Elle a envoyé une vision de notre situation ici outre-Atlantique. Les Écossais viendront sur un arc-en-ciel de lune à eux, et vous les aiguillerez au moment opportun en leur jouant "Tullochgorum" ».

Morag escaladait avec difficulté l'escalier de secours, épuisée par les derniers événements. Elle fut contente de trouver Kerry endormie, bien que cela ne fasse que repousser le moment où il faudrait lui annoncer la mauvaise nouvelle au sujet de Cesare qui s'était montré si hospitalier avec Petal et Tulip que, sur une impulsion, il leur avait offert le pavot en cadeau, puis de Petal et Tulip ensuite si émus par une pauvre femme rencontrée sur le trottoir qu'ils lui avaient offert la fleur pour la consoler.

« C'est une fleur si belle et si puissante, expliqua Petal.

– Nous savions que cela lui remonterait le moral. Et nous sommes de bonnes fées, expliqua Tulip.

– Vous êtes des débiles mentaux », grogna Morag.

# TRENTE-SIX

Aelric et ses compagnons nagèrent pour s'en sortir, le long d'un puits secret qui partait de la Cave de Merlin et débouchait dans un fleuve souterrain, émergeant à Bodmin Moor à moitié morts, mais sains et saufs.

« Bon plan, Aelric ». Aelis essayait péniblement de secouer l'eau de ses ailes détrempées.

Une brise humide soufflait sur la lande.

« C'est quoi ? »

Non loin d'eux se dressait un cercle de menhirs, d'où s'élevaient une série d'arcs-en-ciel de lune, et derrière les menhirs était massée l'armée de Tala, rassemblée au grand complet.

Dinnie ne savait pas quoi faire au sujet de Kerry. Il pouvait comprendre qu'elle n'ait pas aimé le trouver en train de baiser une fille de passage mais, ne s'étant jamais trouvé dans une telle position auparavant, il était complètement perdu pour arranger la situation.

« Oh, et puis je m'en tape totalement, en fait ».

Il s'adressa tout haut à sa pièce vide.

« Je ne l'ai jamais aimée. Ce n'est qu'une bimbo. Presque aussi tarte que cette connasse de trou du cul de fée. »

Il en avait fini avec les fées. Il ne voulait plus jamais en revoir une de sa vie. Il n'avait pas besoin qu'elles viennent se mêler de sa vie amoureuse. Il n'avait pas besoin non plus qu'elles payent son loyer. Il irait faire la manche dans la rue. Armé de son vieux violon et de son nouveau répertoire de chansons, il avait toute confiance en son succès.

Dehors il faisait chaud et lourd, ce qui donna immédiatement à Dinnie l'envie d'une bière. Il se dirigea vers l'épicerie. Au pied des marches du théâtre, une ambulance chargeait le corps d'un clochard mort. Dinnie avait tellement pris l'habitude de ce spectacle qu'il regarda à peine.

« Dites donc, sales fées, vous n'avez rien d'autre à faire que de traîner sur les pas-de-porte toute la journée ? » dit-il bien fort, et il passa sans se retourner.

« Tu ne vas pas voir Kerry ? » demanda Morag.

Dinnie ricana.

« Qu'est-ce que j'en ai à fiche de Kerry ? Les femmes me matent énormément ces derniers temps, figure-toi.

– Eh bien, on dirait qu'il revient à son état normal », dit Morag, et Heather approuva.

« Dans un sens, c'est aussi bien. Sa politesse était plutôt dure à avaler.

– Kerry en est-elle triste ?

– Je ne sais pas. »

Dinnie poussa jusqu'à Washington Square et se prépara à jouer. Après deux bières et un paquet de cookies, il se sentait sûr de lui. Lorsqu'un chien errant courut vers lui, il n'eut aucune hésitation à résoudre le problème en lui balançant son pied dans les côtes et le chien repartit blessé, sans comprendre. Il cala le violon sous son menton désormais fermement dessiné et commença à jouer. En cette chaude journée le parc était plein : une occasion idéale de gagner son loyer.

Au passage d'une fille qui ressemblait beaucoup à Kerry, il se laissa sérieusement déconcentrer. Son bras trembla un peu. Une légère douleur lui pinça le cœur.

Il abaissa son violon et partit en hâte boire d'autres bières.

« Où cet arc-en-ciel de lune nous emmène-t-il ? »

Sheilagh MacPherson, chef du clan, haussa les épaules. On allait de l'autre côté de l'Atlantique, mais ce qu'il y avait de l'autre côté de l'Atlantique, elle n'en était pas sûre. Contrairement à d'autres membres de son clan, elle ne passait pas ses journées dans les bibliothèques publiques à regarder les livres des humains.

« Quelle que soit notre destination, nous saurons quand nous serons arrivés, parce que les sœurs MacLeod nous guideront en jouant "Tullochgorum".

« Et où que nous atterrissions, je suis sûre que Morag MacPherson ne sera pas loin. Je serai heureuse de la reprendre avec nous, saine et sauve, à condition qu'elle ne recommence pas à créer des problèmes avec les MacLeod. C'est un miracle que nous soyons ainsi en train de marcher tous ensemble, et cela prouve à quel point les choses sont graves. »

Derrière le clan MacPherson venaient les MacKintosh et derrière encore venaient les MacLeod et leurs confédérés. Le message de Mairi, la voyante et l'émettrice la plus puissante d'Écosse, leur était non seulement parvenu jusqu'à Skye mais avait également atteint le cœur de l'Écosse en passant par les Iles de l'Ouest. À présent, la totalité de la confédération du clan Chattan avait rejoint les MacLeod dans leur expédition vers New York.

Aucun chef de clan n'était surpris d'apprendre que le roi Tala fomentait de sérieuses représailles. Selon les sages des clans, ça n'aurait été qu'une affaire de temps pour que cela se produise.

« Avec l'expansion de sa société industrielle, il va devoir chercher de nouveaux marchés à l'export », dit Glenn MacPherson, une jeune fée studieuse qui passait le plus clair de son temps dans les bibliothèques.

« De plus, pour rassembler les matières premières dont il a besoin à des prix raisonnablement bas, il devra conquérir ces nouveaux marchés de force. Une politique d'expansion impérialiste est inévitable.

– Ce qui veut dire ? demanda Sheilagh MacPherson.

– Ce qui veut dire qu'il nous attaquera. »

Sheilagh ricana.

« Ça, aucun danger. Lorsque nous aurons en mains le violon MacPherson, personne ne pourra plus nous attaquer. »

Agnes MacKintosh, chef du clan, transportait la fameuse épée MacKintosh, une arme réputée fabriquée par les fées MacPherson pour le Vicomte Dundee. Avec la perspective de retrouver le violon MacPherson et la bannière MacLeod, il y avait de bonnes raisons d'être optimiste, étant donné qu'aucune armée transportant ces trois reliques ne pouvait être vaincue.

En dessous, l'Atlantique était vaste et gris, mais les voyageurs de l'arc-en-ciel progressaient à la vitesse de l'éclair.

Trois bières plus tard, Dinnie se sentait prêt à jouer. L'étrange sentiment qui l'avait secoué s'était estompé. Ça n'était pas plus mal. Ça commençait à devenir ruineux.

Décidant que pour gagner beaucoup d'argent en peu de temps il fallait commencer par un morceau impressionnant, Dinnie cala de nouveau son violon sous le menton. À son grand mécontentement, il constata que personne dans la foule de Washington Square ne regardait véritablement dans sa direction, les passants étant occupés soit à dormir au soleil soit à crier des encouragements aux innombrables petits joueurs de baseball qui s'entraînaient dans les diverses parties du parc. Totale perte de temps, du point de vue de Dinnie.

Une jeune femme qui ressemblait étonnamment à Kerry promena son chien juste devant lui et son archet produisit un son douloureusement grinçant en glissant le long du manche de son violon.

« Va promener ton chien ailleurs, aboya-t-il. Je bosse, moi ; j'essaie de jouer de la musique.

– Ah bon, c'était de la musique ? » demanda la fille, l'air malin, et elle s'éloigna. Même de dos elle ressemblait à Kerry.

Dinnie s'aperçut que son bras tremblait à nouveau. Il se précipita pour aller boire d'autres bières.

Heather, Morag et les MacLeods étaient assises sur le toit du théâtre.

« OK, appela Mairi. Je sens que les Écossais arrivent. Guide-les jusqu'ici.

– Pas de problème, répondit Heather, sortant son violon de son sac et le calant sous son menton. Et une interprétation magistrale de "Tullochgorum", une ! »

Morag resta bouche bée.

« Quoi ? C'est toi qui vas jouer ? Si c'est toi qui joues, ta version de "Tullochgorum" va les envoyer se jeter tout droit dans l'Hudson. Laisse-moi faire. » Morag déballa son propre violon.

Heather était indignée.

« Pauvre tarte, tu ne serais même pas capable de jouer "Tullochgorum" si ça devait te sauver la vie. C'est moi qui joue.

– Non, c'est moi qui joue. »

Ailsa avait une irrépressible envie de les étrangler toutes deux.

« Est-ce que l'une de vous veut bien se grouiller de jouer ce putain de morceau avant que l'armée écossaise ne passe tout droit sans s'arrêter ?

– Eh bien, dit Heather, s'en prenant à elle, si vous, les MacLeod, vous passiez un peu moins de temps à vous entraîner avec vos épées et un peu plus à apprendre le violon, vous pourriez peut-être en jouer. Mais vous ne savez pas, donc voilà. Je vais le faire.

– Non, c'est moi, pas toi. »

Morag commença à jouer, Heather attrapa son violon et commença à se battre.

Rohna, Seonaid et Mairi tentèrent de séparer le duo hurlant. Ailsa se contenta de pencher la tête et de souhaiter être encore sur l'île de Skye, où les fées ne portaient pas de vêtements psychédéliques et avaient des cerveaux de taille normale.

Kerry, trouvant son appartement inhabituellement vide de fées, saisit l'opportunité d'étaler son alphabet des fleurs, contemplant béatement sa dernière acquisition, une fleur d'un jaune éclatant de Rhododendron campylocarpum. Cette fleur complétait l'alphabet, sans compter le manque du pavot gallois.

Étalées, les trente-deux fleurs, conservées dans toute leur fraîcheur avec un soin amoureux, étaient une vision réconfortante et magnifique.

Kerry était ravie d'avoir réussi à aller si loin, même si l'absence du pavot signifiait que l'alphabet était incomplet et qu'elle ne gagnerait pas le prix. Elle ne pouvait pas se présenter avec un alphabet incomplet. Cela offenserait trop sa sensibilité artistique. Botticelli n'aurait jamais peint une demi-fresque à la Chapelle Sixtine. Johnny Thunders n'aurait jamais enregistré un demi-solo de guitare.

Cal mérite un coup de poing dans la figure, pensa Kerry. Et si je retrouve mes forces j'irai le lui donner.

Elle soupira, et s'apprêta à se rendre à la pharmacie. Toute les deux ou trois semaines, elle devait renouveler une longue ordonnance de sacs de colostomie et petits trucs et autres bidules qui servaient à les fixer, à nettoyer le trou sur son flanc, et ainsi de suite, en plus d'un stock de stéroïdes pour stopper l'infection.

Elle ne croyait plus qu'on pourrait un jour lui faire une opération de réversion, et la perspective de porter un sac toute sa vie était trop triste pour être supportable.

Elle était fatiguée. Il semblait qu'elle ne s'était pas sentie en forme depuis très longtemps.

Sous les yeux des rebelles postés en observation, l'armée anglaise marcha des menhirs vers les arcs-en-ciel de lune. Les chiens des mercenaires hurlaient à la mort.

« Ils sont après nous ! »

Les ailes des rebelles s'affaissèrent de désespoir. Après des jours de famine et une longue traversée éprouvante à la nage, ils n'avaient pu semer leurs poursuivants à Bodmin Moor.

« Les arcs-en-ciel ! s'écria Aelric. Nous nous glisserons dans le ciel dès que l'armée aura disparu. »

Les autres le fixèrent, ahuris par son audace. Apparemment

leur ancien leader redevenait lui-même, aussi brillant que par le passé.

Aelric venait en fait de remarquer Marion montant sur l'arc-en-ciel avec une épée fixée à son côté, et quelle que soit sa destination, il était prêt à la suivre.

Tant qu'il suivait le régime de santé imposé par Heather, Dinnie n'avait eu droit qu'à une seule bière par jour. À présent, après neuf canettes de Schlitz, son trouble émotionnel avait disparu mais sa technique au violon était abominable. Il se débattait pour placer ses doigts sur les notes mais ça ne servait à rien. Entendant ses efforts atroces, l'attention des gens était détournée du base-ball et les dormeurs s'éveillaient, mais seulement pour l'insulter et lui demander d'arrêter immédiatement.

« Comment osez-vous m'insulter, beuglait Dinnie, avec un air de défi. Vous devriez vous estimer heureux d'avoir la chance d'entendre une formidable interprétation de "Tullochgorum".

– Ah bon, c'était ça ? dit Sheilagh MacPherson, chef du clan, atterrissant en douceur à côté de lui. Nous n'étions pas sûrs. Nous pensions que peut-être un violoniste écossais se faisait attaquer et se servait de son violon comme d'une arme pour mettre en déroute l'ennemi. Cela dit, merci de nous avoir guidés pour atterrir. Où sont Heather et Morag ? »

Dinnie leva les yeux et grogna. S'étirant jusque très haut dans le ciel, et apparemment visible de lui seul, une immense colonne de fées en kilt se déroulait en direction du sol.

« Pourquoi moi ?, râla-t-il. Je suis juste un type normal. Je ne mérite pas tout ça. »

## TRENTE-SEPT

La lune brillait sur Central Park. Une série d'arcs-en-ciel de lune descendaient du ciel, permettant à l'armée anglaise des fées de se répandre sur le sol, en rangs serrés.

Au-dessous, les fées contemplaient avec horreur l'énormité de la force armée de Tala. Les régiments se succédaient sans fin, des fées lourdement armées, et toutes sortes de mauvais esprits assimilés aux fées avec des chiens Cu Sidth à leurs côtés.

« On est fichus », chuchota Tulip, et à côté d'elle, Okailey, Shau-Ju et Cesare approuvèrent de la tête. Il semblait que les fées de New York n'avaient fait une croix sur leurs dissensions que pour mieux se faire laminer par une force d'invasion sauvage.

« Où sont les Écossais ? » demandèrent-ils anxieusement à Rhona et Seonaid MacLeod, qui avait été envoyées comme représentantes de la 4ᵉ rue Est. Les MacLeod n'en savaient rien. Bien qu'il ait achevé sa traversée de l'océan, le clan n'était toujours pas apparu.

« Ce n'est pas grave, dit Maeve, tapant dans le dos de quelques-uns de ses camarades irlandais. On va te flanquer tout ça dehors. »

Les Irlandais bredouillèrent de vagues approbations, mais personne n'y croyait à part Maeve elle-même.

Après sa nouvelle dispute avec Morag, Heather s'assit sur les genoux de Johnny Thunders au croisement de la 4e rue Est et de Bowery. Ils venaient juste de se rencontrer, même si Heather avait déjà beaucoup entendu parler par Morag de la recherche de sa Tiger Top que menait le malheureux guitariste.

Johnny indiqua d'un signe de tête le bout de Bowery Street, où se trouvait le CBGB, et raconta à Heather tous les bons souvenirs de concerts qu'il y avait.

« Je suppose que je vais bientôt devoir remonter au Paradis, dit-il. Le festival des Fantômes Affamés touche à sa fin, et je ne voudrais pas être oublié ici. »

Magenta s'approcha d'eux d'un pas souple, apparemment forte et en bonne forme. Après ses dernières rencontres avec les fées et une lourde consommation de cocktail Fitzroy, elle n'avait aucune difficulté à voir toutes les créatures invisibles pour le reste du monde.

Manifestement débarrassée de ses poursuivants perses et des attaques jalouses d'autres Grecs, elle s'assit pour un brin de causette, et les expériences nombreuses et variées que tous trois avaient connues ces derniers temps donnèrent lieu à une très intéressante conversation.

Plus bas le long de la rue, sur les pas-de-porte, les sans-abri en faisaient autant, assis en train de parler, sans grand-chose d'autre à faire.

« Merci Magenta, dit Johnny, acceptant de boire un coup. Un peu fort en cirage, peut-être, mais pas mauvais. » Il pinça distraitement les cordes de la vieille guitare qu'il avait échangée à la clocharde par erreur. Le maître artisan Hwui-Yin l'avait réparée, mais c'était toujours un instrument épouvantable.

« Bref, qui donc a la fleur dont ma fan Kerry a besoin ? »

Le petit groupe de rebelles anglais glissait à toute vitesse sur l'arc-en-ciel de lune. Ils étaient terrifiés à l'idée d'être poursuivis par les mercenaires et piégés entre les deux forces anglaises. Ils n'avaient aucune idée de l'endroit où ils allaient ni de ce qu'ils y trouveraient, et pas plus concernant la provenance de leur prochain repas.

Aelis transportait toujours son sac plein de tracts. Une perte de temps absolue, sans compter l'encombrement, mais maintenant qu'elle avait été l'inventeur de l'imprimerie chez les fées, elle ne pouvait pas se résoudre à les laisser tomber dans l'océan.

Au théâtre, Cal dirigeait la répétition générale. Malgré une frayeur de dernière minute lorsque Titania s'était à nouveau enfuie, les choses se déroulaient maintenant harmonieusement. Elle était revenue d'un long périple dans les rues avec une superbe fleur, cadeau d'une fée affirmait-elle, ce qui fit plaisir à Cal parce que cela prouvait qu'elle s'imprégnait de son personnage. C'était demain leur première, et le jour du verdict du jury.

Thésée, duc d'Athènes, et Hippolyte, sa promise, apparurent sur scène.

« Maintenant, chère Hippolyte, notre heure nuptiale... commença Thésée.

– Mais ça veut dire quoi, ce bordel, là ? » demanda Magenta, faisant une apparition fulgurante par la porte d'accès à la scène, restée ouverte. « Les Athéniens anciens ne s'habillaient pas comme ça, déclara-t-elle. Rien à voir avec un Athénien, et je suis bien placée pour le savoir. C'est qui, ça ?

– Hippolyte, dit Cal faiblement.

– Hippolyte ! », fit Magenta d'une voix stridente, et elle plaça son corps musculeux face à la malheureuse actrice. « Eh bien, qu'est-ce qu'elle fiche ici ? Les reines des Amazones antiques ne se fiançaient jamais à des nobles athéniens. Pour rien au monde elles n'auraient fait un truc pareil. C'est complètement débile. Pourquoi tu ne retournes pas avec ta propre tribu pour continuer à massacrer les mâles du coin ? »

Hippolyte était sur le point de prendre ses jambes à son cou. La vision de Magenta en colère n'était pas du tout rassurante.

Le reste des acteurs vint s'agglutiner depuis les coulisses pour savoir ce qui se passait. Cal, souhaitant à tout prix préserver la sensibilité de ses fragiles acteurs la veille de la première, tenta de jeter Magenta dehors. Elle répondit aussitôt par une beigne musclée, le dégageant de son chemin. Sa guitare s'écrasa au sol.

« Mon Dieu, on nous attaque, pleurnicha Titania. Je savais que je n'aurais jamais dû accepter ce spectacle. Il est maudit.

– Ne pars pas, cria Cal. J'ai besoin de toi.

– Mais non tu n'as pas besoin d'elle, dit Heather, se matérialisant soudain sur l'épaule de Magenta. Elle est nulle à chier comme Reine des Fées.

– Et ça, c'est quoi ? demanda Magenta, attrapant Titania par l'une de ses imitations d'ailes. C'est bien ce que je pensais. Le pavot gallois à trois têtes. » Elle tira dessus pour le détacher.

Titania, paniquée, s'enfuit du théâtre à toutes jambes, suivie par un certain nombre de petits rôles.

Magenta grimaça triomphalement.

« Vous, les Athéniens, vous êtes des chiens mous. Pas étonnant que Xénophon ait toujours préféré les Spartiates. Et ça, c'est quoi ? »

Elle ramassa la guitare de Cal et lut la marque sur le manche.

« Gibson, gronda-t-elle. Tu l'as sans doute volée à mon bon ami Johnny Thunders, espèce de sale fouine. »

L'armée anglaise forma ses rangs. Un petit groupe se détacha et s'avança au front en éclaireur. Les Chinoises, les Italiennes, les Ghanéennes et les Irlandaises, rassemblées, étaient aux alentours de six cent. L'armée anglaise comptait des dizaines de milliers de têtes.

« Rendez-vous immédiatement, sommèrent les messagers. Et livrez-nous Petal et Tulip. Sinon nous allons vous découper en petits morceaux.

– Comment osez-vous nous déclarer la guerre ? demanda Okailey, royale. Avez-vous oublié comment doivent se comporter les fées ? »

L'appel ne fut pas suivi d'effet. L'armée de Tala était soumise à une discipline stricte fondée sur la peur. Nul n'osait désobéir à un ordre, quelle qu'en soit son envie.

Ailsa et Mairi se tenaient sur l'escalier de secours de Kerry et scrutaient le ciel pour apercevoir l'armée écossaise, mais le ciel était vide.

« Seule la Déesse sait où ils sont allés », grommela Ailsa, et elle porta un regard accusateur sur Morag. « Tout ce que vous aviez à faire, c'était de jouer ce satané morceau. Vous n'avez même pas été capables de faire ça sans vous disputer. »

Morag haussa les épaules. C'était trop tard à présent. En attaquant Heather avec son violon, elle en avait cassé trois cordes. Heather également, et elles avaient toutes les deux des bleus dûs à de méchants coups de violon. Après la bagarre, Heather avait disparu dans un coin pour bouder.

« Vous avez détruit tous les objets de valeur qui vous entouraient et vous avez déclenché une guerre civile générale dans les rues. J'imagine que demain vous allez encore trouver un spectaculaire outrage à commettre pour vous occuper. Sur l'île de Skye, on vous aurait noyées à la naissance.

– J'ai aidé Kerry à réaliser son alphabet des fleurs, répliqua Morag.

– Sans succès, la contra Mairi. Si les MacLeod s'en étaient occupées, le pavot gallois n'aurait jamais été perdu.

Des gémissements électroniques résonnèrent de la maison voisine.

« Pourquoi est-ce que les sirènes sonnent tout le temps dans cette ville ? »

« Bonne journée de boulot, Heather. »

Magenta descendait hardiment la 4e rue.

« Foutu le bordel dans la pièce de Cal, retrouvé le pavot pour Kerry et trouvé la guitare perdue de Johnny Thunders. »

Mais lorsqu'elles retrouvèrent Johnny, il s'avéra que ce n'était pas du tout sa guitare.

« Chouette Gibson, dit-il, faisant courir ses doigts sur les cordes. Mais c'est un modèle récent, pas comme la mienne. Regarde, Heather. »

Il montra à la petite fée très intéressée la manière exacte de jouer "Born to Lose" afin qu'elle puisse l'apprendre à Kerry, ce qui l'aiderait peut-être à se raccommoder avec Morag. Après quelques autres chansons au son aigrelet de sa guitare électrique pas branchée, il joua un air étrangement familier.

« Comment tu as fait ça ? demanda Heather comme il terminait une version tout à fait acceptable de "Tullochgorum".

– Je te l'ai souvent entendu jouer lorsque j'étais perché sur le toit du vieux théâtre. »

Un arc-en-ciel de lune troua la nuit pour venir atterrir à leurs pieds.

« Enfin, dit Agnes MacKintosh, chef du clan, apparaissant en glissant. Je pensais que nous ne trouverions jamais un visage familier. Bon, Heather, qu'est-ce qui se passe ? »

Kerry était sortie dans une dernière tentative déterminée pour trouver un pavot gallois à trois têtes. Morag, fâchée avec les MacLeod, redescendait l'escalier de secours. Elle fut surprise de trouver là Sheilagh MacPherson, Agnes MacKintosh et Jean MacLeod, grandes chefs de clan, grimpant à sa rencontre, avec Heather sur leurs talons, embarrassée.

« Nous avons rendu les morceaux de bannière, dit Morag précipitamment.

– Et tout ça c'était un accident, ajouta Heather.

– Nous ne sommes pas venues à cause de la bannière. Nous sommes venues à cause de l'invasion.

– Cela dit, je ne refuserais pas quelques explications au sujet de cette bannière », dit Jean MacLeod.

Ailsa et Mairi accueillirent chaleureusement leur chef. Heather et Morag étaient beaucoup moins enthousiastes face à la tournure que prenaient les événements. Elles avaient toujours le vague sentiment qu'on allait les ramener de force sur l'île de Skye et les jeter dans un donjon du château de Dunvegan.

« L'armée écossaise a été piégée et contrainte d'atterrir au mauvais endroit par un ennemi des fées au visage fermé qui jouait une horrible version de "Tullochgorum".

– C'est sûrement Dinnie.

– Bien, dit Sheilagh MacPherson, maintenant nous sommes ici, de même sans doute que l'armée de Tala. Il n'y a donc pas de temps à perdre. Les MacLeod ont leur bannière et les MacKintosh ont leur épée. Apportez-nous le violon MacPherson, et nous irons les renvoyer à jamais de l'autre côté de l'océan.

– Bien, dit Morag. Le violon MacPherson.

– Le violon.

– Le violon.

– Il est où ?

– Le violon ?

– Oui, le violon ! » explosa la chef des MacPherson.

Comme la dernière fois qu'elles l'avaient vu, celui-ci était brisé en petits morceaux dans le caniveau de la 4e rue Est, c'était une question assez épineuse.

Dinnie s'endormit dans le parc, et ne se réveilla qu'à la nuit tombée. Il revint péniblement chez lui, dégoûté de la vie. Au lieu de gagner de l'argent en faisant la manche, il avait dépensé en bière le peu qui lui restait, après quoi il n'avait plus été capable de jouer correctement. De plus, il s'était fait harceler par une armée de fées écossaises, et comme Dinnie avait la ferme conviction que deux fées écossaises c'était déjà trop, une armée entière lui avait donné le sentiment très net qu'il avait fait l'erreur de sa vie en venant habiter New York.

« Bon, elles vont me fiche le camp de chez moi. Je vais suspendre des gousses d'ail et des crucifix à la fenêtre. Ça les fera fuir. »

Évidemment, Dinnie n'aurait plus de chez lui, de toute façon, dans très peu de temps. Il ne pouvait pas payer le loyer et s'attendait à être expulsé.

Sa misère allait croissant. Il était toujours dingue de Kerry. C'était une grave erreur d'avoir baisé cette nana du magasin diététique, ou en tout cas une grave erreur de s'être fait surprendre.

Sur les marches du théâtre, il croisa Cal assis, la tête dans les mains. Cal lui dit d'un ton lugubre que sa mise en scène du *Songe d'une Nuit d'Été* était fichue. La moitié de sa troupe s'était enfuie, certains paniqués par Magenta et d'autres effrayés par Heather, et il n'avait plus de guitare pour en jouer la musique. Lorsque les juges arriveraient le lendemain, il serait la risée du concours.

« Kerry va gagner. »

Dinnie pensa que c'était sans doute une bonne chose mais, trop saoul et embrouillé pour y réfléchir correctement, il se hissa à l'étage pour regarder un peu la télé avant d'aller se coucher.

« Salut, c'est Linda. Pour les deux cochonnes les plus sexe de la ville, compose le 970 B-A-I-S. Nous attendons ton appel. »

## TRENTE-HUIT

Après un court briefing des sœurs MacLeod sur la géographie de New York, l'armée écossaise se mit en marche sur des arcs-en-ciel de lune vers Central Park. Ils étaient très nombreux : il y avait toutes les fées MacKintosh et leurs associés – les MacAndrew, les MacHardy, les MacPhail, les MacTavish, et d'autres ; les MacPherson avaient amené les MacCurry, les MacGowan, les MacMurdoch, les MacCleary et bien plus encore ; le plus gros de l'armée était constitué par l'énorme regroupement des MacLeod et de leurs alliés.

Tout à la fin marchaient Heather et Morag, dans la plus rouge des hontes. Lorsque fut révélé le sort funeste du violon MacPherson, Sheilagh MacPherson avait froidement informé le duo que si elles s'étaient crues en situation critique auparavant, ce n'était rien au regard de leur situation actuelle. Aussitôt rentrées en Écosse, une incarcération au château de Dunvegan leur apparaîtrait comme de douces vacances à côté de ce qu'elle leur préparait.

« Cela dit, il est plus que probable que nous ne reverrons jamais l'Écosse, de toute façon. Sans le pouvoir de nos trois talismans, nous allons nous faire massacrer ici par Tala. Bien joué, Heather et Morag. À vous deux, vous avez réussi à mettre un terme à plusieurs milliers d'années d'Histoire des Fées en Écosse. »

Morag et Heather avaient traînassé ensemble, malheureuses, sur les toits des gratte-ciel, se murmurant l'une l'autre que ce n'était pas juste qu'on leur colle tout sur le dos. Comment auraient-elles pu se douter que tout ce bazar allait arriver.

« En plus, souffla Morag, moi je ne veux même pas être impliquée dans tout ça. Je m'en fiche des luttes de clan et des guerres et tout ça. Moi, tout ce que je veux, c'est m'occuper de notre groupe de punk radical celte.

– Moi aussi, approuva Heather. Attends que je te joue l'album de Nuclear Assault que j'ai volé pour Dinnie. »

Morag envoya un coup de coude dans les côtes de son amie.

« Regarde, chuchota-t-elle. Voilà cette pétasse de Maggie MacGowan, qui se la raconte avec son violon, comme d'habitude. »

Elles braquèrent leur regard sur Maggie. Celle-ci distrayait les troupes avec un beau morceau lent, "The Flower o'the Quern".

« Elle est chiante à mourir, cette nullasse, marmonna Morag. Si elle essayait de jouer ça au squatt de la 13e rue, elle se ferait sortir de scène à coups de canettes.

– Et on dira ce qu'on voudra, sa version de "Tullochgorum", c'est n'importe quoi. Et regarde ! Elle porte des chaussures ! »

Le duo était abasourdi. Les chaussures étaient les choses les plus étranges pour les fées.

« Petite pétasse prétentieuse. »

Les hordes en kilt descendaient sur Central Park, les cornemuses sonnant le défi. Devant eux, ils apercevaient la masse sombre de l'armée de Tala, et non loin, le petit groupe des défenseurs alliés.

Partout les épées étaient dégainées, et les fées se préparaient à une dernière bataille sans merci. Les visages étaient tendus et sérieux. Morag et Heather décidèrent de jouer un bon tour à cette pétasse de petite Maggie MacGowan.

Johnny Thunders grattait quelques morceaux sur la Gibson de Cal, Magenta arpentait Broadway dans un but précis, et Dinnie ne pouvait pas dormir. Il sortit s'acheter un œuf pané.

Kerry était assise dans la petite épicerie-bar, sirotant un café.

Elle lui dit que sa journée avait été un désastre. Il était impossible de trouver un autre pavot à trois têtes, nulle part.

« Ce n'est pas grave. Tu devrais quand même présenter ton alphabet en compétition. Il se trouve que je sais que le Shakespeare de Cal est une véritable Bérézina, donc tu as toutes tes chances. »

Kerry expliqua qu'elle ne pouvait pas envisager de présenter un alphabet incomplet.

« Je suis contente que Cal ait raté sa mise en scène, mais il va gagner. »

Elle soupira, et s'excusa, disant qu'elle ne se sentait pas bien du tout.

Dinnie mâchonna son œuf pané, puis en commanda un autre. Kerry n'avait pas eu l'air spécialement heureuse, mais en tout cas elle n'avait pas fait allusion à l'incident de la vendeuse du magasin diététique.

# TRENTE-NEUF

« Sans vouloir te critiquer, Mairi MacLeod, dit Jean, leur chef de clan, est-ce que ton troisième œil n'aurait pas pu nous prévenir qu'on allait se retrouver à un contre dix ? »

Mairi haussa désespérément les épaules. Tout le monde avait l'air déprimé. Certaines fées avaient l'âme guerrière, mais c'était assez rare ; et en tout cas aucune d'entre elles, même les plus violentes comme Ailsa, n'avait la moindre idée de ce qu'était une grande bataille stratégique.

« Ça me fait penser à Bannockburn », dit Sheilagh MacPherson, faisant référence à la célèbre bataille au cours de laquelle un petit bataillon écossais défit une force anglaise beaucoup plus importante.

« C'est vrai, dit Agnes MacKintosh. Une grande victoire. Est-ce que tu sais comment ils ont fait ?

« Pas du tout. Bien sûr, ils avaient Robert the Bruce à leur tête, ce qui aidait beaucoup. Personnellement je n'ai jamais étudié la stratégie de guerre. »

Personne d'autre n'avait étudié la stratégie de guerre. À bien y regarder, l'activité préférée des fées était encore de s'asseoir en plaisante compagnie dans de plaisants endroits, pour jouer de la musique et boire de la bière de bruyère et du whisky.

Et c'était parfait, puisque jusqu'à présent c'était aussi l'activité principale des fées anglaises. Avant que Tala ne prenne le pouvoir, il leur aurait paru invraisemblable de rassembler une si grosse armée pour partir en guerre.

« Qu'est-ce qu'il a, ce roi ? Il ne se comporte pas du tout comme une fée normale. »

« À mon avis, c'est à cause du trou dans la couche d'ozone, dit Agnes. Je savais que les humains finiraient par déteindre sur nous au bout d'un moment.

– Formidable, grommela Maeve à Padraig. Ces Écossais débarquent en nous racontant des tas d'histoires sur les trois armes sacrées qui doivent repousser les Anglais, et qu'est-ce qu'ils font ? Ils en perdent une ! Ha ! »

Il régnait une mauvaise ambiance dans le parc ce soir-là, qui ne ressemblait en rien à l'aura de paix que les fées avaient répandue autour d'elles jusqu'à présent, et pendant le passage de l'armée de Tala, de nombreux crimes furent commis dans le secteur.

L'armée des Cornouailles commença à avancer. Les défenseurs resserrèrent leurs rangs.

« Voilà le renfort, lança une robuste voix humaine. C'était Magenta, s'avançant avec à la main un violon miniature.

« Tout frais réparé par mon ami Hwui-Yin. Vous auriez dû le dire avant, que c'était aussi important pour vous. »

Cela tenait du miracle. Le violon MacPherson arrivait in extremis.

Sheilagh MacPherson posa amoureusement ses mains sur le violon. Elle avait en tête les images de sa très longue histoire, et savait désormais comment il était arrivé en Amérique. La sirène au cœur brisé, amoureuse de MacPherson le Voleur, l'avait emporté au-delà des mers après sa pendaison.

Jean MacLeod déroula la bannière. Agnes MacKintosh brandit l'épée. Sheilagh MacPherson embrassa le violon et le tendit à la Petite Maggie MacGowan.

Maggie prit le violon et s'avança fièrement dans son kilt MacGowan rouge et noir. Malheureusement Heather et Morag avaient noué ensemble ses lacets. Elle tomba la tête la première et le violon éclata en morceaux.

« Si on réussit à atteindre Grand Central, chuchota Heather, on a des chances d'attraper un train pour le Canada. »

Il fallut beaucoup de temps à l'ambulance pour traverser les embouteillages, et lorsqu'on y installa Kerry, elle se sentait très mal. Elle avait des haut-le-cœur en permanence, et bien que son estomac se soit totalement vidé de toute nourriture, elle continuait à vomir de petits filets de liquide verdâtre qui dégoulinaient le long de son menton sur sa poitrine. La sueur perlait sur son front et son visage était pâle comme la mort.

Elle atteignit finalement l'hôpital Saint-Vincent. Le docteur qui l'examina déclara que la maladie s'était propagée de son gros intestin jusqu'à l'intestin grêle, et qu'il n'y avait pas d'autre solution que de pratiquer une iléostomie, ce qui voulait dire l'enlever. Kerry fondit en larmes, parce qu'on lui avait expliqué par le passé que lorsque ceci arriverait, ce serait irréversible, et qu'elle serait condamnée à porter toute sa vie un sac de colostomie.

Les docteurs firent une croix sur son côté avec un gros feutre bleu pour indiquer aux chirurgiens où l'ouvrir, lui faisant une première piqûre et lui collant un petit bracelet d'identification au poignet. Kerry gémissait et avait de terribles haut-le-cœur, tandis que le poison s'échappait de son intestin rompu pour se répandre dans tout le corps. Elle vomit encore d'horribles giclées de liquide vert dans le bassin en plastique posé à côté d'elle.

Dinnie était assis à côté d'elle dans sa chambre d'hôpital. Il avait trouvé Kerry dans la rue, trop malade pour réussir à ouvrir la porte d'entrée. Il avait appelé une ambulance et avait fait le trajet avec elle jusqu'à l'hôpital. Bien que les docteurs n'aient ni le temps ni l'envie de lui donner des informations, il s'était fait expliquer la maladie par une infirmière un peu plus gentille. De voir ainsi Kerry entre la vie et la mort lui serrait vraiment le cœur.

# QUARANTE

Il était inutile de demander qui avait noué les lacets de Maggie MacGowan. Avant qu'Agnes MacKintosh ait eu le temps de passer son épée au travers des coupables, Magenta intervint.

« Excusez-moi, chers camarades et chefs de guerre, dit-elle, mais avez-vous l'intention de rester ici en tas à attendre qu'on vous attaque ?

– Que faut-il faire d'autre ?

– Vous former en carrés, bien sûr. Vous n'avez donc aucune notion de tactique ? Je viens de conduire une expédition armée en territoire ennemi face à des forces bien supérieures aux nôtres. Bien sûr, mes hommes sont des hoplites et des peltastes très expérimentés et vous n'êtes que des petites fées, mais on doit quand même pouvoir s'en sortir.

C'était là, de toute évidence, une femme qui savait de quoi elle parlait. Les défenseurs s'organisèrent rapidement en deux carrés vides à l'intérieur. Si elle avait eu plus de temps, Magenta aurait donné des instructions précises pour que les carrés centraux se retirent en bon ordre dès l'attaque, prenant ainsi l'ennemi au piège, soumis aux forces latérales qui les encercleraient (ainsi qu'Hannibal l'avait fait à Cannae), mais elle savait que les fées ne seraient pas capables d'exécuter un tel plan dans l'urgence.

Lorsque l'armée des Cornouailles attaqua dans un grondement assourdissant, le plan sembla marcher. Malgré la large disproportion des forces, les carrés tinrent bon. Les Italiennes, les Chinoises, les Ghanéennes, les Écossaises et les Irlandaises résistèrent férocement, taillant à grands coups d'épée, et la horde indisciplinée qui les attaquait ne parvint pas à rompre leurs rangs.

Du ciel, Aelric et ses rebelles observaient la scène.

« La Déesse maudisse ce Tala, explosa Aelric. Maintenant il organise le massacre de ces pauvres fées, par-dessus le marché. »

Aelis ne répondit pas. Elle venait de remarquer que, pour la première fois, les Anglais n'avaient pas prévu de défense aérienne.

Debout à l'aube, Cal vérifia son décor, dont une partie avait été abîmée lors du dernier assaut de Magenta contre le théâtre. Ce qui restait de sa troupe arriverait dans la matinée, et la représentation devait avoir lieu l'après-midi.

Cal n'osait même pas penser à quoi cela allait ressembler. Cette pièce qu'il avait si bien répétée était maintenant pleine d'acteurs de dernière minute, dont certains n'avaient même jamais lu la pièce. Lui-même devrait jouer le rôle de Lysandre, l'acteur ayant déclaré qu'il ne voulait plus travailler dans un théâtre où l'on se faisait attaquer par des fées armées de petites épées.

Dehors sur les marches, Joshua était assis, groggy mais incapable de dormir réellement. Sans son cocktail, son corps n'allait pas bien. Il se jura de tuer Magenta s'il ne mourait pas avant.

# QUARANTE ET UN

Dinnie était assis au restaurant de l'hôpital. Ce n'était pas du tout une expérience agréable. Il détestait être entouré de gens malades, surtout de vieilles personnes sans espoir en robe de chambre, entourées de proches aux visages rébarbatifs.

De temps en temps, il prenait l'ascenseur vers la chambre de Kerry pour demander de ses nouvelles, mais l'opération était longue et les infirmières n'avaient aucune information. Après quoi Dinnie retournait au restaurant, avec à chaque fois le sentiment qu'il aurait dû faire quelque chose de plus, comme demander haut et fort que les infirmières arrêtent de lui mentir et qu'elles lui disent tout ce qu'elles savaient. Malheureusement, vues de près, les infirmières étaient assez intimidantes. À force de porter des patients dans leur lit et de les en sortir, elles étaient probablement assez musclées. Dinnie restait poli, mais maussade.

Le temps ne passe jamais aussi lentement que lorsqu'on attend dans un hôpital, et au bout d'un moment Dinnie se sentit aussi vide que les cas désespérés en robe de chambre.

« Nous les avons repoussés une première fois, mais je doute que nous puissions renouveler l'exploit. »

Jean MacLeod, aussi brune, belle et dangereuse que les sœurs MacLeod, mais plus grande et plus violente, portait haut la bannière nouvellement réparée et s'apprêtait à une nouvelle tentative.

« Fait suer, tout ça, murmura Morag, quelque part au milieu d'un carré défensif. On peut pas se barrer en douce quelque part ? »

Heather était tout à fait d'accord mais, entourées de tous côtés comme elles l'étaient, c'était impossible.

« On n'a plus qu'à rester ici et se faire massacrer.

– Je ne veux pas me faire massacrer. Je veux aller me marrer dans la ville. J'adore cette ville. J'adore les pizzerias et les bars et les magasins ouverts tout le temps et les boîtes de nuit et les fringues géniales et les grands immeubles. En fait, mis à part les pauvres gens qui meurent dans les rues, j'aime tout dans cette ville. Je commence même à m'habituer à ce bizarre whisky sucré.

– Moi aussi, approuva Heather. Bien que ça ne vaille pas le magnifique malt que brassent les MacKintosh. On aurait pu bien se marrer ici si, pour une fois, ces abrutis s'étaient conduits pacifiquement. Est-ce que Kerry a terminé mon bandeau de Peau-Rouge ?

– Oui, et il sera superbe sur toi, si tu as un jour l'occasion de le porter. C'est quoi, ça ? »

L'armée de Tala se préparait au deuxième assaut lorsqu'apparurent, haut dans le ciel, de nombreuses silhouettes de fées sur l'arc-en-ciel de lune encore visible.

« Tu crois que ça va marcher? demanda Aelric, dispersant à pleines poignées son sac de tracts de propagande.

– Ça se pourrait, répondit Aelis, volant à côté de lui. J'ai du talent pour la propagande, bien que je sois obligée de le dire moi-même. »

« TRAVAILLEURS LIBÉREZ-VOUS », disaient les tracts qui s'abattaient du ciel sur la foule.

On ramenait Kerry sur un brancard vers sa chambre après l'opération. Les infirmières informèrent Dinnie qu'on avait finalement réussi à éviter l'ablation de l'intestin grêle. Une fois Kerry ouverte, les dégâts s'étaient avérés moins importants qu'il n'y paraissait à l'examen. Cela pouvait se produire avec la maladie de Crohn, les attaques étant parfois plus alarmantes que graves. Il restait encore à Kerry une chance qu'on puisse envisager un jour une opération de réversion.

« Mais ça a été un choc terrible, dit Dinnie. Je me sens affreusement mal.

– Elle se sent encore beaucoup plus mal que vous, dit l'infirmière.

– Elle va aller mieux, maintenant ? »

Apparemment non. Elle pouvait être sujette à une nouvelle attaque grave demain ou dans dix minutes.

## QUARANTE-DEUX

Dinnie sauta dans un taxi vers la 4ᵉ rue pour prendre des affaires pour Kerry. Il se sentait concerné par son état et se fichait du prix de la course. L'amour peut tout transformer. Il entra avec sa clé, lui prépara un sac, et traversa vers le théâtre, où avait lieu la représentation de Cal. Sans même s'arrêter pour jeter un œil, il se rua en haut des escaliers.

La pièce de Cal était exactement le désastre qu'il avait prévu. Les remplaçants qui n'avaient jamais répété oubliaient leur texte, la cassette de dernière minute qui servait de bande son s'arrêtait sans prévenir au milieu des scènes, et les quelques survivants de la distribution d'origine crapahutaient nerveusement sur la scène, s'attendant à tout moment à se faire attaquer par des clochardes ou des fées.

Le public, peu nombreux, gloussait, et les juges, tous des artistes locaux, se tortillaient dans leurs fauteuils, gênés.

« On savait que le niveau serait bas, se chuchotaient-ils les uns aux autres, mais là, c'est proprement scandaleux. »

Au-dessus, Dinnie se lavait et se changeait en toute hâte. Il bailla. Il devait retourner à l'hôpital, mais une vague de fatigue menaçait d'avoir raison de lui. Louchant sur son violon sur le lit, il ressentit le besoin urgent de se réveiller avec un petit morceau rapide.

Il prit le violon et entama une version dynamique de "Tullochgorum".

Aussitôt, un arc-en-ciel de lune jaillit sur le théâtre à l'étage au-dessous et des fées hurlantes se déversèrent dans toutes les directions.

C'étaient les dernières escarmouches de la bataille de Central Park, une bataille qui s'était avérée beaucoup moins meurtrière que prévu. Les tracts de propagande, rédigés par Aelis avec tout le talent d'une surdouée du marketing, avait soulevé des rancœurs refoulées et profondes dans les rangs de l'armée anglaise. L'argumentation simple et forte des tracts était allée droit au cœur des fées, privées depuis trop longtemps de l'accès à toute information extérieure.

« Pourquoi on se crève à travailler douze heures par jour pour des salaires de misère ? Avant, on était libres et on faisait ce qu'on voulait.

– Pourquoi est-ce qu'on est obligées de vénérer ce nouveau dieu horrible ? J'aimais bien notre ancienne déesse.

– Pourquoi est-ce qu'on laisse Tala et une poignée d'autres diriger toutes nos vies ?

– Et qu'est-ce qu'on fiche ici, à se battre contre d'autres fées ? »

Les rangs de l'armée commencèrent à s'éclaircir au fur et à mesure que les fées, réveillées d'un long cauchemar, prenaient conscience de l'absurdité de leur situation. L'infanterie refusait d'avancer. Les barons, doutant eux-mêmes du pouvoir de Tala, sentirent vaciller leur autorité sur leurs serfs.

Cela dit, la situation était loin d'être complètement résolue. La grosse bande de mercenaires de Tala n'avait aucune intention de changer de camp. Pas plus que la Garde Royale, menée par sa belle-fille Marion. Les choses auraient pu tourner à la catastrophe si Aelric, flottant au-dessus du champ de bataille dans la brise, n'avait soudain repéré le pavot à trois têtes dans le sac de Magenta et ne s'en était emparé.

« Change de camp, belle Marion, avait-il dit. Rejoins la révolte des paysans et ce magnifique pavot gallois à trois têtes, rouge, orange et jaune, sera à toi. Ton alphabet sera complet. »

Marion regarda le pavot, parcourut rapidement des yeux un tract de propagande et changea de camp, emmenant avec elle la Garde Royale. La bataille était finie et New York était sauvée.

Les seuls à ne pas se rendre furent les mercenaires. Voyant que c'était perdu mais refusant de se livrer, ils firent apparaître un arc-en-ciel de lune pour s'enfuir.

« Ils méritent le respect, dit Magenta, les regardant s'éloigner à grande vitesse. Ce sont de bons mercenaires. »

Dinnie, dévalant les escaliers, fut surpris d'entendre un tel tapage provenant du théâtre. Supposant que le public lançait des projectiles sur scène, il ne put résister au plaisir de jeter un œil.

À l'intérieur, c'était le chaos. À l'insu de Dinnie, son interprétation de "Tullochgorum" avait attiré l'arc-en-ciel de lune, et les mercenaires avaient débarqué dans le spectacle, suivis d'un tas de poursuivants divers et variés.

Perturbés par la bataille dans cette étrange ville, et n'ayant jamais vu *Le Songe d'une Nuit d'Été* auparavant, les mercenaires avaient été horrifiés de se retrouver encerclés par des fées géantes. Supposant que ces figurants qui se promenaient sur scène avec des ailes en carton-pâte étaient en fait l'ennemi, les mercenaires avaient entrepris de les attaquer, forçant leurs poursuivants à faire de même.

Les acteurs s'enfuyaient, paniqués, tandis que des fées de toutes les couleurs se battaient et volaient de toutes parts. Cal hurlait à tout le monde de se casser et de lui foutre la paix. Les juges, bouche bée, étaient dans l'expectative au dernier rang.

Dinnie remarqua les trois juges, et la pensée lui traversa l'esprit que l'un des visages ne lui était pas inconnu, mais son attention fut distraite par Heather qui venait de se poser sur son épaule.

« Salut Dinnie, lui hurla-t-elle dans les oreilles. C'est juste une opération de diversion. Pas de quoi s'inquiéter. »

Elle lui expliqua brièvement ce qui venait de se passer, mais Dinnie ne lui prêta pas attention.

« Imbéciles de fées, hurla-t-il. Kerry est malade à l'hôpital. Je vais la rejoindre. »

Il partit, se foutant éperdument de leur bataille débile. Il était content, malgré tout, que la pièce de Cal ait été un tel désastre.

# QUARANTE-TROIS

La bataille finie, les fées s'éparpillèrent sur les toits d'East Village. Heather et Morag étaient absentes. Aussitôt qu'elles avaient pu, elles s'étaient ruées à l'hôpital pour rendre visite à Kerry.

Elles lui racontèrent les péripéties de cette journée mouvementée, et arrangèrent des fleurs dans ses cheveux.

Kerry se redressa sur les coudes.

« Touchez mes doigts, dit-elle ; j'ai besoin de force. »

Les sœurs MacLeod, comme tout le monde cet après-midi là, s'étaient sérieusement bourré la gueule, mais en tant qu'amies de Kerry elles s'intéressaient à la compétition et elles se laissèrent flotter pour aller espionner les juges.

Elles furent surprises de se rendre compte qu'elles connaissaient l'un des juges. C'était Joshua, recruté dans la rue comme membre du "Programme pour l'Art dans le Quartier".

« Ils vont dire que la pièce de Cal était une catastrophe, disait Ailsa, sûre d'elle. C'est vraiment dommage que Kerry n'ait pas pu présenter son alphabet. »

Un taxi s'arrêta devant le théâtre. Kerry en émergea, squelettique, en robe de chambre bleue et gilet jaune. Dinnie l'aida à monter les marches.

Bien trop malade pour quitter son lit d'hôpital, Kerry était quand même venue chercher sa fleur.

« Où il est, cet Aelric ? » demanda-t-elle. Seonaid MacLeod vola vers le toit et réapparut avec Aelric, qui tenait Marion par la main. Marion portait la fleur dans ses cheveux noirs coiffés en bandeaux.

« Donne », dit Kerry, tendant la main. Marion dégagea la fleur de ses cheveux et la lui tendit.

Le visage de Kerry était rayonnant de plaisir. Elle tendit la fleur à Dinnie.

« Présente mon alphabet dans la compétition », lui demanda-t-elle. Les fées applaudirent et se réjouirent de cet acte d'héroïsme de la part d'une personne aussi gravement malade.

Kerry s'évanouit au sol. On la ramena à l'hôpital et Dinnie fit savoir aux juges que l'alphabet des fleurs des Celtes anciens était maintenant prêt à leur être soumis.

Magenta marchait triomphalement dans la 4e rue. Ses généraux magiques venaient de remporter une nouvelle victoire et elle était venue se joindre à la fête.

Partout, dans les rues, les fées buvaient, dansaient et baisaient ; et ce fut pendant la période d'après-guerre qui suivit ce grand rassemblement que naquirent les premières fées métisses.

Les MacLeod, confiantes dans le triomphe de l'alphabet de Kerry, furent atterrées par le tour inattendu que prenaient les événements. Elles apprirent que *Le Songe d'une Nuit d'Été* n'avait pas été si mal reçu, finalement.

« Les effets spéciaux les plus ahurissants jamais vus sur scène, disaient les juges.

– Hallucinante, cette évocation du monde des fées. J'aurais pu jurer qu'il y en avait de vraies. Bien sûr, c'était un peu inégal, mais dans l'ensemble je dois avouer que j'ai été très impressionné.

– L'alphabet des fleurs est une très belle pièce du folklore antique celte... mais peut-on le comparer à cette brillante interprétation de Shakespeare ?

– Oh non, gronda Rhona. Kerry ne peut pas perdre après avoir risqué sa vie pour venir depuis l'hôpital. Et nous avoir offert tous ces gâteaux d'avoine. »

Heather et Morag revenaient de l'hôpital. Elles convoquèrent une réunion d'urgence avec les autres dans une épicerie-bar, mais aucune solution ne se présentait.

« On pourrait corrompre les juges.

– Avec quoi ?

– On n'a qu'à dévaliser une banque. »

L'idée fut rapidement contrée par veto.

Sheilagh MacPherson recherchait Magenta pour la remercier d'avoir rapporté le violon et de les avoir aidés dans la bataille, la déclarant amie à vie des MacPherson. La chef de clan, passablement bourrée, tapa joyeusement dans le dos de Magenta et lui raconta les dernières réflexions des juges.

« Quelle jeune femme déterminée, cette Kerry, dit Magenta avec admiration. Je la prends dans mon armée quand elle veut.

– Eh bien, si c'est une amie à toi, elle ne gagnera pas ce concours, prononça Joshua, apparaissant à côté d'elle. Parce que moi je fais partie des juges. Et lorsque j'aurai fait attribuer le prix à Cal, je reviendrai te frapper à mort. »

## QUARANTE-QUATRE

« La jeune femme est indécise, mais le jeune homme a préféré la pièce de Cal, annonça Morag, qui revenait d'espionner les juges.

– Et Joshua va voter pour Cal, gémit Heather. Il va gagner. »

Elles étaient assises dans le théâtre au sommet d'un pilier en stuc, fragment de la cour d'Athènes. Dinnie était avachi pas loin. Sheilagh MacPherson et Agnes MacKintosh voletaient de part et d'autres, instables.

« Nous sommes au courant de votre problème, dirent-elles. Et nous compatissons parce que nous comprenons que Kerry a été d'un grand secours pour les fées en perdition ici, et que cet homme, Cal, l'a maltraitée. Nous n'aimons pas les fiancés qui se comportent mal. Nous vous aiderons à résoudre une partie du problème.

– Comment ?

– Connaissez-vous la pièce *Le Songe d'une Nuit d'Été* ? »

Oui, elles la connaissaient un peu.

« Alors vous devez savoir, continua Agnes, qu'elle met en jeu une herbe magique qui, lorsqu'on la pose sur les yeux, fait tomber la personne amoureuse de la première personne qu'elle voit. Dinnie, camarade MacKintosh, apporte-moi l'herbe. »

Dinnie, qui avait eu une lueur d'espoir, secoua la tête tristement. La chef de clan était encore plus stupide que les autres. Elle ne connaissait pas la différence entre un accessoire de scène et la vraie vie.

« C'est seulement une mauvaise herbe du trottoir, dit-il.

– Pour toi, peut-être. Pour les chefs tout-puissants du clan des fées écossaises, pas nécessairement. Apporte-la moi. »

Dinnie trouva et apporta l'herbe. Agnes et Sheilagh volèrent en tremblant jusqu'à Joshua et lui appliquèrent l'herbe sur les yeux. Elles le propulsèrent, par quelques petits coups d'épée bien placés, jusque devant Magenta.

Il se frotta les yeux et les ouvrit.

« Magenta. Je t'ai toujours aimée.

– Alors vote pour Kerry au concours.

– Bien sûr.

– Tiens, prends un peu de cocktail Fitzroy, dit Magenta, glissant sa main dans la sienne. Je vais te donner la recette. »

Il y avait maintenant une voix partout. La jeune femme, un sculpteur local, déterminerait la décision.

« Je vois qu'elle a préféré la pièce », dit Mairi la voyante.

« Idiotes de fées, marmonna Dinnie alors qu'elles passaient devant lui dans la salle d'attente de l'hôpital. Toute cette excitation que vous avez provoquée a rendu Kerry malade.

– Pas du tout, répliqua Heather. La maladie de Crohn touche des tas de gens qui n'ont jamais vu de fée. Cela dit, comme tu es gentil avec Kerry, je veux bien aller dévaliser une banque pour que tu paies ton loyer. On va lui rendre visite, maintenant.

– Ce n'est pas encore l'heure des visites.

– Une différence majeure entre les humains et les fées, c'est que nous sommes petites et invisibles et que tu ne l'es pas. Nous n'avons pas besoin d'attendre l'heure des visites. »

Dinnie leur lança un regard noir. À côté de lui, deux autres jeunes hommes attendaient pour voir Kerry et Dinnie était jaloux.

À l'intérieur, Kerry se sentait faible mais fut heureuse de voir les fées. Morag sauta sur son lit.

« Tu as gagné le prix. »

Kerry laissa échappa un petit soupir de ravissement.

« Ça a été grâce à Dinnie, finalement, annonça Heather, fière de son camarade MacKintosh. Au moment crucial, il s'est levé vers la dernière juge, s'est présenté poliment et lui a demandé si par hasard elle ne serait pas Linda, la star de la hotline des deux cochonnes les plus bandantes de la ville. Elle était ravie d'être reconnue, surtout lorsque Dinnie lui a dit qu'il était l'un de ses plus grands fans et lui a demandé un autographe. Après ça, elle lui mangeait dans la main et elle a voté pour toi.

« Le Prix Artistique du Quartier est à toi, désormais, et tu l'as bien mérité. Cal va regretter le restant de sa vie de ne pas t'avoir appris le break de "Bad Girl" à la guitare. »

Morag fit une intervention musclée dans la conversation.

« Il y a à l'extérieur des hordes de jeunes gens qui attendent un rendez-vous avec toi. Je préconiserais de jouer la montre pour l'instant. Pendant ce temps, laisse-moi te présenter mes amis. »

Elle désigna d'un geste un groupe de fées derrière elle, qui saluèrent toutes Kerry poliment.

« Voici Sheilagh MacPherson et voici Agnes MacKintosh et voici Jean MacLeod. Elles sont nos chefs de clan et en tant que telles ont de très forts pouvoirs de guérison. Avec elles, voici Flora MacGillvray, une guérisseuse célèbre dans toute l'Écosse.

« Voici Donal, une amie de Maeve. Il est le guérisseur de la tribu des O'Brien et ses talents sont bien connus en Irlande. Voici Cheng Ti-Hung, guérisseur des Chinoises, Lucrétia, guérisseuse des Italiennes, et Aba, guérisseur des Ghanéennes. Tous ont de grands pouvoirs et une excellente réputation.

« C'est le plus beau rassemblement de médecins-fées qu'on ait jamais vu. Ne t'inquiète pas de la forte odeur de whisky. Même une alcoolisation extrême ne diminue pas le pouvoir d'une fée-guérisseur.

« Nous voudrions te faire remarquer que les choses ne vont pas si mal que tu le penses, parce que tu es talentueuse, populaire, plaisante et belle, et ceci étant, qu'est-ce que ça peut faire que tu portes un sac de colostomie, tu vaux toujours nettement mieux que bon nombre d'humains. Mais nous allons t'épargner la leçon et laisser travailler les guérisseurs.

« Et si huit fées aux très grands pouvoirs ne pouvaient pas réparer tes entrailles, nous serions très surpris. Morag et moi, nous allons nous retirer maintenant, organiser ta fête de retour à la maison, et dire au revoir aux Anglais. Ils se dépêchent de rentrer chez eux pour abattre les ateliers et se remettre à vivre agréablement en se saoulant sous les buissons. Magenta a repris joyeusement le chemin avec Joshua, heureuse parce qu'elle croit qu'il a voté pour elle au commandement de l'armée grecque. Callum MacHardie est en train de réparer le violon MacPherson. Nos chefs de clan nous ont pardonné nos quelques erreurs de comportements parce que tout s'est bien terminé au bout du compte.

– Ah bon ? C'est nouveau, ça, dirent les chefs de clan.

– N'est-ce pas que vous nous avez pardonné ? »

Les chefs dirent qu'elles y réfléchiraient, et Heather et Morag s'empressèrent de sortir sur ces bonnes paroles.

« Qu'est-ce qui se passe ? demanda Dinnie, dehors.

– De la magie de fées très puissante, répondit Heather. Et tu es invité à la fête de retour à la maison de Kerry à condition que tu lui fasses un cadeau suffisamment cher. Je crois qu'elle a remarqué une paire de bracelets en argent dans une boutique indienne. Tu peux finir par sortir vraiment avec elle si tu te mets bien dans la tête quelles sont ses fleurs préférées, si tu fais semblant d'adorer Botticelli, et si tu lui fais de beaux cadeaux.

« D'ici là, nous on va boire quelques verres et jouer un peu sérieusement du violon. Si les Irlandais et tous les autres pensent qu'ils ont entendu le meilleur de la musique irlandaise juste parce que la petite Maggie MacGowan a réussi à sortir deux ou trois morceaux super simples sans faute, ils se trompent.

« Callum MacHardie a promis de nous fabriquer des amplis. Quand notre groupe radical celte va s'y mettre, les collines et les vallées ne seront plus jamais les mêmes. »

Johnny Thunders abandonna la Gibson de Cal dans le théâtre. C'était une bonne guitare, mais il ne pouvait se résoudre à la garder. Il savait combien c'était triste de se faire voler sa guitare.

Il était temps qu'il s'en aille, bien que sa mission ait été un échec. Se disant qu'avant de partir il jetterait volontiers encore un œil aux alentours, il se dirigea chez Kerry. Il souhaitait voir l'alphabet des fleurs qui avait causé une telle excitation.

À l'intérieur, il fut impressionné. Les fleurs, séchées par Kerry et à qui Morag avait parlé gentiment, étaient d'une grande beauté et dégageaient une puissante émotion. Les trente-trois fleurs étaient posées au sol, et derrière elles, en fond, Kerry avait arrangé ses objets préférés, incluant ses albums pirates des New York Dolls et sa copie remixée de l'album des Heartbreakers. Un autre de ses objets préférés était sa guitare.

« Ma Gibson Tiger Top. »

Johnny la souleva.

« C'est elle qui l'avait, tout ce temps. Voilà pourquoi elle est obsédée par les New York Dolls. »

L'amant qui avait donné cette guitare à Kerry devait être la personne qui l'avait volée des années auparavant.

Il allait partir avec mais s'arrêta, contemplant une nouvelle fois les belles fleurs. Il pensa à Kerry, malade à l'hôpital.

« Oh, et puis merde. Je vais prendre le vieux machin que m'a donné la clocharde. De toute façon, sur n'importe quelle guitare, je joue encore mieux que n'importe qui. »

Il laissa la guitare de Kerry à sa place, et n'en fut pas mécontent.

Déjà parus aux éditions Intervalles

LITTÉRATURE

*Parano*, de Jan Lars Jensen
*Douze histoires cul sec*, d'Anthony James Perry
*D'amour et d'Amazone*, d'Anthony Smith
*À la recherche d'Hassan*, de Terence Ward
*Le roman que je n'ai pas écrit*, de Linda Grant
*1421, l'année où la Chine a découvert l'Amérique*, de Gavin Menzies
*Twelve Bar Blues*, de Patrick Neate
*Les mots pour jouir*, de Martin Melkonian
*Cent un jours à Bagdad*, de Åsne Seierstad
*Les Ailes de Sarajevo*, de Bill Carter
*Le Sang des âmes*, de Theo Hakola
*La fin est mon commencement*, de Tiziano Terzani
*Soname ou la bonne fortune*, de Soname Yangchen
*La demoiselle de Sing Sing*, d'Idanna Pucci
*Collection irraisonnée de préfaces à des livres fétiches*, sous la direction de Martin Page et Thomas B. Reverdy
*Nos mots croisés*, de Daphné Kauffmann

PHOTOGRAPHIE, LIVRES ILLUSTRÉS

*Idolâtrisme*, de Jocelyn Bain Hogg
*Les Enfants d'Abraham*, d'Abbas
*Tokyo Love Hello*, de Chris Steele-Perkins
*Toxi Food*, de Sabine Pigalle
*India notes*, de Raghu Rai et Tiziano Terzani
*Cinéma*, de Xavier Lambours
*Roland-Garros, fenêtre sur courts*, de Stéphan Gladieu
*De la guerre et de l'amour*, de Fouad Elkoury
*Lettres kazakhes*, de Guillaume Reynard et Jean-Claude Taki
*Quarante-cinq histoires d'automobiles*, de Magnum Photos et Bruno Gibert
*Le travail révélé*, sous la direction de Sophie Prunier-Poulmaire

COLLECTION « JOURNAL D'UNE ŒUVRE »

*Georges Aperghis : Avis de tempête*, de Célia Houdart

Achevé d'imprimer en juin 2009
par Pulsio SARL
Imprimé et broché en Europe
Dépôt légal : juin 2009
Deuxième édition

Couverture et composition : Thibaut Fresse
Révision : Gaëlle Cueff, Anne Guillaume, Aurélie Carpentier

ÉDITIONS INTERVALLES

Direction éditoriale : Armand de Saint Sauveur

80 boulevard Haussmann 75008 Paris France
Tél. : +33 1 53 43 83 30
www.editionsintervalles.com